William Nicholson

El silbador del viento

El viento en llamas I

byblos

Título original: *The Wind Singer*

Traducción: Laura Manero

1.ª edición: marzo 2005

Bailén, 84 - 08009 Barcelona (España)
www.edicionesb.com

Publicado originalmente en Gran Bretaña en 2000 por Mammoth, una firma de Egmont Children's Books Limited

Ilustración de portada: © David Molinero
Diseño de colección: Ignacio Ballesteros

Printed in Spain
ISBN: 84-666-2184-9
Depósito legal: B. 4.853-2005

Impreso por LITOGRAFÍA ROSÉS

William Nicholson

El silbador del viento

El viento en llamas I

Para Edmund, Julia y Maria

Hace mucho tiempo

En el tiempo en que llegaron los extranjeros, el pueblo manth aún vivía en las bajas cabañas con paredes de estera que habían acarreado consigo en sus días de cazadores. Las chozas abovedadas se apiñaban alrededor de la salina que iba a convertirse en su fuente de riqueza. Eso sucedió mucho antes de que hubiesen construido la gran ciudad que hoy se yergue sobre las cavernas de sal. Una tarde de pleno verano, un grupo de viajeros llegó caminando a grandes zancadas desde las llanuras desérticas y acampó cerca de allí. Tanto los hombres como las mujeres llevaban el pelo largo y suelto, se movían con lentitud y hablaban en voz baja cuando decían algo. Comerciaron un poco con los manth, a los que compraban pan, carne y sal, y pagaban con pequeñas alhajas de plata que habían hecho ellos mismos. Aunque no causaron ningún problema, tenerlos tan cerca les resultaba inquietante. ¿Quiénes eran? ¿De dónde habían venido? ¿Adónde iban? Si se les preguntaba directamente, contestaban con una sonrisa, encogiéndose de hombros, moviendo la cabeza.

Luego vieron que los extranjeros estaban trabajando, que construían una torre. Poco a poco fue tomando forma una estructura de madera, una plataforma más alta que un hombre sobre la que construyeron una segunda torre más delgada, hecha de vigas de madera y tubos de metal. Los tubos eran de tamaños diferentes y estaban atados, como los tubos de un órgano. En la base se abrían y formaban un círculo de cuernos metálicos. En el extremo superior se unían todos formando un solo cilindro, como un cuello, y se volvían a abrir para terminar en un círculo de grandes aspas de cuero. Cuando soplaba el viento, las aspas lo recogían y toda la estructura superior giraba, daba vueltas para encararse a las ráfagas más fuertes. Los remolinos de viento bajaban por el cuello hacia los tubos alineados y salían luego por los cuernos en forma de una serie de sonidos sin sentido.

La torre no parecía tener ninguna función. Durante un tiempo despertó curiosidad; la gente se quedaba mirando cómo giraba hacia uno y otro lado, chirriando. Cuando el viento soplaba con fuerza producía un gemido lastimero, que al principio fue divertido, pero que no tardó en volverse tedioso.

Los viajeros silenciosos no ofrecieron ningún tipo de explicación. Parecían haber llegado al asentamiento con el único propósito de construir aquella extraña estructura porque, cuando la terminaron, recogieron las tiendas y se dispusieron a proseguir su viaje.

Antes de partir, su jefe sacó un pequeño objeto de plata, escaló la torre y lo metió en una ranura del cuello de la estructura. Los viajeros partieron al amanecer de un tranquilo día de verano; el aire no se movía. Los tubos y los cuernos de metal guardaban silencio mientras los viajeros se alejaban hacia las llanuras desérticas. El pueblo manth se quedó tan perplejo como cuando llegaron, contemplando el gigantesco espantapájaros que habían dejado tras de sí.

Aquella noche, mientras dormían, el viento empezó a soplar, y un nuevo sonido entró en sus vidas. Lo oyeron dormidos, y despertaron sonriendo sin saber por qué. Se reunieron en el cálido aire nocturno y lo escucharon llenos de dicha y sorpresa.

El silbador del viento estaba silbando.

1

La pequeña Pinpin recibe su puntuación

—¡Sagapuercos! ¡Pompaprún! ¡Saga, saga, PUERCOS!

Bowman Hath escuchaba desde la cama los sonidos apagados de las imprecaciones de su madre, que estaba en el baño, en la habitación contigua. Desde muy lejos, por encima de los tejados de la ciudad, flotaba el repicar dorado de la campana de la torre del Palacio Imperial: ¡Dong! ¡Dong! Sonaban las seis, la hora en que todo Aramanth se despertaba. Bowman abrió los ojos y se quedó tumbado mirando la luz de la mañana que resplandecía en las cortinas de color mandarina. Se dio cuenta de que estaba triste. «¿Y ahora qué me pasa?», se preguntó.

Se puso a pensar en el día que le esperaba en la escuela y se le encogió el estómago, como siempre le ocurría, pero aquella sensación era distinta. Era como un pesar por algo que se ha perdido. Pero ¿qué?

Su hermana melliza, Kestrel, seguía durmiendo en la cama de al lado. Si estiraba mucho el brazo, alcanzaba a tocarla. Escuchó un rato los soplidos que producía al respirar mientras dormía, y después le envió un pensamiento para despertarla. Esperó hasta oír el gruñido malhumorado con que le contestó. Entonces contó hasta cinco en silencio y se levantó de la cama.

Cuando recorría el pasillo para ir al baño, Bowman se detuvo para saludar a su hermana pequeña, Pinpin. Estaba de pie en la cuna, con su camisón de felpa, chupándose el dedo. Pinpin dormía en el pasillo porque en los otros dos dormitorios no había sitio para la cuna. Los apartamentos de Distrito Naranja eran pequeñísimos para una familia de cinco.

—Hola, Pinpin.

Pinpin se sacó el pulgar de la boca, y su carita redonda se iluminó con una sonrisa de felicidad.

—Beso —respondió.

Bowman le dio un beso.

—Abrazo —añadió.

Bowman la abrazó. Al estrechar su cuerpo suave y regordete lo recordó. Era el día de la primera prueba de Pinpin. Sólo tenía dos años, era demasiado pequeña para que le importara hacerlo muy bien o muy mal pero, desde ese momento hasta el día en que muriera, tendría una clasificación. Eso era lo que lo había entristecido.

Los ojos de Bowman empezaron a llenarse de lágrimas. Lloraba con demasiada facilidad, todo el mundo se lo decía, pero ¿qué le iba a hacer? Sentía mucho las cosas. Aunque no lo pretendía, al mirar a otra persona, a cualquier persona, descubría lo que sentía, y muy a menudo era miedo o tristeza. Luego comprendía a qué le tenía miedo o qué era lo que le entristecía, y también él lo sentía y se echaba a llorar. Lo cierto es que era todo muy extraño.

Aquella mañana Bowman no estaba triste por lo que sentía Pinpin en aquel momento, sino por lo que sentiría algún día sin remedio. En su corazoncito luminoso todavía no había preocupaciones. Sin embargo, desde ese día, vagamente al principio pero con gran ansiedad más adelante, comenzaría a temer el futuro. Y es que en Aramanth la vida se medía mediante pruebas. Cada prueba traía consigo la posibilidad del fracaso, y cada prueba superada con éxito conducía a la siguiente, a una nueva posibilidad de fracaso. No había forma de escapar y no había fin. Era tal el amor que sentía por su hermana pequeña que, al pensar en las pruebas, el corazón parecía como que le fuera a estallar. La abrazó con todas sus fuerzas y le dio besos y más besos en sus alegres mejillas.

—Te quiero, Pinpin —dijo.

—Quiero, Bo —dijo Pinpin.

Un grito agudo y desgarrador llegó desde cuarto de baño, seguido de una explosión de juramentos.

—¡Sagapuercos! ¡Bangaplop!

Y después el familiar quejido lastimero:

—¡Oh, pueblo infeliz!

Ése había sido el lamento del gran profeta Ira Manth, del que su madre descendía en línea directa, aunque muy lejana. El nombre había pasado desde entonces de generación en generación, y también su madre se llamaba Ira. Cuando le daba uno de sus ataques de cólera, su padre les guiñaba un ojo a los niños y les decía: «Ya salió la profetisa.»

La puerta del baño se abrió de golpe y apareció Ira Hath, con aspecto aturdido. Como no había podido encontrar las mangas del vestido, se había embutido en la prenda a base de fuerza bruta. Las mangas colgaban vacías a los lados y los brazos le sobresalían por las costuras abiertas.

—Hoy es la prueba de Pinpin —dijo Bo.

—¿Qué?

Ira Hath los miró un momento e inmediatamente tomó a Pinpin de los brazos de Bowman y la apretó contra su pecho mientras daba media vuelta, como si alguien quisiera quitársela.

—Mi niña —dijo—. Mi niña.

Durante el desayuno nadie hizo ninguna mención de la prueba hasta que casi habían acabado. Entonces su padre dejó a un lado el libro, se levantó de la mesa un poco antes de lo que tenía por costumbre y dijo, como si no le hablara a nadie en especial:

—Supongo que será mejor que nos preparemos.

Kestrel alzó los ojos, que le brillaban con determinación.

—Yo no voy —dijo.

Hanno Hath lanzó un suspiro y se frotó las arrugadas mejillas con una mano.

—Ya lo sé, cariño. Ya lo sé.

—No es justo —dijo Kestrel, como si su padre en cierto modo la obligara a ir. Hanno Hath era tan cariñoso con sus hijos y comprendía tan bien lo que sentían, que a ellos les resultaba prácticamente imposible oponerse a sus deseos.

De los fogones llegó un familiar olor a humo.

—¡Oh, sagapuercos! —exclamó su mujer.

Se le había vuelto a quemar la tostada.

El sol de la mañana estaba bajo sobre el horizonte y las altas murallas de la ciudad proyectaban una sombra que cubría Distrito Naranja mientras los Hath caminaban por la calle en dirección al Salón de la Comunidad. Los señores Hath iban delante, y Bowman y Kestrel los seguían con Pinpin entre ambos, dándole una mano a cada uno. Otras familias con niños de dos años avanzaban en la misma dirección, dejando atrás los limpios patios de las casas pintadas de naranja. Los Blesh iban delante, dando consejos a su pequeño mientras caminaban.

—Un, dos, tres, cuatro, te comes un plato. Cinco, seis, siete, ocho, te comes un bizcocho.

Cuando llegaron a la plaza Mayor, la señora Blesh se volvió. Al verlos los saludó con un pequeño gesto, como hacía siempre, como si fuera una amiga especial, y esperó a que la señora Hath la alcanzara.

—¿Me guardas un secreto? —le susurró—. Si nuestro pequeño lo hace hoy lo bastante bien, nos mudamos a Escarlata.

La señora Hath se quedó un momento pensativa, y luego dijo:

—El escarlata es muy vivo.

—¿Te has enterado? Ayer por la tarde nuestro Rufy fue el segundo de su clase.

El señor Blesh se entrometió:

—¿Segundo? Lo que yo siquiera saber es por qué no el primero.

—¡Hombres! —dijo la señora Blesh. Y, dirigiéndose a la señora Hath, con su voz de amiga especial—: No lo pueden evitar, ¿verdad? Siempre tienen que ganar.

Mientras pronunciaba esas palabras, sus ojos algo saltones miraron un instante a Hanno Hath. Todo el mundo sabía que al pobre Hanno Hath no lo habían ascendido desde hacía tres años, aunque por supuesto su mujer nunca admitiría lo decepcionada que debía de sentirse. Kestrel se percató de la mirada de lástima y sintió deseos de clavarle unos cuantos cuchillos a la señora Blesh. Pero sobre todo sintió deseos de abrazar a su padre y cubrirle de besos el rostro triste y lleno de arrugas. Para aplacar sus sentimientos, bombardeó las anchas espaldas de la señora Blesh con pensamientos groseros.

—*¡Viruelosa! ¡Pompaprún! ¡Sagapuercos!*

Sentada a la puerta del Salón de la Comunidad, una examinadora auxiliar comprobaba los nombres en una lista. Los Blesh entraron primero.

—¿Va limpio el pequeño? —preguntó la examinadora auxiliar—. ¿Ha aprendido a controlar la vejiga?

—Oh, sí —dijo la señora Blesh—. Está muy avanzado para su edad.

Cuando le tocó a Pinpin, la examinadora adjunta les hizo la misma pregunta.

—¿Va limpia? ¿Ha aprendido a controlar la vejiga?

El señor Hath miró a la señora Hath. Bowman miró a Kestrel. A todos les vinieron a la cabeza las imágenes de los charcos de Pinpin en el suelo de la cocina. Pero a eso le siguió una especie de arrebato de orgullo familiar que todos sintieron al mismo tiempo.

—¿Que si controla la vejiga, señora? —dijo la señora Hath con una enorme sonrisa—. Mi hija sabe hacer pipí al ritmo del Himno Nacional.

La examinadora auxiliar pareció sorprenderse, y luego marcó la casilla LIMPIO de la lista.

—Mostrador veintitrés —dijo.

El Salón de la Comunidad bullía de actividad. En una gran pizarra en un extremo de la sala se veía la lista con los nombres de todos los examinados, noventa y siete, por orden alfabético. También estaba el de Pinpin, que resultaba extraño en su forma completa: PINTO HATH. Los Hath formaron un corrillo protector alrededor del mostrador veintitrés mientras la señora Hath le quitaba el pañal a Pinpin. Ya que la habían registrado como limpia, contaría como trampa que llevara pañales. Pinpin estaba encantada. Le gustaba sentir el aire fresco en el culito.

Sonó un timbre y la gran sala se quedó en silencio mientras entraban los examinadores. Noventa y siete mostradores, en cada uno de los cuales había un niño de dos años; detrás de todos ellos, sentados en un banco, estaban sus padres y hermanos. El repentino silencio atemorizó a los pequeños y no se oyó ni un sollozo.

Los examinadores entraron, con las togas escarlata ondeando, y se quedaron de pie en el estrado formando una sola fila de terrible esplendor. Eran diez. En el centro se erguía la alta figura del jefe de examinadores, Maslo Inch, el único de toda la sala que llevaba la sencilla y brillante vestimenta blanca de la clasificación superior.

—¡En pie para el Juramento de Devoción!

Todo el mundo se levantó; los padres pusieron de pie a los pequeños. Juntos entonaron las palabras que todos se sabían de memoria.

—Prometo esforzarme más, llegar más alto y procurar por todos los medios que mañana sea mejor que hoy. ¡Por amor a mi emperador y por la gloria de Aramanth!

Después todos se volvieron a sentar, y el jefe de examinadores pronunció un breve discurso. Maslo Inch, que no contaba más que con cuarenta y tantos, había sido ascendido hacía poco al más alto nivel; pero su aspecto era tan altivo y poderoso, y su voz tan profunda, que se habría dicho que llevaba toda la vida vistiendo de blanco, y así actuaba. Hanno Hath, que hacía mucho tiempo que conocía a Maslo Inch, lo contemplaba con aire divertido, en silencio.

—Amigos míos —salmodió el jefe de examinadores—, qué día éste tan especial, el día de la primera prueba de vuestros queridos hijos. Qué orgullosos debéis sentiros al saber que, a partir de hoy, vuestro pequeño o vuestra pequeña tendrá su propia clasificación personal. Qué orgullosos se sentirán ellos, a medida que vayan comprendiendo que gracias a su propio esfuerzo pueden contribuir a vuestra clasificación familiar. —En este punto alzó una mano como en amistosa advertencia y dirigió a todos una mirada grave—. Pero no olvidéis nunca que la clasificación en sí no significa nada. Lo que importa es cómo se mejora la clasificación. Mejor hoy que ayer. Mejor mañana que hoy. Ése es el espíritu que ha engrandecido a nuestra ciudad.

Los examinadores vestidos de escarlata bajaron del estrado, se dispersaron y empezaron a abrirse camino entre los mostradores. Maslo Inch, en calidad de jefe de examinadores, permaneció en el estrado como una torre, supervisándolo todo. Fue inevitable que su mirada recayera en su momento en Hanno Hath. Por un instante le brilló en el rabillo del ojo un centelleo de reconocimiento, pero se extinguió enseguida mientras dirigía la mirada hacia los demás. Hanno Hath se encogió de hombros. Maslo y él eran de la misma edad. En el colegio habían ido a la misma clase, pero de todo aquello hacía ya mucho tiempo.

Las pruebas se puntuaban a medida que se iban completando, y las puntuaciones se trasladaban a la gran pizarra del fondo. Muy pronto empezó a surgir una clasificación entre los pequeños. El hijo de los Blesh estaba cerca de los primeros puestos, con 23 puntos sobre los 30 posibles; una clasificación de 7,6. Como la B iba antes que la H, la familia Blesh había terminado antes de que los Hath empezaran, y la señora Blesh se acercaba por el pasillo con su triunfante hijo en brazos para comunicarles el buen resultado de su experiencia.

—El muy bobo se ha dejado el número cinco —explicó—. Uno, dos, tres, cuatro, seis. —Apuntaba al niño con un dedo, como si estuviera enfadada—. Cuatro, cinco, seis, ¡bobo! ¡Te lo sabes! Seguro que Pinto también.

—Lo cierto es que Pinpin sabe contar hasta un millón —soltó Kestrel.

—Me parece que estamos exagerando un poquito —dijo la señora Blesh, dándole palmaditas en la cabeza a la niña—. Ha acertado vaca, libro y taza —continuó—. Plátano no lo ha sabido. Pero 7,6 es un buen comienzo. La primera puntuación de Rufy fue de 7,8, todavía me acuerdo, y mírale ahora. Nunca por debajo de 9. No es que me importe la clasificación en sí, claro.

El examinador estaba ya listo para la prueba de Pinpin. Se acercó al mostrador, mirando los papeles.

—Pinto Hath —dijo. Y entonces, al levantar la vista, una sonrisa que lo abarcaba todo le cubrió la cara. Pinpin reaccionó con recelo instintivo ante aquella mirada.

—¿Y a ti cómo hay que llamarte, chiquitina?

—Por su nombre —dijo la señora Hath.

—Bueno, Pinto entonces —dijo el examinador, aún sonriente—. Aquí tengo unos dibujos muy bonitos. A ver si sabes decirme lo que son.

Le ofreció a Pinpin un panel de imágenes en color. Pinpin las miraba pero no decía nada. El examinador señaló un perro con el dedo.

—¿Qué es esto?

Pinpin no emitió ningún sonido.

—Bueno, ¿y esto?

Silencio.

—¿Tiene la niña algún problema auditivo?

—No —dijo la señora Hath—. Le oye bien.

—Pues no dice nada.

—Supongo que no querrá decirle nada.

Bowman y Kestrel contenían la respiración. El examinador frunció el ceño, puso mala cara y anotó algo en los papeles. Luego volvió a los dibujos.

—Venga, Pinto. Enséñame el perrito. ¿Dónde está el perrito?

Pinpin le devolvió la mirada pero no dijo ni señaló nada.

—Pues una casa. Enséñame una casita.

Nada. Y así continuó hasta que el examinador guardó los dibujos con una expresión más seria todavía.

—Vamos a probar con los números, ¿vale, señorita?

Empezó a contar, intentando que Pinpin continuara, pero todo cuanto hizo la niña fue quedárselo mirando. El examinador volvió a anotar algo.

—La última parte de la prueba —le dijo a la señora Hath— está diseñada para medir el nivel de capacidad comunicativa del niño. Escuchar, comprender y responder. Hemos comprobado que los niños suelen encontrarse más a gusto cuando los tienen en brazos.

—¿Quiere tomarla en brazos?

—Si no tiene objeción.

—¿Está seguro?

—Lo he hecho más veces, señora Hath. La pequeña estará muy segura conmigo.

Ira Hath miró al suelo y arrugó un poco la nariz. Bowman se dio cuenta e inmediatamente le envió un pensamiento a Kestrel.

—*Mamá está a punto de estallar*.

Pero Ira se limitó a levantar a Pinpin del asiento y dejarla en los brazos extendidos del examinador. Bowman y Kestrel miraban con verdadero interés. Su padre estaba sentado con los ojos cerrados, consciente de que las cosas estaban saliendo todo lo mal que podían salir, y él no podía hacer nada para evitarlo.

—Bueno, Pinto, eres una niña buena, ¿verdad? —El

examinador le hacía cosquillas bajo la barbilla y le apretaba la nariz—. ¿Y qué es esto? ¿Es tu naricita?

Pinpin permaneció callada. El examinador se sacó la gran medalla de oro que le colgaba en una cadena del cuello y la hizo oscilar delante de los ojos de la niña. La luz de la mañana la hacía brillar.

—Bonita, bonita. ¿No quieres agarrarla?

Pinpin no dijo nada. El examinador miró exasperado a la señora Hath.

—No sé si se da usted cuenta —dijo—. Tal y como están las cosas, tendré que ponerle un cero a su hija.

—¿Tan mal lo ha hecho? —preguntó la señora Hath con un brillo en los ojos.

—No consigo sacarle nada, ¿no lo ve?

—¿Nada de nada?

—¿Hay alguna canción o algún trabalenguas que le guste en especial?

—Déjeme que piense. —La señora Hath hizo lo propio, con bastante ostentación, como imitando el acto de pensar: los labios sellados, rascándose la frente con un dedo.

Bowman le envió un pensamiento a Kestrel.

—*Va a estallar*.

—Sí —dijo la señora Hath—. Hay un juego que le gusta mucho. Intente hacérselo, dígale «bss, bss, bss».

—¿Bss, bss, bss?

—A ella le gusta.

Bowman y Kestrel enviaron el mismo pensamiento a la vez.

—*¡Ha estallado!*

—Bss, bss, bss —le dijo el examinador a Pinpin—. Bss, bss, bss, pequeñina.

Pinpin miró sorprendida al examinador y se retorció un poco en sus brazos, como para ponerse más cómoda. La señora Hath observaba, arrugando la nariz sin poder controlarse por más tiempo. Bowman y Kestrel observaban mientras el corazón les latía con fuerza.

—*En cualquier momento* —se dijeron el uno al otro con el pensamiento.

—Bss, bss, bss —decía el examinador.

—En cualquier momento —dijo la señora Hath.

—*¡Ahora, Pinpin, ahora!* —pedían Bowman y Kestrel—. *Hazlo ahora.*

El señor Hath abrió los ojos y vio la expresión de sus rostros. De pronto, al darse cuenta de lo que sucedía, se levantó del banco y extendió los brazos.

—Déjemela a mí...

Demasiado tarde.

—*¡Hubba, hubba, Pinpin!* —exclamaron exultantes Bo y Kes en el jubiloso silencio de su pensamiento—. *¡Hubba, hubba, hubba, Pinpin!*

Con una ausente expresión de satisfacción en su cara redonda, Pinpin vaciaba la vejiga en un largo y continuo chorro que bajaba por los brazos del examinador. Éste sintió que una ola de suave calor se extendía por su antebrazo, al principio sin darse cuenta de lo que sucedía. Después, al ver la expresión de absorta concentración en los rostros de la señora Hath y sus hijos, miró hacia abajo. La mancha le estaba calando la toga escarlata. En completo silencio, extendió los brazos para darle Pinpin al señor Hath, se volvió y desapareció por el pasillo con gravedad.

La señora Hath tomó a Pinpin de brazos de su marido y la asfixió a besos. Bowman y Kestrel se tiraron al suelo, retorciéndose de risa aunque en silencio. Hanno Hath observó cómo el examinador le comunicaba el incidente a Maslo Inch y suspiró también en silencio. Él sabía algo que su mujer y sus hijos desconocían: que esa mañana necesitaban conseguir una buena calificación. Sin ningún punto, seguramente tendrían que dejar su casa de Distrito Naranja y conformarse con un alojamiento más humilde, de una o dos habitaciones, con derecho a cocina y baño en el descansillo común. Hanno Hath no era un hombre vanidoso. Le importaba muy poco lo que los demás pensaran de él. Pero quería muchísimo a su familia y le dolía profundamente no estar a la altura.

Ira Hath abrazaba a Pinpin con fuerza y se negaba a pensar en el futuro.

—Bss, bss, bss —susurró Pinpin con alegría.

2

Kestrel hace un amigo espantoso

Al llegar al colegio, Bowman y Kestrel se dieron cuenta de que se habían olvidado los deberes en casa.

—¿En casa? —rugió el profesor Batch—. ¿Os los habéis olvidado?

Los mellizos estaban uno junto al otro al principio del aula alargada, delante del profesor. El profesor Batch se pasó las manos por su considerable barriga, se humedeció los labios con la punta de la lengua y se dispuso a hacer de los hermanos un ejemplo. Al profesor Batch le gustaba convertir a sus alumnos en un ejemplo. Lo consideraba parte de su trabajo como profesor.

—Vamos a empezar por el principio. ¿Por qué os los habéis olvidado?

—Esta mañana nuestra hermana pequeña ha tenido su primera prueba —dijo Bowman—. Hemos salido pronto de casa y se nos han olvidado.

—¿Se os han olvidado? Vaya, vaya, vaya.

Al profesor Batch le gustaban las malas excusas.

—Que levanten la mano todos los que hayan asistido esta mañana a una prueba para niños —dijo a sus alumnos.

Se levantaron una docena de manos de entre las apretadas filas de pupitres, entre ellas la de Rufy Blesh.

—Y que levanten la mano los que se hayan olvidado los deberes.

Todas las manos volvieron a bajar. El profesor Batch se dirigió a Bowman con los ojos desorbitados, fingiendo amistosa atención.

—Al parecer, sois los únicos.

—Sí, señor.

Durante todo este proceso, Kestrel había estado callada. No obstante, Bowman oía cómo bullían de rabia sus pensamientos y supo que tenía uno de sus ataques de cólera. El profesor Batch, que no se había dado cuenta, empezó a caminar de un lado para otro delante de los dos hermanos, realizando un intercambio ritual con la clase.

—¡Clase! ¿Qué sucede si no se trabaja?

Se oyó la familiar respuesta de cincuenta y una bocas jóvenes:

—Sin trabajo no hay progreso.

—¿Y qué sucede si no se progresa?

—Sin progreso no hay puntos.

—¿Y qué sucede si no se obtienen puntos?

—Sin puntos se acaba el último.

—El último —el profesor Batch saboreó las palabras—. ¡El último! ¡El uuúltimo!

La clase entera se estremeció. ¡El último! Igual que Mumpo, el más tonto del colegio. Algunos ojos se volvieron a hurtadillas para mirarlo, sentado como estaba, ceñudo y tembloroso al final de la clase, en el asiento de la vergüenza. Mumpo el loco, que llevaba siempre el labio superior cubierto de moquita, porque no tuvo una madre que le dijera que debía limpiárselo. Mumpo el apestoso, que olía tan mal que nunca se le acercaba nadie, porque no tuvo un padre que le dijera que debía lavarse.

El profesor Batch se acercó a la pizarra de clasificaciones del aula, en la que el nombre de cada alumno estaba escrito por orden de la clase. Cada día, al final de la jornada, se calculaban los nuevos puntos y se anotaba el nuevo orden de la clase.

—Os quitaré cinco puntos a cada uno —dijo el profesor Batch. Y en ese mismo instante calculó el nuevo orden de la clase. Bowman y Kestrel descendieron dos puestos, al veinticinco y el veintiséis respectivamente, ante la atenta mirada de la clase.

—Abajo, abajo, abajo —dijo el profesor Batch mientras anotaba los cambios—. ¿Qué hacemos cuando vemos que estamos bajando?

La clase entonó la respuesta.

—Nos esforzamos más, llegamos más alto, para que mañana sea mejor que hoy.

—Más. Más alto. Mejor. —Se volvió hacia Bowman y Kestrel—. Confío en que no volveréis a olvidaros los deberes. Regresad a vuestros sitios.

Mientras recorrían las hileras de pupitres, Bowman sentía que Kestrel bullía de odio, por el profesor Batch y la gran pizarra de clasificaciones y el colegio y todo Aramanth.

—*No importa* —le dijo con el pensamiento—. *Ya recuperaremos*.

—*No quiero recuperar posiciones* —contestó ella—. *No me importa*.

Bowman se detuvo en el nuevo pupitre en que debían sentarse, dos posiciones por detrás del antiguo. Pero Kestrel continuó hasta llegar al fondo, donde estaba Mumpo. Había un sitio libre junto a él, porque siempre era el último de la clase. Se sentó.

El profesor Batch la miraba sorprendido. Igual que Mumpo.

—Ho... Hola —dijo él, cubriéndola con su aliento apestoso.

Kestrel se volvió, tapándose la cara.

—¿Te gusto? —preguntó Mumpo, inclinándose más hacia ella.

—¡Apártate! —dijo Kestrel—. Apestas.

El profesor Batch gritó con fuerza desde el otro extremo del aula.

—¡Kestrel Hath! ¡Vuelve enseguida al sitio que te corresponde!

—No —contestó ella.

La clase entera se quedó de piedra.

—¿No? —dijo el profesor Batch—. ¿Has dicho que no?

—Sí —respondió Kestrel.

—¿Acaso quieres que te reste otros cinco puntos por desobediente?

—Ya puede hacerlo —dijo Kestrel—. No me importa.

—¿No te importa? —El profesor Batch se puso rojo como un tomate—. Ya te enseñaré yo a que te importe. Harás lo que te digo o...

—¿O qué? —dijo Kestrel.

El profesor Batch le aguantó la mirada, pero no encontraba las palabras.

—Ya estoy al final de la clase —dijo Kestrel—. ¿Qué más puede hacerme?

Durante un buen rato, el profesor Batch luchó consigo mismo en silencio, buscando la mejor forma de reaccionar. Durante ese tiempo, en el que toda la clase contuvo la respiración, Mumpo se fue acercando aún más a Kestrel, y Kestrel lo apartaba y torcía el gesto de asco. El profesor Batch se dio cuenta, y la expresión de perplejidad de su rostro dio paso a una sonrisa vengativa. Caminó con paso lento hacia el final del aula.

—Clase —dijo con voz suave, controlada de nuevo—. Clase, volveos y mirad a Kestrel Hath.

Todos las miradas se volvieron.

—Kestrel ha encontrado un nuevo amigo. Como veis, el nuevo amigo de Kestrel es nuestro querido Mumpo. Kestrel y Mumpo, juntitos. ¿Qué te parece tu nueva amiga, Mumpo?

Mumpo asintió con la cabeza y sonrió.

—Kes me gusta —dijo.

—Le gustas, Kestrel —dijo el profesor Batch—. ¿Por qué no te sientas más cerca? Podrías pasarle un brazo por encima del hombro. Podrías abrazarlo. Es tu nuevo amigo. Quién sabe, quizá dentro de unos años serás la señora de Mumpo y tendrás un montón de pequeños Mumpos.

¿No te gustaría tener tres o cuatro pequeños Mumpos a los que lavar y limpiar los mocos?

Toda la clase se reía con disimulo. El profesor Batch estaba encantado. Sentía que había logrado imponerse. Kestrel estaba rígida como un palo, ardía de rabia y vergüenza, pero no decía nada.

—Aunque a lo mejor me equivoco. A lo mejor Kestrel se equivoca. A lo mejor sólo se ha sentado donde no debía por equivocación.

Ya estaba muy cerca de la niña, de pie, mirándola en silencio. Ella sabía que le estaba ofreciendo un trato: su obediencia a cambio de su orgullo.

—A lo mejor Kestrel se levanta y regresa al sitio que le corresponde.

Kestrel estaba temblando, pero no se movió. El profesor Batch esperó un poco más y luego le dijo entre dientes:

—Vaya, vaya. Kestrel y Mumpo. Qué linda parejita.

Toda aquella mañana continuó con los ataques. En la lección de gramática, escribió en la pizarra:

¿CUÁL ES EL TIEMPO VERBAL?
Kestrel ama a Mumpo
Kestrel es amada por Mumpo
Kestrel amará a Mumpo
Kestrel ha amado a Mumpo
Kestrel habrá amado a Mumpo

En la lección de aritmética, escribió en la pizarra:

Si Kestrel le da 392 besos y 98 abrazos a Mumpo, y a la mitad de abrazos le acompañan besos, y un octavo de los besos son babosos, ¿cuántos besos babosos con abrazos podría darle Kestrel a Mumpo?

Y así sin parar. Y la clase no hacía más que reírse, como pretendía el profesor Batch. Bowman se volvió para mirar a su hermana muchas veces, pero ella estaba allí sentada, haciendo su trabajo, sin decir palabra.

Cuando llegó la hora de la comida, se reunió con ella mientras salía tranquilamente del aula. No le gustó nada que el baboso de Mumpo fuera con ella, pegadito a su lado.

—Piérdete, Mumpo —dijo la niña.

Pero Mumpo no se iba. Se limitó a trotar junto a ella, sin apartar la mirada de su rostro. De vez en cuando murmuraba: «Kes me gusta», y luego se limpiaba los mocos con la manga de la camisa.

Kestrel se fue hacia la salida.

—¿Adónde vas, Kes?

—Afuera —dijo Kestrel—. Detesto el colegio.

—Sí, Kes, pero... —Bowman no sabía qué decir. Claro que detestaba el colegio. Todo el mundo detestaba el colegio. Pero había que ir.

—¿Y qué pasa con la clasificación familiar?

—No sé —dijo Kestrel, y mientras aceleraba el paso empezó a llorar. Mumpo se puso entonces muy triste. Se le adelantó y extendió sus mugrientas manos para acariciarla y consolarla.

—No llores, Kes. Yo seré tu amigo, Kes. No llores.

Kestrel se lo quitó de encima con rabia.

—¡Que te largues, Mumpo! ¡Apestas!

—Sí, ya lo sé —dijo él con humildad.

—Kes —intervino Bowman—, vuelve al colegio, siéntate en tu pupitre y Batch te dejará en paz.

—No pienso volver nunca más —dijo Kestrel.

—Tienes que hacerlo, Kes.

—Se lo voy a decir a papá. Él lo entenderá.

—Y yo también —dijo Mumpo.

—¡Déjame, Mumpo! —le gritó Kestrel a la cara—. ¡Déjame o te doy!

Levantó un puño en señal de amenaza. Mumpo cayó de rodillas, gimoteando.

—Pégame si quieres. No me importa.

El puño de Kestrel quedó suspendido en el aire. Miró a Mumpo. Bowman también lo contemplaba. De repente le invadió el pensamiento de cómo era ser Mumpo. Un horror frío lo recorrió de arriba abajo. Sintió una soledad penetrante. Su ansia de ternura era tan intensa que a punto estuvo de gritar.

—No lo dice en serio —dijo—. No te va a pegar.

—Si quiere, puede hacerlo.

La miraba embelesado, con los ojos tan húmedos como el labio superior.

—Dile que no vas a pegarle, Kes.

—No voy a pegarte —repitió Kestrel, bajando el puño—. Eres demasiado apestoso para tocarte.

Dio media vuelta y se apresuró calle abajo, con Bowman junto a ella. Mumpo los seguía unos pasos más atrás. Para que no los oyera, Kestrel le habló a su hermano con el pensamiento.

—*No puedo seguir así, no puedo.*

—*¿Qué otra cosa podemos hacer?*

—*No lo sé* —dijo ella—. *Algo. Algo y pronto, o explotaré.*

3

Palabrotas a voz en grito

Mientras salía de Distrito Naranja con Bowman y Mumpo tras ella, Kestrel no tenía pensado ningún plan. Sólo quería alejarse del maldito colegio, aunque en realidad recorría una de las cuatro calles principales de la ciudad en dirección al anfiteatro central, donde se encontraba el silbador del viento.

La ciudad de Aramanth estaba construida en círculo, casi como un tambor, pues se hallaba cercada por altas murallas erigidas hacía mucho para proteger a sus habitantes de las tribus guerreras de las llanuras. Hacía muchas generaciones que nadie se atrevía a atacar al poderoso Aramanth, pero las grandes murallas seguían en pie y muy pocos se aventuraban fuera de la ciudad. ¿Qué había en el mundo exterior que pudiera interesarle a alguien? Tan sólo la costa rocosa del sur, donde el océano gris rugía y se mecía; y las yermas tierras del norte, que se perdían hacia las lejanas montañas. Allí no había comida, ni comodidades, ni seguridad. En cambio dentro de las murallas había todo lo necesario para vivir, más aún, para vivir bien. Todos los ciudadanos de Aramanth sabían lo afortunados que eran al vivir en aquel insólito remanso de paz, abundancia e igualdad de oportunidades para todo el mundo.

Los distritos de la ciudad estaban dispuestos en círculos concéntricos. El círculo mayor, a la sombra de las murallas, estaba formado por los grandes bloques de apartamentos de Distrito Gris. A continuación venían los edificios de poca altura que conformaban Distrito Granate, y las hileras de pequeñas casas adosadas de Distrito Naranja, donde vivía la familia Hath. Más cerca del centro de la ciudad se encontraba el ancho círculo de Distrito Escarlata, una región de espaciosas casas unifamiliares, cada una con su jardín, distribuidas en un agradable laberinto de callejuelas que se entrelazaban, de manera que cada casa parecía especial y diferente, a pesar de que todas estaban pintadas de rojo, por supuesto. Y por último, con todo su esplendor y en el corazón de la ciudad, se encontraba Distrito Blanco. Allí estaba el Palacio Imperial, desde donde el emperador Creoth VI, padre de Aramanth, cuidaba de todos sus súbditos-hijos. Allí se encontraban las grandes casas de los gobernantes de la ciudad, construidas con mármol o caliza pulida, bellas y austeras. Allí estaba el gran Salón del Éxito con sus columnas, donde se exhibía la clasificación de cada familia; y enfrente, al otro lado de la plaza donde se erguía la estatua del emperador Creoth I, se encontraba el Colegio de Examinadores, lleno de ventanas, sede del Consejo de Examinadores, el supremo organismo de gobierno de Aramanth.

El anfiteatro de la ciudad se hallaba junto a la plaza, a la sombra de los enormes muros del Palacio Imperial, en el punto de encuentro de las cuatro calles principales. Ese gran espacio circular había sido diseñado en sus orígenes para acoger a toda la población de Aramanth durante los debates y las elecciones que habían sido necesarios antes de la introducción del sistema de clasificaciones. En ese momento ya había demasiados ciudadanos para apiñarse en las nueve gradas de mármol del anfiteatro, pero tenía su utilidad para conciertos y recitales. Allí se celebraba también el Examen Superior anual, en el que se ponía a prueba al cabeza de cada familia y se regulaba así su clasificación para el año siguiente.

En el centro del anfiteatro, en el círculo empedrado de mármol blanco que constituía la arena, se erguía una extraña torre de madera conocida como el silbador del viento. El silbador del viento era de lo más impropio. No era blanco, no era simétrico y no tenía la simplicidad ni la tranquilidad que caracterizaba a todo Distrito Blanco. Chirriaba al girar hacia uno y otro lado cuando se levantaba la brisa, y producía un lúgubre gemido cuando el viento soplaba con fuerza. Cada año surgía en la reunión del Consejo de Examinadores una propuesta para desmantelarlo y sustituirlo por un emblema de la ciudad más majestuoso, pero cada año era vetada la propuesta, al parecer por el emperador en persona. Pero lo cierto es que la gente le tenía cariño al silbador del viento, porque era muy antiguo y siempre había estado allí, y porque la leyenda decía que algún día volvería a silbar.

A Kestrel Hath siempre le había gustado el silbador del viento porque era impredecible y no tenía propósito alguno, y también porque no le gustaba el disciplinado mundo de Aramanth, a juzgar por su triste sollozo. A veces, cuando las frustraciones de su existencia se le hacían demasiado difíciles de soportar, bajaba corriendo las nueve gradas del anfiteatro, se sentaba en las losas blancas de abajo y le hablaba al silbador del viento durante una hora o más. Claro está que no la entendía y que los lastimeros chirridos que producía no eran palabras, pero a ella le parecían muy relajantes. No es que quisiera que la comprendieran. Sólo quería liberar los sentimientos de rabia y de impotencia, y no sentirse completamente sola.

Aquel día, el peor de todos los que había vivido, Kestrel se encaminó instintivamente hacia el anfiteatro. Su padre aún no habría llegado de la biblioteca y su madre estaría en la clínica, donde Pinpin debía someterse al reconocimiento físico de los dos años. ¿A qué otro lugar podía ir? Más adelante la acusaron de haber tramado sus vergonzosos actos con antelación, pero Kestrel no era una intrigante. Actuaba según sus impulsos, a menudo sin saber siquiera qué haría a continuación. Sería más correcto decir que Bowman seguía a su hermana porque presentía que iba a meterse en un lío. Y Mumpo, en fin, Mumpo se limitaba a seguirla porque la quería.

La calle que llevaba al centro atravesaba el patio de la Compañía de Tejedores, donde habían salido todos para hacer sus ejercicios porque era la hora de la comida.

—¡Tocad el suelo! ¡Tocad el cielo! —gritaba el entrenador—. ¡Podéis hacerlo! ¡Intentadlo!

Los tejedores se doblaban y se estiraban, se doblaban y se estiraban, todos a la vez.

Un poco más adelante se encontraron con un barrendero sentado junto a su carretilla, dando cuenta del almuerzo.

—Supongo que no tendréis basura para tirar —les dijo.

Los niños rebuscaron en los bolsillos. Bowman encontró un pedazo de tostada carbonizada que se había guardado para no herir los sentimientos de su madre.

—Tíralo al suelo —dijo el barrendero con los ojos resplandecientes.

—Lo echaré a la carretilla —dijo Bowman.

—Muy bonito, haz mi trabajo por mí —dijo el barrendero con amargura—. Si nadie tira nunca nada al suelo, ¿cómo voy a cumplir mi objetivo, cómo me las voy a arreglar? Tú eres de Naranja, a ti te va bien. No se te ha ocurrido pensar que yo quiero mejorar, como todo el mundo. Prueba a vivir en Distrito Gris. Mi mujer ha puesto los ojos en uno de esos apartamentos de Granate, los que tienen balconcitos.

Bowman tiró el trozo de tostada al suelo.

—Bueno, ahí lo tenemos —dijo el barrendero—. A lo mejor me lo quedo mirando un rato antes de recogerlo.

Kestrel ya estaba mucho más adelante, con Mumpo a la zaga. Bowman echó a correr para alcanzarlos.

—¿Cuándo vamos a comer? —preguntó Mumpo.

—Cállate —replicó Kestrel.

Mientras cruzaban la plaza, la campana de la alta torre del palacio tocó las dos. ¡Dong! ¡Dong! Sus compañeros de clase desfilarían ya hacia los pupitres y el profesor Batch estaría anotando que los tres gamberros se habían ausentado sin permiso. Eso significaba más puntos a restar.

Atravesaron la doble hilera de columnas de mármol que rodeaba la grada más alta del anfiteatro y empezaron a bajar los escalones hacia el centro.

Mumpo se quedó parado de pronto en la quinta grada y se sentó en el blanco escalón de mármol.

—Tengo hambre —anunció.

Kestrel no le hizo caso. Continuó hacia abajo seguida de Bowman. Mumpo también quería seguirla pero sólo era capaz de pensar en el hambre que tenía. Se quedó sentado en el escalón, puso los brazos alrededor de las rodillas y suspiró con todo su ser por algo de comida.

Kestrel se detuvo al fin, a los pies del silbador del viento. La rabia que sentía por la prueba de Pinpin, los insultos del profesor Batch y el asfixiante orden de Aramanth en general habían hecho nacer en su interior el deseo de fastidiar, de confundir, de provocar —apenas sabía a quién, a qué o cómo— sólo para quebrantar el suave y perfecto discurrir del mundo, aunque sólo fuera por un instante. Había ido al silbador del viento porque era su amigo y su aliado, pero hasta que no estuvo allí de pie no supo lo que iba a hacer.

Empezó a escalar.

—*¡Baja!* —le gritó alarmado Bowman—. *Te castigarán. Te caerás. Te harás daño.*

—*No me importa.*

Cuando consiguió llegar a la plataforma, se puso a trepar por la torre. No era una tarea fácil porque se balanceaba con el viento y los puntos de apoyo entre los tubos eran resbaladizos. Pero ella era nervuda y ágil, y se agarraba con fuerza mientras ascendía.

Un grito agudo llegó desde la grada superior del anfiteatro.

—¡Eh, tú! ¡Baja de ahí ahora mismo!

Un funcionario vestido de escarlata la había visto y bajaba rápidamente los escalones. Al encontrar a Mumpo hecho un ovillo en la quinta grada se detuvo.

—¿Qué estáis haciendo aquí? ¿Por qué no estáis en el colegio?

—Tengo hambre —dijo Mumpo.

—¿Hambre? Pero si acabas de comer...

—No, no he comido.

—En el colegio todos los niños comen a la una. Si no has comido, es culpa tuya.

—Sí, ya lo sé —dijo el desdichado Mumpo—. Pero sigo teniendo hambre.

Para entonces, Kestrel había llegado al cuello del silbador del viento y estaba descubriendo algo interesante. En el ancho tubo de metal había una ranura abierta que tenía grabada encima una flecha que la señalaba, y encima de la flecha, un dibujo. Parecía una S, con la cola de la letra formando un bucle hacia arriba y a la derecha.

El funcionario de escarlata llegó a la base del silbador del viento.

—Oye, chico —le dijo a Bowman con brusquedad—. ¿Qué hace ésa? ¿Quién es?

—Es mi hermana —respondió Bowman.

—¿Y tú quién eres?

—Soy su hermano.

El furioso funcionario lo ponía nervioso, y Bowman se volvía muy lógico cuando se ponía nervioso. El funcionario, momentáneamente desconcertado, levantó la vista y llamó a Kestrel.

—¡Baja de ahí, niña! ¡Baja inmediatamente! ¿Qué crees que vas a hacer ahí arriba?

—¡Pango! —contestó Kestrel mientras seguía escalando por la estructura.

—¿Qué? —dijo el oficial—. ¿Qué ha dicho?

—Pango —respondió Bowman.

—¿Me ha llamado pango?

—No estoy seguro —dijo Bowman—. A lo mejor me lo decía a mí.

—Pero he sido yo quien la ha llamado. Le he ordenado que bajara y ella ha contestado «pango».

—A lo mejor cree que se llama así.

—Yo no me llamo así. Nadie se llama Pango.

—No lo sabía. Supongo que ella tampoco.

El funcionario, confundido por los modos tímidos pero correctos de Bowman, volvió la cara hacia Kestrel, que ya casi había llegado hasta arriba del todo.

—¿Me has llamdo Pango a mí? —gritó.

—¡Pango, púa, púa, pompaprún! —respondió Kestrel a voz en grito.

El funcionario se volvió hacia Bowman con expresión severa.

—¿La has oído? ¡Qué vergüenza! —Y levantó la cabeza para volver a gritarle a Kestrel—: ¡Si no bajas, te denunciaré!

—La denunciará aunque baje —dijo Bowman.

—Por supuesto que lo haré —dijo el funcionario—, pero la denunciaré más si no baja. —Le gritó a Kestrel—: ¡Les diré que resten puntos de la clasificación de tu familia!

—¡Bangaplop! —gritó Kestrel. Al gritar, la palabrota había llegado a la altura de una de las anchas aspas de cuero y el sonido bajó por los tubos del silbador del viento y un segundo después surgió por los cuernos, de una forma confusa y distorsionada.

—¡Bang-ang-anga-plop-op-p!

Entonces Kestrel metió toda la cabeza en el aspa de cuero y gritó:

—¡Sagapuercos!

Su voz salió retumbando por los cuernos:

—¡SAG-AG-AG-A-PUERCO-O-OS!

El funcionario se quedó horrorizado al oírlo.

—Está perturbando la sesión de trabajo de la tarde —dijo—. La oirán desde el Colegio.

—¡Pompa, pompa, pompaprún! —gritó Kestrel.

—¡POMP-P-PA, POMP-P-PA, POMP-P-PA-PRU-U-ÚN! —bramó el silbador del viento por todo el anfiteatro.

Los altos funcionarios de la ciudad salieron del Colegio de Examinadores, en una ráfaga de túnicas blancas, para ver qué estaba perturbando la sesión de la tarde.

—¡DETEEESTO EL COLEEEGIO! —tronó la voz amplificada de Kestrel—. ¡DETEEESTO LAS CLASIFICACIOONES!

Los examinadores lo oyeron llenos de asombro.

—Le ha dado un ataque —dijeron—. Ha perdido la cabeza.

—¡Que la bajen de ahí! ¡Llamen a los guardias!

—¡No pienso esforzarme maaás! —gritó Kestrel—. ¡No pienso llegaaar más aaalto! ¡No pienso hacer que mañaaana sea mejor que hoooy!

Cada vez se congregaba más gente, atraída por el jaleo. Una larga hilera de niños de Distrito Granate, que habían ido a visitar el Salón del Éxito, apareció por entre la doble fila de columnas para escuchar la voz de la niña.

—¡No amo al emperadooor! —chillaba Kestrel—. ¡En Aramaaanth no hay gloooria!

Los niños se sobresaltaron. Su profesora estaba demasiado impactada para decir nada. Un grupo de guardias vestidos de gris bajó corriendo las escaleras y empuñando los bastones.

—¡Hacedla bajar! —gritaba el funcionario de la túnica escarlata.

Los guardias formaron un círculo alrededor del silbador del viento.

—¡Estás rodeada! —le gritó a Kestrel el capitán—. ¡No tienes escapatoria!

—No quiero escapar —contestó Kestrel; entonces volvió a meter la cabeza en el aspa de cuero y gritó—: ¡PAAANGO A LOS EXAAÁMENES!

Los niños de Granate empezaron a reírse con disimulo.

—¡Maldita niña! —exclamó la profesora, y condujo a la clase de vuelta al Salón del Éxito—. Vámonos, niños. No la escuchéis. Está fuera de sí.

—¡Baja! —bramó el capitán de la guardia—. ¡Baja o lo lamentarás!

—Ya lo lamento —contestó Kestrel—. ¡Lo lamento por mí y por usted, y por toda esta lamentable ciudad!

Metió la cabeza en el aspa y gritó con todas sus fuerzas:

—¡NO ME ESFORZARÉ MAAÁS! ¡NO LLEGARÉ MÁS AAALTO! ¡NO HARÉ QUE MAÑAAANA SEA MEJOR QUE HOOOY!

Bowman no intentó controlar de nuevo a su hermana. La conocía demasiado bien. Cuando le daba uno de sus ataques, no había forma de hacerla razonar hasta que se le había pasado la rabia. La profesora tenía razón: Kestrel estaba fuera de sí. La cólera fluía por su interior, espléndida y liberadora, y ella se balanceaba hacia uno y otro lado en lo alto del silbador del viento, y gritaba los inconcebibles y espantosos pensamientos que durante tanto tiempo se había guardado dentro. Había llegado tan lejos, había quebrantado tantas reglas y dicho cosas tan espantosas, que sabía que recibiría el más severo castigo. Y como no podía deshacer lo que ya había hecho, era libre de ser todo lo mala que quisiera.

—¡Pango al emperador! —gritó—. ¿Dónde se mete? ¡Nunca lo he visto! ¡El emperador no existe!

Los guardias se pusieron a escalar el silbador del viento para hacerla bajar a la fuerza. Bowman, temiendo que le hicieran daño, se escabulló para ir en busca de su padre a la biblioteca de Distrito Naranja donde trabajaba. Mientras salía del anfiteatro por un lado, el jefe de examinadores en persona entraba por el otro y observaba con adusto silencio la caótica escena de abajo.

—¡POMP-PA, POMP-PA-PRU-U-ÚN AL EMPERADOR! —resonó la voz amplificada de Kestrel.

Maslo Inch respiró hondo y bajó las escaleras con paso calmado. En la quinta grada una pequeña mano le agarró de su inmaculada túnica blanca.

—Disculpe, señor —dijo una vocecita—. ¿Tiene algo para comer?

El jefe de examinadores bajó la mirada y vio a Mumpo, la nariz llena de mocos, la cara mugrienta, los estúpidos ojos humedecidos que lo miraban, y tiró de la túnica con súbita rabia.

—¡No me toques, maldito mocoso! —le dijo entre dientes.

Mumpo estaba acostumbrado a que se lo quitaran de encima, a que se rieran de él, pero el odio intenso que captó en la voz del jefe de examinadores lo dejó atónito.

—Sólo quería...

Pero Maslo Inch no atendió sus palabras y siguió camino abajo, hacia la arena del anfiteatro.

Su llegada provocó el pánico entre los funcionarios y los guardias.

—Le hemos ordenado que baje... Hacemos todo lo que podemos... Debe de estar borracha... ¿La ha oído?... No quiere escucharnos...

—¡Callaos! —dijo el jefe de examinadores—. Que alguien se lleve a ese niño asqueroso de ahí, y que lo laven. —Hizo un gesto por encima del hombro en dirección a Mumpo.

Uno de los guardias subió rápidamente las escaleras y agarró a Mumpo de la muñeca. El niño se movía despacio, mirando atrás, a Kestrel, en lo alto del silbador del viento. No se quejó, porque estaba acostumbrado a que las autoridades lo arrastraran de un lado para otro. El guardia lo llevó a la fuente que había junto a la estatua de Creoth

I y le puso la cabeza bajo el chorro de agua fría. Mumpo se puso a lanzar gritos y a forcejear con violencia.

—Será mejor que tengas cuidado —dijo el guardia, harto de que lo salpicara—. En Aramanth no nos gustan los de tu calaña.

Soltó al niño y se lavó las manos en la pila de la fuente.

—Yo no quiero estar en Aramanth —replicó Mumpo, temblando—. Pero no sé adónde más puedo ir.

En el anfiteatro, Maslo Inch observaba a los guardias que trepaban por el silbador del viento para alcanzar a la niña, más ligera y ágil que ellos.

—Bajad —les ordenó.

—Conseguirán llegar hasta ella, señor —dijo el capitán de la guardia.

—He dicho que bajen.

—Sí, señor.

Los guardias descendieron, sin aliento y con la cara colorada. Maslo Inch contempló con su mirada intensa y desdeñosa a la muchedumbre que se había reunido allí.

—¿Es que nadie tiene trabajo que hacer esta tarde?

—No podíamos dejar que siguiera diciendo esas cosas horribles...

—Sois su público. Marchad y se callará. Capitán, desaloje el anfiteatro.

Mientras los funcionarios y los guardias se iban, miraban atrás por encima del hombro para ver qué hacía el jefe de examinadores a continuación.

Kestrel compuso una especie de cancioncilla con todas las palabrotas que sabía y la cantó por el silbador del viento.

¡Virueloso, virueloso, pompaprún!
¡Banga, banga, banga, plop!
¡Sagapuercos, sagapuercos, pompaprún!
¡Chinchedubre, pango, plop!

Maslo Inch se la quedó mirando como para familiarizarse con su cara. No dijo nada más. La chica insultaba, se mofaba de todo lo que era más respetado en Aramanth. Recibiría un castigo, desde luego, pero el caso exigía algo más que un castigo. Había que acabar con ella. Maslo Inch no era un hombre que se amilanara ante las decisiones difíciles. Con aquella jovencita había que hacer algo, y algo terminante, de una vez por todas. Hizo un gesto enérgico con la cabeza y se alejó tranquilamente.

4

Prácticas para Granate

Cuando Bowman regresó con su padre, el anfiteatro estaba vacío y el silbador del viento permanecía en silencio. Los guardias que custodiaban el lugar se negaron a dejarlos entrar. Hanno Hath les explicó que era el padre de la niña enfurecida y que había ido para llevársela a casa. Los guardias llamaron al capitán, y el capitán pidió instrucciones del Colegio de Examinadores. Recibió una única orden.

—Enviadla a casa. Más adelante recibirá su merecido.

Mientras padre e hijo bajaban las escaleras del anfiteatro, Bowman preguntó en voz baja:

—¿Qué van a hacerle?

—No lo sé —respondió Hanno.

—Han dicho que nos restarán puntos de la clasificación familiar.

—Sí, supongo que harán eso.

—Ha llamado pompaprún al emperador. Ha dicho que el emperador no existe.

—¿Eso ha dicho? —comentó su padre, sonriendo para sus adentros.

—Papá, ¿el emperador existe?

—¿Quién sabe? Yo no lo he visto nunca, y nunca he conocido a nadie que lo haya visto. A lo mejor no es más que una de esas ideas útiles.

—¿Te vas a enfadar con Kes?

—No, claro que no. Pero habría sido mejor que no lo hubiera hecho.

Cuando llegaron al silbador del viento, Hanno Hath llamó a su hija, que aún estaba en lo alto, acurrucada entre las aspas de cuero.

—¡Kestrel! Baja ya, cariño.

La niña sacó la cabeza para mirar y vio a su padre.

—¿Estás enfadado conmigo? —preguntó en voz baja.

—No —contestó él con dulzura—. Te quiero.

Kestrel bajó decidida del silbador del viento, pero al llegar al suelo se echó a llorar, temblorosa. Hanno Hath la rodeó con sus brazos y se sentó en el último escalón del anfiteatro, estrechándola con fuerza y dejando que derramara todas las lágrimas de rabia y humillación contenidas.

—Ya lo sé, ya lo sé —repetía una y otra vez.

Bowman estaba sentado a su lado, esperando a que su hermana se tranquilizara; también temblaba y quería abrazarse a su padre. Se acercó y apoyó la cabeza contra la áspera lana que le cubría el brazo.

«Papá no puede ayudarnos —pensó—. Quiere, pero no puede.» Era la primera vez que pensaba algo así, de una forma tan clara y simple. Se lo dijo a Kestrel con el pensamiento.

—*Papá no puede ayudarnos*.

Kestrel le contestó:

—*Ya lo sé. Pero nos quiere*.

En ese momento, los dos sintieron a la vez lo mucho que los quería su padre, y empezaron a darle besos al mismo tiempo, por las orejas y los ojos y las ásperas mejillas.

—Eso está mejor —dijo él—. Éstos son mis pajaritos brillantes.

Caminaron despacio hacia casa, tomados del brazo sin que nadie los molestara. Ira Hath los estaba esperando con Pinpin en brazos, y rápidamente le explicaron lo sucedido.

—¡Oh, cómo me gustaría haberte oído! —exclamó.

Ni el padre ni la madre de Kestrel la castigaron ni le dijeron que había hecho algo malo. Pero todos sabían que tendrían que pagar un precio.

—Nos perjudicará a todos, ¿verdad? —preguntó Kestrel, mirando a su padre a los ojos mientras hablaba.

—Bueno, sí, supongo que de algún modo querrán dar ejemplo con nosotros —dijo Hanno con un suspiro.

—¿Tendremos que irnos a Distrito Granate?

—Sí, creo que sí, a no ser que deje al mundo boquiabierto con mi brillante inteligencia en el próximo Examen Superior.

—Tú eres brillante, papá.

—Gracias, cariño. Pero por desgracia, la inteligencia que pueda tener no queda plasmada en los exámenes.

Puso una cara divertida. Todos sabían lo mucho que odiaba los exámenes.

Aquella noche no acudieron los guardias, así que cenaron juntos y bañaron a Pinpin, como si no hubiese ocurrido nada. Después, antes de acostar a la pequeña, mientras el sol del atardecer teñía el cielo de un rosa grisáceo y pálido, se dieron el abrazo de los deseos de la familia, como siempre. Hanno Hath se arrodilló en el suelo y alzó los brazos. Bowman se acurrucó bajo uno y Kestrel bajo el otro. Pinpin estaba de pie, con la cara contra el pecho de su padre, rodeándolo con los brazos. Ira Hath se arrodilló detrás de Pinpin y abarcó con los brazos a Bowman por un lado y a Kestrel por el otro, de manera que conformaron una piña muy unida. Luego todos inclinaron la cabeza hacia dentro hasta tocarse y formularon por turnos su deseo de la noche. A menudo pedían cosas graciosas, sobre todo su madre, que una vez había deseado cinco noches seguidas que a los Blesh les salieran forúnculos ulcerosos. Pero esa noche estaban muy serios.

—Deseo que nunca más haya exámenes —dijo Kestrel.

—Deseo que no le pase nada malo a Kes —dijo Bowman.

—Deseo que mis queridos niños estén a salvo y sean siempre felices —dijo su madre. Siempre deseaba lo mismo cuando estaba preocupada.

—Deseo que el silbador del viento vuelva a silbar —dijo su padre.

Bowman le dio un codazo a Pinpin y ella dijo:

—Deseo, deseo.

Luego se dieron todos un beso y les chocaron las narices, como siempre, porque no tenían un orden establecido. Después acostaron a Pinpin.

—¿Crees que sucederá algún día, papá? —preguntó Bowman—. ¿Volverá a silbar el silbador del viento?

—No son más que viejas historias —dijo Hanno Hath—. Ya nadie se las cree.

—Yo sí —dijo Kestrel.

—No puedes —objetó su hermano—. Tú no sabes más sobre eso que todos los demás.

—Las creo porque nadie las cree —replicó ella.

Eso hizo sonreír a su padre.

—Así es más o menos como yo me siento —dijo.

Les había contado la vieja historia muchas veces, pero Kestrel siempre quería volver a escucharla. Así que para tranquilizarla les habló una vez más de aquel tiempo lejano en que el silbador del viento silbaba. Su melodía era tan dulce que todo el que la escuchaba era feliz. La felicidad del pueblo de Aramanth enfurecía al señor de los espíritus, el Morah...

—Pero el Morah no es real —interrumpió Bowman.

—No, ya nadie cree en el Morah —dijo su padre.

—Yo sí —dijo Kestrel.

Según la vieja historia, el Morah estaba tan furioso que envió un ejército terrible, el ejército de los zars, para destruir Aramanth. Entonces el pueblo se asustó, le quitaron la voz al silbador y se la dieron al Morah. El Morah aceptó la ofrenda, los zars se retiraron sin destruir Aramanth y el silbador del viento nunca volvió a silbar su melodía.

Kestrel se emocionó mucho al oír aquello.

—¡Es cierto! —gritó—. Hay un hueco en el cuello del silbador del viento donde va la voz. ¡Yo lo he visto!

—Sí —dijo Hanno—. Yo también.

—Entonces la historia tiene que ser cierta.

—Quién sabe —dijo Hanno—. Quién sabe.

Las palabras de Kestrel les recordaron a todos su acto de rebeldía de la tarde, y se quedaron callados.

—A lo mejor se les olvida lo que ha pasado —dijo Ira Hath esperanzada.

—No —dijo Hanno—. No lo olvidarán.

—Tendremos que descender a Distrito Granate —dijo Bowman—. No veo qué tiene eso de malo.

—Los apartamentos son bastante pequeños. Tendríamos que dormir todos juntos en una habitación.

—A mí me gustaría mucho —dijo Bowman—. Siempre he deseado que durmiésemos en la misma habitación.

Kestrel lo miró agradecida, y su madre lo besó.

—Eres un niño encantador —dijo—. Pero, verás, tu padre ronca.

—¿Que ronco? —dijo Hanno, sorprendido.

—Yo ya estoy bastante acostumbrada —contestó su esposa—, pero a los niños es posible que les cueste dormir durante un tiempo.

—¿Por qué no lo intentamos? —sugirió Bowman—. ¿Por qué no practicamos esta noche para Distrito Granate?

Sacaron los colchones de las camas de los mellizos y los llevaron a la habitación de sus padres. Prepararon la gran cama, con la colcha de rayas de muchos colores: rosa y amarillo, azul y verde, colores que rara vez se veían en Aramanth. Ira Hath la había hecho ella misma, como pequeño acto de rebeldía, y a sus hijos les encantaba.

Si empujaban la gran cama contra la pared del fondo, los dos colchones cabían uno junto al otro en el suelo, aunque no quedaba espacio para caminar, y desde luego no había sitio para la cuna de Pinpin. Por eso decidieron que Pinpin dormiría entre Bowman y Kestrel, donde se unían los dos colchones.

Cuando estuvieron listos para dormir, el padre sacó de la cuna a Pinpin, que dormía, y la acostó entre los mellizos. La pequeña se despertó a medias y, al encontrar a su hermano a un lado y a su hermana al otro, la carita redonda se le iluminó con una sonrisa adormilada. Se acurrucó, se volvió primero a un lado y luego al otro, murmuró:

—Quiero, Bo, quiero, Kes —y se durmió otra vez.

Sus padres se fueron a la cama. Durante un rato estuvieron todos tumbados, apretados en la oscuridad, escuchando la respiración de los demás. Luego Ira Hath dijo con su voz de profetisa:

—¡Oh, pueblo infeliz! ¡El mañana traerá tristeza!

Se rieron en voz baja, como hacían siempre que su madre ponía voz de profetisa, pero sabían que lo que decía era cierto. Se cobijaron más aún bajo las sábanas. Se sentían tan a gusto y a salvo, tan en familia durmiendo juntos en la misma habitación, que se preguntaron por qué no lo habían hecho antes y cuándo volverían a hacerlo, si es que lo volvían a hacer.

5

Una advertencia del jefe de examinadores

La citación llegó temprano, cuando todavía estaban desayunando. Sonó el timbre. Un mensajero del Consejo de Examinadores les informó de que el jefe de examinadores quería ver inmediatamente a Hanno Hath y a su hija Kestrel.

Hanno se puso en pie.

—Vámonos, Kes. Vamos a acabar con esto.

Kestrel no se movió de la mesa. Su expresión mostraba una tozuda resistencia.

—No tenemos por qué ir.

—Si no vamos, enviarán a los guardias a buscarnos.

Kestrel se levantó despacio, mirando al mensajero con gran hostilidad.

—Haz conmigo lo que quieras —dijo—. No me importa.

—¿Yo? —exclamó el mensajero, ofendido—. ¿Qué tiene esto que ver conmigo? Yo sólo transmito mensajes. ¿Te crees que alguien me los explica?

—No tienes por qué hacerlo.

—Ah, ¿no? Nosotros vivimos en Distrito Gris. Prueba a compartir el cuarto de baño con seis familias. Prueba a vivir con una esposa enferma y dos muchachos enormes en una sola habitación. Ah, no, yo haré bien mi trabajo, y más que bien, y un buen día nos ascenderán a Granate. Eso no estaría nada mal, no, nada mal.

Maslo Inch los aguardaba en su espacioso despacho, sentado a su enorme escritorio. Se alzó con toda su imponente estatura en cuanto Hanno y Kestrel entraron y, para su sorpresa, los saludó con una sonrisa, con su grandioso estilo altivo. Salió de detrás de la fortaleza del escritorio, les dio la mano y los invitó a que se sentaran con él en el círculo de espléndidas sillas.

—Tu padre y yo solíamos jugar juntos cuando teníamos tu edad —le dijo a Kestrel—. También nos sentamos juntos en clase, durante un tiempo. ¿Te acuerdas, Hanno?

—Sí que me acuerdo —dijo Hanno.

Se acordaba de que Maslo Inch había sido mucho más grande que los demás y los había hecho arrodillarse ante él. Pero no dijo nada de eso. Sólo quería acabar con la entrevista cuanto antes. La vestimenta blanca de Maslo Inch era tan blanca que se hacía difícil mirarlo durante mucho rato; eso, y su sonrisa.

—Voy a contarte algo que tal vez te sorprenda —le dijo el jefe de examinadores a Kestrel—. Tu padre era más listo que yo en el colegio.

—Eso no me sorprende —replicó Kestrel.

—¿Ah, no? —repuso Maslo Inch sin alterarse—. Entonces, ¿por qué yo soy jefe de examinadores de Aramanth mientras que tu padre es bibliotecario de un subdistrito?

—Porque a él no le gustan los exámenes —contestó Kestrel—. Le gustan los libros.

Hanno Hath observó una sombra de irritación en el semblante del jefe de examinadores.

—Sabemos que esto es por lo que pasó ayer —dijo con calma—. Di lo que tengas que decir.

—Ah, sí. Ayer. —La sonrisa regresó a su rostro para alcanzar a Hanno con su brillo inalterable—. Tu hija nos montó un buen numerito. En su momento hablaremos de eso.

Hanno Hath observó un pozo de odio en los brillantes ojos del jefe de examinadores. «¿Por qué me odia tanto? —se preguntó—. Este hombre tan poderoso no tiene nada que temer de mí.»

Maslo Inch se levantó.

—Seguidme, por favor.

Se puso en marcha sin mirar atrás ni una sola vez, y Hanno y Kestrel lo siguieron, tomados de la mano. El jefe de examinadores los condujo por un largo pasillo vacío, flanqueado por columnas de nombres escritos con letras doradas. Aquello era tan corriente en Aramanth que ni el padre ni la hija lo miraron dos veces. Cualquiera que lograra algo notable tenía su nombre escrito sobre alguna pared, y esa práctica llevaba tanto tiempo ejerciéndose que no había ni una sola pared pública vacía.

El pasillo unía el Colegio de Examinadores con el Palacio Imperial y desembocaba en un patio en el centro del palacio, donde un vigilante vestido de gris barría los senderos. Maslo Inch empezó lo que sin duda era un discurso ensayado.

—Kestrel —dijo—, quiero que escuches lo que voy a decirte hoy, y que observes lo que voy a enseñarte hoy, y que lo recuerdes durante el resto de tu vida.

Kestrel no dijo nada. Observaba la escoba del vigilante: barre que te barre.

—He hecho indagaciones —dijo el jefe de examinadores—. Me han dicho que ayer por la mañana te pusiste al final de la clase.

—¿Y qué más da? —Contemplaba al guardián. Sus ojos miraban hacia abajo mientras trabajaba, y su rostro parecía ausente.

«¿Qué estará pensando? Bo lo sabría.»

—Y que le dijiste a tu profesor: «¿Qué más puede hacerme?»

—¿Y qué más da?

«¿Por qué sigue barriendo? No queda nada que barrer.»

—Después proseguiste con una infantil pataleta en un lugar público.

—¿Y qué más da?

—Supongo que no ignorarás que tu clasificación personal afecta a la de tu familia.

—¿Y qué más da?

«Barre que te barre con la escoba.»

—Eso es lo que estamos a punto de descubrir.

Se detuvo frente a una puerta que había en un muro de piedra. La puerta era pesada y estaba cerrada con un gran pestillo de hierro. Maslo puso la mano en el pestillo y se volvió una vez más hacia Kestrel.

—«¿Qué más puede hacerme?» Interesante pregunta, pero equivocada. Deberías preguntarte: «¿Qué más puedo hacerme a mí misma y a mis seres queridos?»

Tiró del pestillo y empujó la pesada puerta para abrirla. Dentro, un frío y húmedo túnel de piedra descendía hacia la penumbra.

—Voy a llevarte a ver las cuevas de sal. En cierto modo es un privilegio. Muy pocos de nuestros ciudadanos ven las cuevas de sal, por un motivo que pronto comprenderás.

Lo siguieron por el túnel, los pasos resonando en el arco del techo. Kestrel vio entonces que los costados del túnel estaban excavados en una piedra blanca que refulgía en la luz tenue: sal. Sabía por las clases de historia que Aramanth estaba construido sobre sal. El pueblo manth, una tribu nómada en busca de hogar, había encontrado indicios del mineral y se había asentado allí para extraerlo. Los indicios se convirtieron en vetas y las vetas en cavernas a medida que iban excavando túneles hacia un enorme tesoro subterráneo. La sal había enriquecido al pueblo manth, y con esa riqueza habían construido su ciudad.

—¿Alguna vez te has preguntado qué se hizo de las cuevas de sal? —inquirió Maslo Inch mientras descendían el túnel largo y curvo—. Cuando se hubo extraído toda la sal, sólo quedó un gran espacio hueco. Una gran nada, un vacío. Y sin duda te preguntarás: ¿Para qué sirve un vacío?

Se empezó a oír un sonido de agua corriendo lentamente, un borboteo grave y profundo. Y en el aire húmedo se percibía un acre olor a gas.

—Durante cien años extrajimos de la tierra lo que más queríamos. Y durante otros cien años hemos devuelto a la tierra lo que menos queremos.

El túnel descendente se abrió de pronto en una amplia cámara subterránea, un espacio oscuro y poco preciso en el que se oía el agua correr, como si un millar de corrientes desembocaran allí en un mar subterráneo. El olor era ya inconfundible: corrosivo y nauseabundo.

Maslo Inch los llevó hasta una larga verja. Al otro lado, algo más abajo, se extendía un vasto lago de lodo oscuro que se movía con lentitud y del que surgían burbujas aquí y allá con pesados eructos, como una gigantesca caldera hirviendo. Las paredes de la sala que cubría el lago refulgían, como si estuvieran sudando, perforadas en algunos sitios por grandes tubos de hierro, de los que salía agua gris, unas veces sin fuerza y otras a borbotones.

—El alcantarillado —dijo el jefe de examinadores—. Las cloacas. No son bonitas pero resultan necesarias.

Instintivamente, tanto Kestrel como su padre se taparon la nariz con la mano para protegerse del hedor.

—Jovencita, tú crees que si haces lo que te da la gana y no te esfuerzas en el colegio, tu familia y tú descenderéis de Naranja a Granate. Crees que no te importa. A lo mejor descendéis más aún, de Granate a Gris. Y crees que eso tampoco te importa. Distrito Gris no es bonito ni agradable, pero es lo más bajo y al menos allí os dejarán en paz. Lo peor que puede pasarnos es que nos hagan descender hasta llegar a Gris. Eso es lo que piensas, ¿verdad?

—No —dijo Kestrel, a pesar de que eso era exactamente lo que pensaba.

—¿No? ¿Crees que podría ser peor?

La niña guardó silencio.

—Tienes mucha razón. Podría ser mucho, muchísimo peor. Al fin y al cabo, Distrito Gris, por muy pobre que sea, sigue formando parte de Aramanth. Pero existe otro mundo debajo de Aramanth.

Kestrel miró la turbia superficie del lago. Se extendía hasta mucho más allá de donde alcanzaba a ver. Y lejos, muy lejos, le pareció entrever un resplandor, un foco de luz, como los rayos de sol que veces atraviesan las nubes sobre las colinas lejanas. Clavó la mirada en aquel resplandor distante y el lago pestilente le pareció casi hermoso.

—Esto que ves es el Sublago, un lago de materia en descomposición que es mayor que todo Aramanth. En el lago hay islas, islas de lodo. ¿Las ves?

Miraron al lugar donde señalaba con el dedo y apenas lograron distinguir, muy lejos, sobre la resbaladiza superficie marrón grisáceo del lago, un grupo de montículos bajos. Al mirar descubrieron un movimiento cerca de los montículos y, al fijarse mejor, medio incrédulos, les pareció ver una figura distante que caminaba sobre el lodo, pero luego se hundió y ya no la vieron más. Los ojos ya se les habían acostumbrado a la penumbra, así que empezaron a distinguir más figuras, todas uniformemente oscuras, igual que el lodo por el que se deslizaban, moviéndose en silencio entre las sombras.

—¿Aquí abajo vive gente? —preguntó Hanno.

—Ya lo creo. Unos cuantos miles. Hombres, mujeres, niños. Gente primitiva y degradada, poco más que animales.

Los invitó a acercarse más a la verja. Justo delante, al otro lado de una puerta de barrotes, se extendía un estrecho embarcadero. Atadas a sus postes, a unos seis metros, había varias barcazas largas y bajas, medio cargadas de toda clase de desperdicios.

—Viven de lo que nosotros tiramos. Viven en la basura y de la basura. —Se volvió hacia Kestrel—. Has preguntado qué más podemos hacerte. Aquí tienes la respuesta. ¿Por qué nos esforzamos más? ¿Por qué llegamos más alto? Porque no queremos vivir así.

Kestrel se encogió de hombros.

—No me importa —dijo.

El jefe de examinadores la escrutó con la mirada.

—¿No te importa? —dijo muy despacio.

—No.

—No te creo.

—A ellos no les importa.

—Demuestra que no te importa.

Abrió la puerta de la verja y la sostuvo, invitándola a pasar. Kestrel miró los tablones resbaladizos.

—Adelante. Camina hasta el otro lado si de veras no te importa.

Kestrel dio un paso sobre el estrecho embarcadero y se detuvo. Lo cierto es que el Sublago le daba miedo, pero en su interior latía un orgullo furioso y habría hecho cualquier cosa para borrar la sonrisa de la cara del jefe de examinadores. Así que dio otro paso.

—Ya basta, Kes —dijo su padre. Y dirigiéndose al jefe de examinadores añadió—: Ya has demostrado lo que querías, Maslo. Déjamela a mí.

—Te hemos dejado a tus hijos durante demasiado tiempo, Hanno. —Hablaba sosegado como siempre, pero esta vez con un tono de intenso desagrado—. Los niños siguen el ejemplo que les dan sus padres. En tu interior se ha quebrantado algo, amigo mío. Ya no llevas la lucha dentro. Ni la voluntad de triunfar.

Al oír aquellas palabras, Kestrel sintió una furia incontenible, y de pronto empezó a caminar decidida por el embarcadero. Avanzaba con la vista al frente, mirando fijamente al lugar en que la remota luz se derramaba sobre la oscura superficie del lago.

—¡Vuelve, Kes! —gritó su padre.

Quiso ir tras ella, pero Maslo Inch lo agarró del brazo con una mano y lo sostuvo con firmeza.

—Déjala ir —dijo—. Debe aprender.

Con la otra mano accionó una larga palanca que había junto a la puerta de la verja y se produjo un sonido sibilante y de gorgoteos, al tiempo que los postes que sostenían el extremo del embarcadero empezaban a hundirse en el lago. El embarcadero se curvó hacia abajo y se convirtió en una rampa que cada vez se inclinaba más hacia el lodo. Kestrel gritó alarmada. Se volvió rápidamente e intentó correr hacia arriba por las tablas, pero estaban cubiertas de cieno y no conseguía agarrarse a ningún sitio. Empezó a deslizarse hacia atrás.

—¡Papá! —gritó—. ¡Ayúdame!

Hanno se lanzó hacia ella, tiró con furia de la mano del jefe de examinadores pero no consiguió liberarse.

—¡Suéltame! ¿Qué vas a hacerle? ¿Es que te has vuelto loco?

Maslo Inch tenía los ojos fijos en los de Kestrel, que en vano intentaba detener su caída al lodo.

—¡Abajo, abajo, abajo! —gritó—. Bueno, Kestrel, ¿te importa ahora?

—¡Ayúdame, papá!

—¡Sácala de ahí! ¡Se va a ahogar!

—¿Te importa ahora? ¿Te esforzarás más? ¡Dímelo! ¡Quiero oírlo!

—¡Papá! —Kestrel gritaba mientras resbalaba por el extremo de la pasarela inclinada y caía al lago. Sus pies se hundieron en el líquido marrón y desaparecieron con un espantoso sonido de succión.

—¡Me hundo!

—¡Dime que te importa! —gritó Maslo Inch; su mano agarraba el brazo de Hanno con tanta fuerza que los nudillos se le habían puesto blancos—. ¡Quiero oírlo!

—¡Estás loco! —exclamó Hanno—. ¡Te has vuelto loco!

En su desesperación consiguió liberar su brazo y le dio un fuerte golpe en la cara al jefe de examinadores.

Maslo Inch se volvió contra él, y de pronto perdió completamente el control y sacudió a Hanno como a un muñeco.

—¡No te atrevas a tocarme! —gritó—. ¡Gusano! ¡Babosa! ¡Microbio! ¡Fallas en los exámenes, le fallas a tu familia, le fallas a tu país!

En ese mismo instante, Kestrel se dio cuenta de que ya no se hundía más. En algún lugar bajo la superficie había tierra firme, y el lodo sólo la cubría hasta las rodillas. Así que se aferró a los lados del estrecho embarcadero con ambas manos y empezó a remontarlo. Ya no pedía ayuda. Miraba fijamente al jefe de examinadores y se obligó a subir la pendiente.

Maslo Inch estaba demasiado absorto gritándole a su padre para darse cuenta.

—¿Para qué sirves? ¡No eres nadie! ¡No haces nada, no te esfuerzas, esperas que los demás lo hagan todo por ti! ¡Lo único que haces es leer tus inútiles libros! ¡Eres un parásito! ¡Un germen! ¡Infectas a todos cuantos te rodean con tu fracaso y tu pereza enfermizos! ¡Me das asco!

Kestrel llegó a lo alto del embarcadero, respiró hondo y, con un espeluznante grito de rabia, se abalanzó sobre la espalda del jefe de examinadores.

—¡Virueloso!

Cerró los brazos alrededor de su cuello y las piernas alrededor de su cintura y apretó con todas sus fuerzas, para que soltara a su padre.

—¡Sagapuerco! ¡Púa, púa, púa, banga, pompaprún! ¡Chinchedubre virueloso!

El jefe de examinadores, pillado por sorpresa, dejó ir el brazo de Hanno Hath y empezó a girar sobre sí mismo para quitarse a Kestrel de encima. Pero girase hacia donde girase siempre la tenía detrás; sus enjutos brazos lo estrangulaban, y sus pies lodosos le golpeaban las costillas.

Durante la pelea, corta pero intensa, la túnica del jefe de examinadores quedó manchada con el lodo de las piernas de Kestrel. Cuando por fin consiguió agarrarla bien, se la sacó de encima lanzándola más lejos de lo que pretendía. Enseguida se puso de pie y echó a correr.

Él se quedó tan impactado al ver su ropa cubierta de lodo que no intentó perseguirla.

—¡Mi ropa blanca! —exclamaba—. ¡Maldita bruja!

Kestrel se había ido rápida como un rayo túnel arriba, hacia la lejana puerta.

Maslo Inch se sacudió la ropa y volvió a accionar la palanca que devolvía el embarcadero a su posición inicial. Luego se dirigió a Hanno.

—Bueno, viejo amigo —dijo con voz gélida—. ¿Qué tienes que decir a esto?

—No deberías haberle hecho eso.

—¿Eso es todo?

Hanno Hath guardó silencio. No pensaba pedir disculpas por el comportamiento de su hija, pero tampoco era sensato decir lo que sentía en realidad: que estaba inmensamente orgulloso de ella. Así que adoptó una expresión aséptica y contempló con satisfacción interior las manchas de lodo de la antes inmaculada túnica del jefe de examinadores.

—Ahora me doy cuenta —dijo Maslo Inch, fríamente— de que tenemos un problema mucho más serio de lo que pensaba con esa niña.

6

Estudios Especiales

Kestrel salió corriendo del túnel y fue a dar directamente contra el guardián de gris. El hombre debía de haberla oído correr, porque había dejado la escoba y la estaba esperando con los brazos muy abiertos. En cuanto la atrapó, la alzó y la balanceó en el aire mientras ella daba patadas con toda su fuerza y gritaba a voz en grito. Pero el guardián era un hombre grande, más grande de lo que parecía cuando estaba encorvado sobre la escoba. Era fuerte y los gritos de la niña no parecían molestarlo en absoluto.

Maslo Inch salió al patio, seguido del padre de Kestrel, justo cuando otros dos guardianes llegaban corriendo, atraídos por todo aquel alboroto.

—¡Papá! —gritaba—. ¡Papaaá!

—Déjela —le dijo Hanno Hath al guardián.

—¡Silencio! —exclamó el jefe de examinadores con un tono tan terriblemente autoritario que incluso Kestrel dejó de chillar.

—Sacad de aquí a este hombre —dijo más sosegado, y los dos guardianes empezaron a echar a Hanno Hath a empujones—. Llevad a la niña a Estudios Especiales.

—¡No! —gritó Hanno Hath—. ¡Te lo ruego, no!

—¡Papá! —gritó Kestrel, pataleando y resistiéndose—. ¡Papaaá!

Pero ya se la llevaban en dirección contraria. El jefe de examinadores observaba cómo se iban los dos con una expresión macabra e inamovible en el rostro.

—Conque, qué más podemos hacerte, ¿eh? —dijo para sí, en voz baja. Y se alejó lentamente para cambiarse y ponerse ropa limpia.

El edificio aislado que se destinaba a Estudios Especiales se encontraba dentro del recinto del antiguo palacio, en uno de los lados de una pequeña plaza desierta. Era una sólida construcción de piedra, muy parecida a todas las de aquel distrito, de los más esplendorosos de la ciudad, con una puerta alta y hermosa a la que se accedía por tres escalones. La puerta se abrió desde dentro cuando el encargado se acercó con Kestrel en brazos. Un portero vestido de gris la cerró cuando estuvieron dentro.

—La envía el jefe de examinadores —dijo el guardián.

El portero asintió con la cabeza y abrió una puerta interior. Empujaron a Kestrel hasta una sala larga y estrecha, donde la dejaron sin decirle palabra. La puerta se cerró con un ruido seco detrás de ella.

Estaba sola.

Sólo entonces se dio cuenta de que temblaba muchísimo debido al miedo, la rabia y el cansancio. Respiró hondo varias veces para tranquilizarse y miró a su alrededor. La sala estaba vacía y no tenía ventanas.

Dirigió su atención hacia la puerta con la esperanza de encontrar una forma de abrirla. No tenía picaporte. Recorrió su superficie con las manos hasta los bordes, pero estaba bien encajada y no parecía que hubiera manera de abrirla desde el interior. Así que se volvió para inspeccionar la sala.

A lo largo de una pared colgaba una sencilla cortina gris hasta el suelo. La descorrió un poco y descubrió que tapaba una ventana que daba a otra sala interior mucho más grande. Descorrió con cuidado la cortina todo lo que pudo y contempló la extraña escena que había al otro lado. Era una clase. Sentados en unos pupitres dispuestos en fila, de espaldas a ella, había muchos niños, quizás unos cien. Estaban todos aplicadamente encorvados sobre sus libros, trabajando en silencio; o eso imaginó ella, pues ningún sonido atravesaba el cristal. En el otro extremo se encontraban la mesa del profesor y una pizarra, sólo que no había profesor.

Los niños del final de la clase estaban bastante cerca de la ventana. A lo mejor podrían ayudarla. Dio unos golpes en el cristal, con suavidad, por si el profesor estaba cerca. Los niños no se movieron. Golpeó con más fuerza, y luego todo lo fuerte que pudo, pero ellos no parecían oír nada. Kestrel empezó a pensar que había algo extraño en ellos. Tenían la cabeza tan pegada a los libros que no podía verles la cara, pero sus manos estaban insólitamente arrugadas. Y su pelo era gris, o blanco, y —ahora lo veía— algunos estaban calvos. Mirándolos con más atención, se preguntó por qué al principio había pensado que eran niños. No obstante, tenían el tamaño y la silueta de niños. Pero desde luego...

La puerta se abrió detrás de ella y Kestrel dio media vuelta. El corazón le latía con fuerza. Entró una examinadora de mediana edad, vestida con una toga escarlata, y cerró la puerta tras ella. Traía un expediente abierto entre las manos y miraba a los papeles y a Kestrel, y vuelta a los papeles, una y otra vez. Tenía un rostro amable.

—¿Kestrel Hath? —dijo.

—Sí, señora —dijo Kestrel.

Habló despacio, con las manos entrelazadas en el regazo y bajando la mirada hasta el suelo. De pronto había decidido ser una niña buena.

La examinadora la miró con cierta perplejidad.

—¿Qué has hecho, niña?

—Estaba asustada —dijo Kestrel en voz muy baja—. Creo que he tenido un ataque de pánico.

—El jefe de examinadores te ha enviado a Estudios

Especiales —dijo mientras miraba por la ventana hacia la silenciosa clase que trabajaba en el aula de al lado, y meneó la cabeza—. Me parece algo exagerado.

Kestrel guardó silencio, procurando parecer triste y buena.

—Verás, Estudios Especiales —dijo la examinadora— es para los niños más problemáticos, para los que ya no tienen remedio. Y es totalmente... en fin, irreversible.

Kestrel se acercó a la examinadora, le tomó la mano y la sostuvo confiadamente mientras la miraba con grandes ojos inocentes.

—¿Tiene usted alguna hija, señora? —preguntó.

—Sí, pequeña. Tengo una hija.

—Entonces sé que hará lo que sea mejor para mí, señora, como haría para su hijita.

La examinadora miró a Kestrel, suspiró levemente y le dio unas palmaditas en la mano.

—Bueno, bueno —dijo—. Creo que deberíamos ir a ver al jefe de examinadores. A lo mejor ha sido un error.

La examinadora se dirigió a la puerta sin picaporte.

—¡Abran, por favor!

El guardián del otro lado abrió, y la examinadora y Kestrel, agarradas de la mano, salieron a la plaza.

Esta vez, como no la llevaban en brazos, Kestrel pudo ver que aquel lado de la plaza estaba formado por la pared trasera de la Gran Torre, que era la edificación central del Palacio Imperial. La torre, la construcción más alta de Aramanth, se veía incluso desde Distrito Naranja. Desde tan cerca parecía inmensamente alta, sobrepasando incluso las murallas que circundaban la ciudad.

Mientras cruzaban la plaza se abrió una pequeña puerta a los pies de la torre y por ella salieron dos apresurados hombres de túnica blanca. Al ver a Kestrel de la mano de la examinadora, el mayor de los dos frunció el ceño y preguntó malhumorado:

—¿Qué hace aquí una niña de Distrito Naranja?

La examinadora se explicó. El hombre de blanco estudió el expediente.

—Así que el jefe de examinadores ha ordenado que ingrese en Estudios Especiales —dijo de pronto—, y usted se ha atrevido a poner en duda su decisión.

—Creo que debe de haber un error.

—¿Sabe algo acerca del caso?

—Pues, no —dijo la examinadora, ruborizada—. Lo cierto es que es más bien una sensación.

—Una sensación, ¿eh? —repitió el hombre con desprecio—. ¿Propone tomar una decisión que afectará a esta niña el resto de su vida, basándose en una sensación?

«¡El resto de su vida!»

Kestrel sintió un escalofrío. Miró en derredor, buscando una escapatoria. Detrás se alzaba el edificio de Estudios Especiales del que habían salido. Delante, los hombres de blanco.

—Sólo pretendía hablar con el jefe de examinadores para asegurarme de que comprendo bien sus deseos.

—Sus deseos están escritos aquí. Y están perfectamente claros, ¿o no?

—Sí.

Kestrel vio que la puerta de la torre no se había cerrado del todo.

—¿Insinúa que cuando dio esta orden y la firmó, no sabía lo que se hacía?

—No.

—Entonces, ¿por qué no la lleva a cabo?

—Sí, por supuesto. Lo siento.

Kestrel supo entonces que había perdido su única fuente de protección. La examinadora le dirigió una mirada angustiada y repitió, esta vez hablándole a Kestrel:

—Lo siento.

—No pasa nada —dijo Kestrel, y apretó la mano de la mujer—. Gracias por intentarlo.

Entonces le soltó la mano y echó a correr.

Consiguió entrar por la puerta de la torre y cerrarla sin darles tiempo a reaccionar. Echó el pestillo que había por dentro. Sólo entonces, con el corazón acelerado, se paró a ver dónde estaba.

Se encontraba en un pequeño vestíbulo, con dos puertas y un estrecho tramo de escaleras de caracol. Las dos puertas estaban cerradas con llave. Desde fuera golpeaban la puerta para abrirla. Luego oyó golpes más fuertes, porque intentaban romper el pestillo. Y entonces oyó una voz que gritaba:

—Tú quédate aquí. Yo voy por el otro lado.

No tenía más opción, así que empezó a subir las escaleras.

A medida que iba subiendo, las escaleras se hacían cada vez más oscuras. Le pareció oír que las puertas se abrían y se cerraban abajo, así que siguió subiendo todo lo rápido que pudo. Por fin vio luz en lo alto. Llegó a una pequeña ventana con barrotes, abierta en la gruesa estructura pétrea de la torre. Por la ventana pudo ver los tejados del palacio y la plaza en la que se levantaba la estatua del emperador Creoth.

Las escaleras continuaban hacia arriba, así que respiró hondo y siguió subiendo, con las piernas doloridas. La luz de la pequeña ventana desapareció debajo de ella. Desde abajo llegaban extraños ruidos distorsionados, de pies corriendo, de voces. A medida que iba subiendo, cada vez más despacio, se preguntaba adónde llevaría la escalera, y si cuando por fin llegara al final encontraría otra puerta cerrada.

Apareció una segunda ventana. Agotada, temblorosa, decidió descansar un momento y contempló la ciudad. Distinguía la gente que pasaba por las calles y las tiendas y las casas elegantes de Distrito Escarlata. Entonces oyó un ruido que se parecía mucho a unas botas subiendo la escalera de caracol, y el miedo le dio fuerzas para levantarse y obligar a sus piernas a seguir subiendo por la estrecha escalera de caracol que parecía no tener fin. El ruido de las botas le llegaba desde abajo transportado por los muros de piedra.

«Ya no falta mucho —se dijo, siguiendo el ritmo de sus pasos—. Ya no falta mucho, ya no falta mucho.» Pero en realidad no tenía manera de saber cuánto más tendría que subir.

Y entonces, justo cuando supo que no podría continuar, llegó a un minúsculo descansillo. Y allí, frente a ella, había una puerta. La mano le temblaba al alcanzar el pomo para abrirla.

«Por favor. Por favor, no estés cerrada.» Giró el pomo y oyó cómo se abría el pestillo. Empujó, pero la puerta no se movía. De pronto sus miedos, mantenidos a raya gracias a ese último rayo de esperanza, se desbordaron y pudieron con ella. Rompió a llorar con amargura y se hizo un ovillo a los pies de la puerta. Se rodeó las rodillas con los brazos y se desahogó llorando.

Clop, clop, clop. Las botas subían por la escalera, acercándose por momentos. Kestrel sollozaba, deseando estar muerta.

Entonces oyó otro ruido. Unos pasos muy cerca. Y un cerrojo que se deslizaba.

Se abrió la puerta.

—Pasa —dijo una voz impaciente—. Pasa, deprisa.

Kestrel alzó la vista y vio una cara llena de manchas rojas, con una barba entre gris y parduzca, y unos ojos llorosos y saltones que la miraban desde arriba.

—La verdad es que te has tomado tu tiempo —dijo—. Ven, por fin has llegado.

7

El emperador llora

Cuando Kestrel hubo entrado, el hombre de la barba cerró la puerta, echó el cerrojo y le hizo un gesto para que permaneciera callada. Al otro lado se oía con claridad el ruido de las botas que subían. Entonces, quienquiera que fuese, llegó al descansillo del final y se detuvo.

—¡Maldita sea! —exclamó una voz sorprendida—. ¡No está aquí!

Vieron cómo giraba el pomo al intentar abrir, y luego oyeron los gritos de su voz dirigidos hacia abajo.

—¡No está aquí, estúpidos viruelosos! He subido todas estas sagapuercas escaleras y, ¡sagapuercos!, no está aquí.

Y seguidamente se puso a bajar la larga escalera de caracol, rezongando mientras se iba. El hombre de la barba soltó una breve carcajada de alegría.

—¡Virueloso! —exclamó—. Hacía años que no lo oía. ¡Qué agradable es comprobar que los viejos insultos se siguen usando!

Tomó a Kestrel de la mano y la llevó a la luz de una de las ventanas para examinarla mejor. Ella, a su vez, lo contempló a él. Su vestimenta era azul, lo cual la sorprendió. En Aramanth nadie vestía de azul.

—Bueno —dijo el hombre—. Debo admitir que no eres lo que esperaba. Pero tendrás que valerme.

Entonces se dirigió a una mesa colocada en mitad de la sala, sobre la que había un cuenco de cristal lleno de bolitas de chocolate, y se comió tres, una después de otra.

Entretanto, Kestrel miraba maravillada por la ventana. La sala debía de encontrarse casi en lo alto de la torre, o tal vez arriba del todo, porque estaba más alta que las murallas de la ciudad. En una dirección podía ver más allá de la tierra, hasta el océano; en la otra, las llanuras desérticas se extendían ante ella y llegaban a la neblinosa línea de las montañas septentrionales.

—¡Qué grande es! —exclamó.

—Oh, claro que es grande. Incluso más grande de lo que alcanzas a ver desde aquí.

Kestrel bajó la mirada hacia la ciudad, dispuesta en distritos, el escarlata y el blanco, las calles naranja donde vivía, el granate y el gris, circundados todos por las enormes murallas de la ciudad. Por primera vez se le ocurrió pensar que se trataba de una extraña disposición.

—¿Por qué tiene que haber murallas?

—Eso, ¿por qué? —respondió el hombre de la barba—. ¿Por qué tiene que haber distritos de diferentes colores? ¿Por qué tiene que haber exámenes y clasificaciones? ¿Por qué tenemos que esforzarnos más, llegar más alto y hacer que mañana sea mejor que hoy?

Kestrel lo miraba fijamente. Estaba exponiendo pensamientos que suponía que sólo ella había tenido.

—Por amor a mi emperador —dijo ella con las palabras del Juramento de Devoción—. Y por la gloria de Aramanth.

El hombre de la barba soltó una breve carcajada.

—¡Ja! —exclamó—. Yo soy tu emperador.

Y se comió otras tres bolitas de chocolate.

—¿Tú?

—Sí, sí, ya sé que te parecerá inverosímil. Pero soy Creoth VI, emperador de Aramanth. Y tú eres la persona a la que he esperado todos estos años.

—¿Yo?

—Bueno, no sabía que ibas a ser tú. Para serte sincero, había supuesto que sería un joven fornido. Alguien valiente y fuerte, dada la naturaleza de lo que hay que hacer. Pero has resultado ser tú.

—Oh, no —dijo Kestrel—. Yo no te estaba buscando. Ni siquiera sabía que existías. Estaba huyendo.

—No seas tonta. Tienes que ser tú. Nadie más me ha encontrado. Me tienen aquí encerrado para que nadie me encuentre jamás.

—No estás encerrado. Tú mismo has abierto la puerta.

—Eso es algo completamente diferente. El caso es que estás aquí.

Estaba claro que le molestaba que lo contradijeran, así que Kestrel no dijo nada más y él continuó comiendo bolitas de chocolate. No parecía darse cuenta de que se las estaba comiendo ni de que habría sido una muestra de educación ofrecerle a ella. Kestrel no estaba segura de que fuera el emperador, pero al contemplar la habitación vio que estaba decorada de manera realmente espléndida. A un lado había una recargada cama con cortinas alrededor, como una tienda. Al otro había un escritorio bellamente tallado, con librerías llenas de magníficos volúmenes a ambos lados. También estaba la mesa redonda con el cuenco de cristal, varios sillones de piel hundidos y una gran tina muy honda; delicadas alfombras en el suelo y cortinas bordadas en las ventanas. Las ventanas que había por toda la habitación eran muy profundas, y entre cada dos de ellas había una puerta. Ocho ventanas, ocho puertas. Una era la puerta por la que había entrado. Otras dos estaban abiertas, y vio que daban a unos armarios. Eso dejaba cinco. Seguro que alguna de las cinco la conduciría fuera de la torre.

El hombre de la barba se separó del cuenco de bolitas de chocolate y se acercó a su escritorio. Empezó a abrir cajoncitos, uno a uno. Estaba claro que buscaba algo.

—Disculpe, señor —dijo Kestrel—. ¿Ya me puedo ir a casa?

—¿A casa? ¿De qué estás hablando? Claro que no puedes irte a casa. Tienes que ir a los Salones del Morah y recuperarla.

—¿Recuperar el qué?

—Tengo las instrucciones por algún sitio. Sí, aquí están.

Sacó un pergamino lleno de polvo y amarillento a causa de los años, y lo desenrolló.

—Tendría que haber ido yo, claro.

Suspiró mientras lo contemplaba.

—Yo creo que está todo muy claro.

Kestrel miró el pergamino que el hombre sostenía frente a ella. Estaba agrietado y descolorido, pero aún se veía que era un mapa. Se distinguía la línea del océano y un pequeño dibujo que pretendía ser el mismo Aramanth. Había una ruta marcada que salía de la ciudad y cruzaba las llanuras hasta una línea de montañas. En el mapa, aquí y allá, y sobre todo donde terminaba la ruta, había marcas garabateadas, grupos de símbolos que parecían palabras escritas en un alfabeto que a ella le resultaba desconocido.

Levantó la mirada, perpleja.

—No te quedes ahí mirando con la boca abierta, niña —dijo el emperador—. Si no lo entiendes, pregunta.

—No entiendo nada.

—¡Tonterías! Está perfectamente claro. Estamos aquí, ¿ves?

Señaló Aramanth en el mapa.

—Éste es el camino que debes seguir. ¿Ves?

Su dedo siguió la ruta hacia el norte de Aramanth.

—Debes ir por el camino, o no llegarás al puente. Es el único paso, ¿lo ves?

Su dedo señalaba una línea irregular que cruzaba el mapa de un lado a otro. Tenía un nombre, en una caligrafía de trazos delgados e inseguros pero, igual que las demás letras, a ella no le decía nada.

—Pero, ¿por qué tengo que hacer todo esto?

—¡Por la barba de mis antepasados! —exclamó él—. ¿Me han enviado a una criatura sin cerebro? Para recuperar la voz, para que el silbador del viento vuelva a silbar.

—¡La voz del silbador del viento!

Kestrel sintió un escalofrío.

«Es verdad —se dijo con el pensamiento—. ¡Es verdad!»

El emperador dio la vuelta al mapa. Por el otro lado había más cosas escritas en extrañas letras, junto al dibujo descolorido de una forma que Kestrel reconoció. Era la S rizada que había visto grabada en el silbador del viento.

—Aquí está.

Kestrel contempló el dibujo, con una confusa mezcla de emoción y temor.

—¿Qué pasará cuando el silbador del viento vuelva a silbar?

—Nos liberará del Morah, por supuesto.

—¿Nos liberará del Morah?

—Sí, eso he dicho.

—Pero el Morah no es más que un cuento.

—¿Que no es más que un cuento? ¡Por la barba de mis antepasados! ¡Un cuento! La ciudad es peor que una cárcel, la envidia y el odio destrozan la vida de la gente, y tú dices que no es más que un cuento... ¡El Morah gobierna Aramanth, niña! Todo el mundo lo sabe.

—No —dijo Kestrel—. Nadie lo sabe. Todos piensan que el Morah es un cuento muy antiguo.

—¿De verdad? —El emperador la miró con desconfianza—. Bueno, pues entonces eso demuestra lo listo que es, ¿no?

—Sí, supongo que sí —respondió Kestrel.

—Bueno, ¿me crees ahora?

—No lo sé. Sólo sé que detesto el colegio, que detesto las pruebas, que detesto a los examinadores y que detesto Aramanth.

—Claro que sí. Todo eso es obra del Morah. Llaman a

Aramanth la sociedad perfecta. ¡Ja! ¿Se han liberado del miedo y del odio? Claro que no. El Morah se encarga de eso.

Para Kestrel, lo extraño era que todo parecía tener sentido a medida que escuchaba. Volvió a mirar el dibujo del reverso del mapa.

—¿De dónde has sacado esto?

—De mi padre. Él lo recibió de manos de su padre, quien a su vez lo recibió del suyo, y así podemos remontarnos hasta Creoth I. Él fue quien le quitó la voz al silbador del viento.

—Para salvar a la ciudad de los zars.

—Vaya, así que sabes algo...

—¿Por qué quería la voz el Morah?

—Para hacer que el silbador del viento dejara de silbar, claro. El silbador del viento servía para proteger a Aramanth del Morah.

—Entonces, ¿por qué entregó la voz el primer emperador?

—¿Por qué? ¡Eso digo yo! —Sacudió la cabeza—. Pero, ¿quiénes somos nosotros para culparlo? Él había visto el ejército de los zars, nosotros no. El miedo, niña. Ésa es la respuesta a tu pregunta. Sabía que el silbador del viento tenía poder, pero, ¿podría detener a los zars? ¿Se atrevería a arriesgarse? No, nosotros no debemos culparlo por lo que hizo entonces. Como ves —señaló con un dedo las extrañas letras que recorrían el marco del mapa—, vivió para arrepentirse de lo que había hecho.

Kestrel miró con detenimiento la escritura incomprensible.

—¿Y el silbador del viento tiene poder para derrotar al Morah?

—¿Quién sabe? Mi abuelo, que era un hombre sabio, decía que en la voz debía de haber poder, si no, ¿por qué la deseaba tanto el Morah? Y como ves, en el reverso del mapa pone: «La melodía del silbador del viento te liberará.»

—¿Te liberará del Morah?

—Claro que del Morah. ¿De qué si no? ¿De los peces voladores? ¡Y no me mires así, niña! —El emperador volvía a impacientarse—. Pensaba que eso ya lo habíamos superado.

—Entonces, ¿por qué no ha ido nadie a recuperarla hasta ahora?

—¿Por qué? ¿Te crees que es fácil? Cuidado —se interrumpió—, no estoy diciendo necesariamente que sea tan difícil. Y alguien tiene que hacerlo, desde luego. Pero, verás, durante mucho tiempo pareció que todo era para mejor. Los zars se habían ido y los cambios se produjeron tan despacio que nadie llegó a darse cuenta de lo que sucedía. Hasta la época de mi abuelo no se supo que había sido una terrible equivocación. Y por entonces él ya era muy viejo. Así que le dio el mapa a mi padre. Pero mi padre enfermó. Antes de morir me dio el mapa a mí, pero yo era un crío muy pequeño. Y ahora has venido tú, y te doy a ti el mapa. La cosa es bien simple.

Regresó a su escritorio y empezó a cerrar todos los cajoncitos que había abierto.

—Ahora ya no eres pequeño —dijo Kestrel.

—Claro que ya no soy pequeño.

—¿Y por qué no puedes ir?

—Porque no puedo, y ya está. Tienes que ir tú.

—Lo siento —dijo Kestrel—. Me parece que se ha producido alguna equivocación. Yo no soy nadie especial.

El emperador la miró con ojos acusadores.

—Si no eres nadie especial, ¿cómo es que eres la única persona que ha encontrado el camino hasta aquí?

—Estaba huyendo.

—¿De quién?

—De los examinadores.

—¡Ja! ¡Ahí lo tienes! Eso es algo muy poco corriente en Aramanth. Nadie huye de los examinadores. Así que debes de ser alguien especial.

—Es que detesto a los examinadores, detesto el colegio y detesto las pruebas.

Estaba a punto de echarse a llorar.

—Bueno, eso demuestra que eres precisamente la persona adecuada. Cuando hayas recuperado la voz y la hayas devuelto al silbador del viento, ya no habrá más pruebas.

—¿No habrá más pruebas?

—Así que debes ir, ¿lo ves?

—Tendrías que ir tú, si eres el emperador.

Se la quedó mirando con tristeza.

—Yo iría —dijo—. De verdad. Pero hay un problema.

Fue de puerta en puerta, abriéndolas todas. Tres puertas daban a unos descansillos desde los que se veía una escalera que descendía.

—A veces pienso en ir —dijo—. Por ejemplo, a lo mejor me gusta el aspecto de esa puerta. Así que a lo mejor salgo.

Dio unos cuantos pasos en dirección a la puerta pero se detuvo.

—Sólo una bolita de chocolate más antes de irme.

Regresó hasta el cuenco que había en el centro de la sala.

—Llévate un puñado —dijo Kestrel—. Así no tendrás que volver.

—Parece sencillo —dijo el emperador con un suspiro. Pero hizo lo que le había dicho y tomó un puñado de bolitas de chocolate. Luego, comiendo mientras caminaba, se dirigió hacia la puerta. En el umbral volvió a detenerse.

—¿Y cuando éstas se acaben? —Empezó a contar las bolitas de chocolate que llevaba en la mano—. Una, dos, tres...

—Llévate el cuenco —dijo Kestrel.

Así que regresó a la mesa y alcanzó el cuenco de cristal. Pero justo antes de cruzar la puerta, se detuvo otra vez.

—Parece mucho —dijo—, pero al final se acabarán.

—Se acabarán de todas formas.

—Ah, eso es lo que sucede, ¿ves? El cuenco vuelve a llenarse cada día. Pero si me llevo el cuenco, ¿cómo lo van a rellenar?

Regresó a la mesa y puso el cuenco donde estaba.

—Será mejor que lo deje aquí.

Kestrel lo miraba directamente a los ojos.

—¿Por qué te gustan tanto las bolitas de chocolate?

—Bueno, no es que me gusten especialmente. Sólo que parecen necesarias.

—¿Necesarias?

—Es muy difícil de explicar. Necesito tenerlas ahí, aunque no me las coma. Para serte sincero, a veces pasan días enteros sin que coma ninguna.

—Pues has estado comiendo sin parar.

—Eso es porque estoy nervioso. No recibo muchas visitas. En realidad, no recibo ninguna.

—¿Cuánto tiempo hace que estás aquí?

—Oh, llevo toda la vida.

—¿Toda la vida? ¿Has vivido toda la vida en esta habitación?

—Sí.

—¡Pero qué tontería!

—Lo sé.

El emperador levantó una mano, y de repente se dio una bofetada.

—Soy tonto. No sirvo para nada.

Se dio otra bofetada, aún más fuerte.

—Soy una vergüenza para mis antepasados.

Empezó a pegarse por todas partes, en la cara, en el pecho, en la tripa.

—No hago más que comer y dormir. Estoy gordo y cansado. ¡Nunca voy a ningún sitio, nunca veo a nadie! ¡No tengo conversación ni diversión! Mejor estaría muerto, pero ni siquiera tengo el suficiente empuje para morirme.

Lloriqueaba mientras se daba golpes.

—Lo siento —dijo Kestrel—. No sé qué puedo hacer yo.

—Oh, no importa —dijo el emperador, llorando a mares—. Siempre acabo igual. Enseguida me quedo exhausto, ¿sabes? Será mejor que descanse.

Y sin más preámbulos, se encaramó completamente vestido a su gran cama con dosel, se tapó con la ropa y se quedó dormido.

Kestrel no se movió, esperaba algo más. Al cabo de un rato, el emperador empezó a roncar. En vista de ello la niña se fue de puntillas hacia una de las puertas que daban a una escalera y empezó a bajarla con cautela, todavía con el mapa enrollado en la mano.

8

La humillación de los Hath

Cuando Kestrel llegó a la puerta por la que había entrado a la torre, se detuvo y miró por la cerradura hacia el patio que había al otro lado. Vio dos guardias que marchaban arriba y abajo, caminando en cruz pero sin sentido alguno.

Ocultó el mapa en un bolsillo, respiró hondo, abrió la puerta y gritó:

—¡Socorro! ¡El emperador! ¡Socorro!

—¡Qué! —gritó el guardia que estaba más cerca—. ¿Dónde?

—¡En su habitación! ¡El emperador! ¡Ayúdenlo, rápido!

Parecía tan angustiada que los guardias no le hicieron más preguntas y se precipitaron hacia la escalera de caracol. Kestrel cruzó corriendo el patio, atravesó el largo pasillo, salió por la puerta del final y se encontró en la plaza mayor, junto a la estatua de Creoth I.

Caminó de vuelta a Distrito Naranja por callejuelas, procurando no ser descubierta por las autoridades. Pero cuando llegó a la calle donde vivía, se dio cuenta de que no había forma de entrar en la casa sin que la viesen. Un pequeño grupo de gente se había reunido frente a la casa, y casi todos los vecinos estaban asomados a las ventanas para mirar. En el umbral, a cada lado de la puerta cerrada, había dos guardias de distrito, jugueteando con los medallones de su cargo y con expresión de gravedad. Parecía que todo el mundo esperaba que sucediera algo.

Kestrel fue acercándose con pasos cada vez más lentos. Al verla, Rufy Blesh echó a correr hacia ella.

—Kestrel —gritó, emocionado—. Te has metido en un buen lío. Y tu padre también.

—¿Qué ha ocurrido?

—Se lo han llevado a un Curso Interno de Estudio. —Bajó la voz—. Mi padre dice que en realidad es como una cárcel, lo llamen como lo llamen. Y mi madre opina que es una tremenda humillación y que menos mal que nos mudamos a Escarlata, porque después de esto ya no podríamos hablar más con vosotros.

—Entonces, ¿por qué hablas conmigo?

—Bueno, es que aún no se lo han llevado —respondió Rufy.

Kestrel se escabulló por uno de los costados de la casa y corrió por el callejón donde estaban los cubos de la basura hasta llegar a la parte de atrás.

Vio a su madre por la ventana de la cocina, moviéndose de un lado para otro con Pinpin en brazos, pero ni rastro de Bowman.

Le envió una llamada silenciosa.

—*¡Bo! ¡Estoy aquí!*

Lo sintió enseguida, y también el alivio de su hermano al saber que estaba a salvo.

—*¡Kes! ¡Estás bien!*

Apareció por la ventana de su dormitorio, mirando afuera. Ella se dejó ver.

—*Que no te vean, Kes. Han venido a llevarte con ellos. Se llevan a papá.*

—*Voy a entrar* —dijo Kestrel—. *Tengo que hablar con papá.*

Bowman se retiró de la ventana y bajó al piso de abajo, a la sala que daba al frente, en la que su padre estaba haciendo una maleta. El profesor de la clase de los mellizos, el profesor Batch, estaba sentado en el sofá, junto con un miembro veterano del Consejo de Examinadores, el profesor Minish. Los dos hombres tenían una expresión de adusta seriedad. El profesor Batch consultó su reloj.

—Ya nos hemos retrasado media hora —anunció—. No tenemos forma de saber cuándo regresará la niña. Sugiero que actuemos.

—En cuanto llegue a casa, debe notificárselo a los guardias de distrito —dijo el profesor Minish.

—Pero ya no estaré aquí —dijo Hanno Hath con educación.

—Dese prisa, caballero, dese prisa.

Al profesor Batch le molestaba mucho ver cómo aquel hombre permanecía allí quieto, mirando distraídamente el montón de ropas y libros del suelo.

—No te olvides las cosas de aseo, papá —intervino Bowman.

—¿Las cosas de aseo?

Hanno Hath miró a su hijo. El propio Bowman había bajado el cepillo de dientes y la cuchilla de afeitar, hacía media hora.

—En el baño —dijo Bowman.

—¿En el baño? —Cayó en la cuenta—. Ah, sí.

El profesor Minish parecía exasperado.

—Venga, ocúpese de ello de una vez.

—Sí, cómo no.

Hanno subió las escaleras para ir al baño. Ira Hath entró en la sala de estar, con Pinpin, que captaba la preocupación que reinaba en la casa y sollozaba con pequeños gemidos.

—¿Les apetecería beber algo mientras esperan? —les preguntó la señora Hath a los dos profesores.

—Quizás un vaso de limonada, si tiene —dijo el profesor Minish.

—¿Le apetecería una limonada, profesor Batch?

—Sí, señora. Una limonada me vendría muy bien.

La señora Hath regresó a la cocina.

Arriba, en el baño, Hanno Hath encontró a su hija esperándolo. La abrazó en silencio y la besó, con alivio.

—Mi querida y bonita Kes. Temía lo peor.

La niña le explicó en voz muy baja lo de los Estudios Especiales, y él refunfuñó en voz alta.

—No dejes que te lleven allí jamás, jamás.

—¿Por qué? ¿Qué es lo que sucede?

Pero él no hacía más que menear la cabeza y repetir:

—No dejes que te lleven allí.

Ella le habló del hombre que decía ser el emperador.

—¡El emperador! ¿Has visto al emperador?

—Me ha dicho que tenía que recuperar la voz del silbador del viento. Me ha dado esto.

Le mostró el mapa. Él lo desenrolló con cuidado y se quedó contemplándolo con asombro. Las manos le temblaban mientras sostenía el viejo pergamino.

—Kes, esto es extraordinario...

—Me ha dicho que el Morah es real, y que todos estamos bajo su poder.

Su padre asintió, perdido en sus pensamientos.

—Está escrito en manth antiguo. Este mapa lo hizo el pueblo silbador.

—¿Quiénes son el pueblo silbador?

—No lo sé con exactitud, sólo sé que vivieron hace muchísimo tiempo y que construyeron el silbador del viento. Oh, Kes, cariño, mi niña. ¿Cómo voy a escapar? ¿Y qué te van a hacer a ti?

Kestrel se había contagiado de la intensa emoción de su padre. Se aferró a su brazo, como para impedir que se fuese sin ella.

—¿Así que es de verdad?

—Sí, es de verdad, lo sé. Sé leer manth antiguo. Mira, aquí dice: «El Gran Camino.» Aquí: «Grieta en la Tierra.» Aquí: «Los Salones del Morah.» Aquí: «Dentro del Fuego.»

Le dio la vuelta al mapa y miró lo que había allí escrito, y la curiosa forma de la S dibujada a un lado.

—Ésta es la marca del pueblo silbador.

—El emperador me ha dicho que era la voz del silbador del viento.

—Entonces debe de tener la misma forma que su marca.

Estudió con atención las palabras descoloridas, recompuso las palabras y las fue pronunciando lentamente.

—«La melodía del silbador del viento... te liberará. Busca entonces... el hogar.»

Levantó la vista hacia Kestrel, con un resplandor en los ojos.

—Oh, Kes. Si pudiera escapar...

Se puso a dar zancadas de un extremo a otro del pequeño baño. En su mente bullían planes alocados, que tras un instante de esperanza iba desestimando con un movimiento de cabeza, lleno de frustración.

—No... Se llevarían a Ira y a los niños...

Se estremeció.

—Lo mejor es cooperar. Mi castigo no es muy duro. Voy a un Curso de Estudio hasta que se celebre el Examen Superior.

—¡Curso de Estudio! La cárcel, querrás decir.

—Bueno, bueno —la tranquilizó su padre—. No me harán ningún daño. Y a lo mejor, si me esfuerzo, mejoraré en el Examen Superior y entonces pediré que te den una segunda oportunidad.

—No quiero una segunda oportunidad. Los odio.

—Pero yo no podría soportar que tú... —Se interrumpió un instante, pero enseguida prosiguió—: Haría cualquier cosa por ti, cariño. Daría la vida por ti. Pero al parecer, la prueba que debo superar es saber que no puedo hacer nada.

Se quedó en silencio, mirando absorto el mapa. Oyeron la desagradable voz del profesor Minish que llamaba desde abajo.

—¡Dese prisa, caballero! ¡Estamos esperando!

—El emperador me ha dicho que si recuperaba la voz y el silbador del viento silbaba, no habría más pruebas.

—¿Eso te ha dicho?

Por un momento, la tristeza desapareció de su mirada.

—Pero no puedes ir, cariño, no eres más que una niña. Y además, nunca te dejarán salir de la ciudad. Te están buscando. No, habrá que esperar a que yo vuelva a casa.

Abajo, en la sala de estar, los profesores esperaban más impacientes y sedientos a cada minuto que pasaba. Cuando la señora Hath regresó de la cocina, Pinpin estaba profundamente dormida en sus brazos. El profesor Batch, que esperaba con ansia su limonada, la observaba incisivamente. El profesor Minish puso mala cara y miró otra vez el reloj.

—Había dicho usted algo de una limonada... —dijo el profesor Batch.

—¿Limonada?

—Nos ha ofrecido algo de beber —dijo el profesor Batch, con algo más de aspereza.

—¿Ah, sí? —Parecía sorprendida.

—Nos ha preguntado si nos apetecía una limonada.

—Sí, ya me acuerdo.

—Y hemos respondido afirmativamente.

—Sí, también me acuerdo de eso.

—Pero no la ha traído.

—¿Traerla, profesor Batch? No lo comprendo.

—Nos ha preguntado si nos apetecía una limonada —repitió pausadamente el profesor, como si hablara con un alumno estúpido— y hemos dicho que sí. Ahora debe ir a buscarla.

—¿Por qué?

—Porque... porque... porque la queremos.

—Pero profesor Batch, tiene que tratarse de un malentendido. No tengo limonada.

—¿No tiene limonada? Señora, nos ha ofrecido limonada. ¿Cómo puede negarlo?

—¿Cómo iba a ofrecerles limonada si no tengo? No, señor. Les he preguntado si les apetecía una limonada. Eso no es ni mucho menos lo mismo.

—¡Por lo que más quiera, señora! ¿Por qué iba a preguntarle a alguien si le apetece algo si no piensa dárselo?

—Esto es muy raro, profesor Batch. ¿Es que tengo que darle todo lo que diga que le apetece? Estoy segura de que le apetece disfrutar de largas tardes estivales, pero supongo que no esperará que le consiga una.

El profesor Minish se levantó.

—Llamen a los guardias —dijo—. Esto pasa de la raya.

El profesor Batch se levantó.

—Encontraremos a su hija y nos ocuparemos de ella. No le quepa la menor duda.

El profesor Minish llamó al pie de la escalera.

—¿Está listo, caballero, o tengo que mandar a buscarlo?

Hanno salió del cuarto de baño. Mientras bajaba las escaleras, el profesor Batch abrió la puerta de la entrada.

—El señor Hath ya se va —les dijo a los guardias.

El corro de gente se apretó más.

Hanno Hath llegó a la puerta de la entrada y se despidió. Le dio un beso a la pequeña Pinpin, que aún dormía en los brazos de la señora Hath, y luego besó a su mujer, que no consiguió contener las lágrimas de sus ojos. Después le dio un beso a Bowman, susurrándole mientras lo hacía:

—Cuida de Kes por mí.

Tomó la maleta con una mano y salió por la puerta. Los guardias le siguieron el paso, uno a cada lado, y los dos profesores de toga escarlata caminaron con torpeza detrás de ellos. La gente se hizo atrás para contemplar en silencio la pequeña comitiva. La familia Hath permanecía unida en el umbral de la puerta, viéndolos marchar. Mantenían la cabeza erguida y se despedían de su padre con la mano, como si se fuera de vacaciones. Pero los curiosos movían la cabeza y murmuraban: «Pobre hombre», por la humillación que suponía todo aquello.

Cuando la comitiva llegó al final de la calle, Hanno Hath se detuvo un instante y miró atrás. Hizo un gesto con la mano para despedirse por última vez y sonrió. Bowman no olvidó nunca aquel saludo ni aquella sonrisa, porque atrapó los sentimientos de su padre en un repentino y claro momento. Sintió el amor de su padre por todos ellos, cálido, fuerte e inagotable, y también un grito mudo de desconsuelo: «¿Tengo que dejaros para siempre?»

Bowman oyó que el padre de Rufy Blesh, que estaba muy cerca, le decía a su mujer:

—Que sonría todo lo que quiera. Nunca le dejarán volver a ver a su familia.

Fue entonces cuando Bowman decidió, en lo más hondo de su ser, que destruiría todo Aramanth si era necesario, porque un instante de la sonrisa cariñosa y valiente de su padre le importaba más que toda una vida en aquel mundo pulcro y ordenado.

9

Huida de Aramanth

Aquella noche, los guardianes se apostaron delante y detrás de la casa para poder atrapar a Kestrel cuando llegara, que imaginaron sería al anochecer. Kestrel, claro está, ya estaba dentro de la casa pero no se acercaba a las ventanas. Cuando oscureció y pudieron correr las cortinas sin levantar sospecha, se movió con mayor libertad.

Ira Hath se negó a dejarse llevar por el pánico y a llorar. Una y otra vez repetía con tanta tenacidad: «Vuestro padre volverá con nosotros», que los mellizos empezaron a creerlo. Dio de cenar a Pinpin y la bañó, como siempre. Se dio el abrazo de los deseos con sus tres hijos, también como siempre, aunque no pareciera correcto hacerlo sin su padre. Sin embargo, todos desearon que regresara a casa, lo que de alguna forma les hizo sentir que, a fin de cuentas, estaba con ellos. Después arropó a Pinpin en la cuna. Y sólo cuando la pequeña se hubo dormido, se sentó con los mellizos, juntó las manos en su regazo y dijo:

—Contádmelo todo.

Kestrel le explicó todo cuanto le había ocurrido y también lo que había dicho su padre. Luego sacó el mapa y, antes de que se le olvidara, escribió junto a cada grupo de letras garabateadas las palabras que le había leído su padre: «El Gran Camino», «Grieta en la Tierra», «Los Salones del Morah», «Dentro del Fuego».

En el reverso copió la traducción del escrito, también de memoria: «La melodía del silbador del viento te liberará. Busca entonces el hogar.»

—Ah, el hogar —suspiró Ira Hath—. Este sitio nunca estuvo destinado a ser nuestro auténtico hogar.

—¿Dónde está nuestro hogar?

—Quién sabe. Lo sabremos cuando lo encontremos.

—¿Cómo?

—Porque nos sentiremos en casa, claro.

Miró el mapa un rato más y lo volvió a enrollar.

—En cualquier caso, será mejor que espere a que vuestro padre regrese —dijo—. Ahora tenemos que decidir qué hacemos contigo.

—¿No puedo esconderme aquí, en casa?

—Cariño, no creo que nos permitan quedarnos en esta casa durante mucho más tiempo.

—No dejaré que me lleven con ellos. No lo permitiré.

—No, no. Tenemos que esconderte. Ya se me ocurrirá algo.

Las emociones del día los habían dejado agotados, sobre todo a Kestrel, así que Ira Hath decidió aplazar la conversación hasta la mañana siguiente. Sin embargo, no habían calculado lo deprisa que iban a recibir su castigo.

El sol apenas había salido cuando los despertaron unos fuertes golpes en la puerta de la casa.

—¡Arriba! ¡Levántense! ¡Es hora de marchar!

La señora Hath abrió la ventana de su dormitorio y se asomó para ver qué sucedía. Un brigada de guardias esperaba en la calle.

—¡Recojan sus cosas! —gritó uno de ellos—. ¡Se mudan!

Los habían reubicado: no iban a Granate, como habían esperado, sino a Distrito Gris. Su nuevo hogar constaría de una sola habitación en un enorme edificio de diez pisos, compartido por trescientas familias. Su casa en Naranja sería transferida antes del mediodía a una nueva familia.

Ira Hath se mantuvo impertérrita.

—Mucho menos que limpiar —dijo mientras despertaba a Pinpin.

El problema inmediato era Kestrel. Los guardias aún la estaban buscando y se habían apostado tanto en la parte de delante como de atrás de la casa. ¿Cómo iba a salir la familia sin que descubrieran a la niña?

Al poco rato llegaron dos empleados a la calle con un carro vacío para trasladar todas las pertenencias de los Hath a Distrito Gris. Los vecinos ya estaban despiertos y muchos de ellos habían salido de casa para contemplar el interesante espectáculo que estaba a punto de comenzar.

—Habrá lágrimas. La madre saldrá llorando. Siempre lloran cuando se produce un descenso de categoría. Pero los nuevos, oh, ésos vendrán sonrientes.

—¿Y el bebé? ¿No tienen un bebé? No sabrá qué le está sucediendo.

—Sí, pero los mellizos son listos como el hambre.

—¿Te enteraste de lo que hizo la niña? Sabía que no iba por el buen camino.

—Bueno, ahora lo lamentará.

En el interior de la casa estaban discutiendo si esconder a Kestrel dentro de un baúl grande con mantas. Bowman vio por la ventana a los guardias, a los empleados y a los vecinos, y negó con la cabeza.

—Es demasiado arriesgado.

Mientras miraba, sus ojos se encontraron con una figura que estaba detrás de todos. Era Mumpo. Merodeaba por allí con la mirada esperanzada puesta en la puerta de la casa, evidentemente a la espera de ver a Kestrel.

—Mumpo está ahí fuera —dijo.

—¿El apestoso Mumpo?

—Tengo una idea.

Bowman se fue al armario de su dormitorio y sacó la capa de invierno de Kestrel, una larga prenda naranja con capucha para los días de frío. Hizo con él un apretado fardo y se lo escondió bajo la túnica.

—Voy a hablar con Mumpo —dijo—. No hagáis nada hasta que vuelva.

—Pero Bo...

Ya se había ido.

—¿Estáis listos? —gritó uno de los empleados de gris al verlo salir por la puerta.

—Todavía no —dijo Bowman, pasando de largo en dirección a la calle—. Mi madre es muy maniática con las maletas.

Corrió a lo largo de la calle para no tener que hablar con los vecinos curiosos, y sólo se detuvo cuando hubo desaparecido a la vuelta de una esquina.

Tal como esperaba, pronto apareció Mumpo, resoplando y babeando.

—¡Bo! —exclamó—. ¿Qué pasa? ¿Dónde está Kes?

—¿Quieres ayudarla?

—Sí, la ayudaré. ¿Dónde está?

Bowman se sacó la capa naranja de debajo de la túnica y la abrió.

—Esto es lo que tienes que hacer.

Hacía ya una hora que Bowman había vuelto a la casa, cuando su madre abrió por fin la puerta y les dijo a los empleados que podían llevarse los baúles. Para sorpresa de los transportistas, los baúles estaban en la habitación de atrás del segundo piso, el lugar más alejado de la puerta de toda la casa.

—¿No podía haber hecho las maletas en el vestíbulo? ¡Sagapuercos! Esta escalera no me hace ninguna gracia, ¿sabe?

Para añadir más confusión, la familia que tenía que mudarse a la casa, los Warmish, había llegado demasiado pronto, y con dos carros cargados hasta los topes. Como es natural, estaban ansiosos por ver la casa, pero Ira Hath se plantó en la entrada para que no pudieran pasar y les sonrió implacablemente.

—¿La cocina es muy espaciosa? —preguntó la señora Warmish—. ¿Se puede considerar cocina para desayunos, o más bien cocina comedor?

—Oh, es muy espaciosa —contestó la señora Hath—. La mesa de la cocina es para treinta y seis, si se tercia.

—¿Treinta y seis? ¡Caramba! ¿Está segura?

—¡Y espere a ver el cuarto de baño! Hemos tenido a ocho adultos bañándose a la vez, con sitio más que sobrado para cada uno.

—¡Madre mía! —La señora Warmish estaba tan estupefacta por la información que no sabía qué decir y recurrió a lo poco que le dejaba ver la corpulencia de la señora Hath—. ¿El suelo está pulido o barnizado?

—¿Barnizado? —saltó la señora Hath, mordaz—. Es pura cera de abeja, se lo aseguro, como en las mejores casas.

Uno a uno, los baúles fueron transportados al carro. Todos los muebles tenían que quedarse, pues el nuevo apartamento sería demasiado pequeño.

Cuando hubieron sacado el último baúl de la casa, la señora Hath, protegiendo aún la entrada de la impaciencia de los Warmish, tomó a Pinpin en brazos y se volvió para mirar a Bowman. Él hizo un rápido gesto de asentimiento con la cabeza y pasó por delante de ella hacia el umbral. Desde allí salió como si fuese en dirección al carro cargado, pero de repente señaló al fondo de la multitud y gritó:

—¡Kes!

Al volverse, todos pudieron ver al final de la calle una figura infantil, tapada y encapuchada.

—¡Corre, Kes, corre! —gritó Bowman.

La figura dio media vuelta y echó a correr.

Al instante, guardias y empleados salieron disparados

tras ella, y el grupo de vecinos empezó a correr por la calle para presenciar el momento de la captura.

Kestrel se escabulló por la puerta de entrada y habría pasado totalmente desapercibida si Pinpin no la hubiese visto y no hubiese gritado, encantada: «¡Kes!». El más lento de los empleados, que estaba sujetando los baúles al carro cuando dio comienzo la persecución, oyó el grito y se volvió en el momento en que Kestrel salía disparada por el callejón, con Bowman siguiéndola de cerca.

—¡Está ahí! ¡La he visto! —gritó, y avanzó torpemente por el callejón detrás de ellos.

Los niños tenían los pies más ligeros que el encargado y no tardaron en dejarlo atrás, aunque en realidad no sabían adónde iban. El plan era sacar a Kestrel de la casa. Después de eso, confiaban en el instinto y la suerte.

Se detuvieron un momento para recobrar el aliento. Cerca de allí encontraron un rincón en el que había varios cubos de basura en espera de ser vaciados. Se agazaparon tras ellos para esconderse.

—Tenemos que salir de la ciudad —dijo Kestrel.

—¿Cómo? No tenemos pase, y sin pase no abren las puertas.

—Hay una salida por las cuevas de sal. La he visto. Pero no sé cómo llegar a las cuevas.

—Dijiste que las usan como cloaca, ¿verdad? —preguntó Bowman.

—Sí.

—Entonces, todas las alcantarillas deben llevar allí.

—¡Eres un genio, Bo!

Inspeccionó la calle con la mirada y allí, no muy lejos, vio una boca de alcantarilla. En ese mismo momento oyeron los ruidos distantes de sus perseguidores, que se gritaban unos a otros mientras peinaban las calles.

—Se están acercando.

—¿Estás segura de que podremos salir de las cuevas de sal?

—No.

Un empleado apareció al final de la calle. No tenían elección. Corrieron hacia la alcantarilla.

La tapa era redonda, de hierro y muy pesada. Tenía adosada una anilla que se alzaba para tirar de ella y abrirla, pero ni siquiera alzar la anilla resultaba fácil pues se había oxidado en el hueco; finalmente consiguieron levantarla y meter los dedos. El encargado ya los había descubierto y empezó a gritar.

—¡Están aquí! ¡Eh, vosotros! ¡Los he encontrado!

El miedo les dio fuerza, tiraron juntos y consiguieron mover la tapa de la alcantarilla. La desplazaron centímetro a centímetro hasta que hubo espacio suficiente para poder pasar. En el hueco construido de ladrillos había travesaños de hierro, y más abajo se oía correr el agua.

Kestrel bajó primero y Bowman la siguió. Una vez estuvo bajo el nivel de la tapa, intentó tirar de ella para volver a ponerla en su sitio, pero le fue imposible.

—Déjalo —dijo Kestrel—. Vamos.

Bowman la siguió escalera abajo y puso el pie en la oscura agua del fondo. Estaba demasiado nervioso por ver adónde iban como para mirar atrás pero, de haberlo hecho, habría visto caer una sombra sobre la tapa abierta de la alcantarilla.

—No pasa nada —dijo Kestrel—. No es profunda. Sigue el curso del agua.

Avanzaron a lo largo del oscuro túnel con agua hasta los tobillos, y poco a poco la luz del orificio abierto por el que habían bajado se fue apagando hasta desaparecer por completo. Siguieron caminando sin pausa durante lo que pareció mucho tiempo. Bowman no decía nada, pero la oscuridad le daba miedo. Oían ruidos extraños a su alrededor, borboteos y goteos de agua, y el eco de sus propios pasos. Pasaron por delante de otros canales que desembocaban en su túnel y observaron que el túnel que seguían se iba haciendo más grande a medida que avanzaban.

Entonces, por primera vez, oyeron un ruido parecido al agua. Pero no era ruido de agua. Procedía de atrás y era inconfundible: plaf, plaf, plaf. Alguien los seguía.

Apretaron el paso. El agua era cada vez más profunda y tiraba de sus piernas. Por delante había un tenue resplandor de luz y un sonido tormentoso. Por detrás oían todavía los pasos constantes de su perseguidor.

De repente el túnel desembocó en una cueva alargada por en medio de la cual fluía un rápido río. La luz que iluminaba débilmente las relucientes paredes de la cueva procedía de una abertura ancha y baja que había al otro extremo y por la que el río se perdía de vista. El agua del túnel se vaciaba allí y desembocaba en el río, y ellos se encontraron en una suave orilla de roca seca.

Casi al mismo tiempo, Bowman sintió algo terrible, muy cerca.

—No podemos detenernos aquí —dijo—. Tenemos que irnos, deprisa.

—A casa —dijo una voz profunda—. Volved a casa.

Kestrel se estremeció y escudriñó la oscuridad.

—¿Bo? ¿Has dicho tú eso?

—No —respondió Bowman, temblando con fuerza—. Aquí hay alguien más.

—Sólo un amigo —dijo la voz profunda—. Un amigo necesitado.

—¿Dónde estás? —preguntó Kestrel—. No puedo verte.

Como respuesta llegó el siseo de una cerilla al encenderse, y luego el brillante arco de llamas que dibujó una antorcha encendida mientras trazaba una curva en el aire antes de caer al suelo, a unos cuantos pasos de ellos. Allí se quedó, siseando y crepitando, desprendiendo un círculo de luz ámbar. De la oscuridad de más allá, una pequeña figura de pelo blanco entró en el delicado círculo de resplandor. Caminaba con los pasos lentos de un viejecito, pero cuando se acercó más a la luz parpadeante, vieron que se trataba de un niño de su misma edad; sólo que tenía todo el pelo blanco y la piel seca y arrugada. Se quedó allí de pie, mirándolos fijamente, y luego habló.

—Ahora ya me ves.

Era la voz grave que habían oído antes, la voz de un anciano. Aquella voz gastada y ronca procedente del cuerpo de un niño resultaba particularmente terrorífica.

—Los niños viejos —dijo Kestrel—. Los que vi el otro día.

—Estábamos deseando que vinieras a nuestra clase —dijo el niño de pelo blanco—. Pero bien está lo que bien acaba, como suele decirse. Seguidme, os llevaré de vuelta.

—No pensamos volver —dijo Kestrel.

—¿No pensáis volver? —Su voz tranquila hacía que el desafío sonara infantil—. ¿No lo entendéis? Sin mi ayuda, nunca encontraréis la salida. Moriréis aquí.

Se oyó una risa en la oscuridad. El niño de pelo blanco sonrió.

—A mis amigos les parece divertido.

Y en el remanso de luz, fueron apareciendo otros niños, algunos con el pelo blanco como el primero, otros calvos, todos envejecidos antes de tiempo. Al principio parecía que sólo hubiera unos cuantos, pero cada vez salían más de las sombras, primero diez, luego veinte, treinta y más. Bowman los miraba fijamente y sintió un escalofrío.

—Somos vuestros pequeños rescatadores —dijo el niño de pelo blanco. Y todos los niños viejos volvieron a reírse con la risa grave y sorda de los adultos—. Si nos ayudáis, os ayudaremos. Es lo justo, ¿no?

Se acercó un paso más y extendió una mano.

—Venid conmigo.

Detrás de él, los demás niños se acercaban también con pequeños pasos. A medida que avanzaban, también ellos extendieron las manos. No parecían agresivos, ni tan siquiera curiosos.

—Mis amigos os quieren acariciar —dijo el cabecilla, con una voz que sonaba grave, suave y lejana.

Bowman estaba tan asustado que sólo pensaba en escapar. Dio un paso hacia atrás para alejarse de aquel mar de brazos. Pero detrás estaba el río, que fluía con fuerza hacia el agujero subterráneo. Los niños viejos se acercaron más y sintió una mano que le tocaba el brazo. Le invadió una sensación desconocida: fue como si le hubieran succionado una parte de su fuerza dejándole cansado y soñoliento.

—*¡Kes!* —llamó en silencio, desesperado—. *¡Ayúdame!*

—¡Alejaos de él! —gritó Kestrel.

Avanzó con valentía y amenazó con un puño al niño de pelo blanco, pero en cuanto su puño tocó el cuerpo del niño, el golpe perdió fuerza y ella sintió que el brazo se le quedaba fláccido. Volvió a arremeter contra él, y entonces notó que se debilitaba todavía más. El aire que la rodeaba pareció volverse denso y húmedo, y los sonidos procedían cada vez de más lejos, se difuminaban.

—*¡Bo!* —llamó—. *Me está pasando algo.*

Bowman vio cómo caía de rodillas y sintió la aplastante fatiga que se apoderaba del cuerpo de su hermana. Sabía que debía ir en su ayuda, pero estaba paralizado, inmovilizado por el terror.

—*Aléjate, Kes* —suplicó—. *Aléjate.*

—*No puedo.*

Él lo sabía, podía sentirlo. Su hermana desfallecía, como si los niños viejos se la llevaran ya consigo.

—*No puedo moverme, Bo. Ayúdame.*

Vio cómo la rodeaban, pero estaba horrorizado por el miedo y no hizo nada; y al saber que no estaba haciendo nada, lloró de vergüenza.

De repente se oyó un estrépito y un ruido de agua, y algo llegó a la carga desde el túnel que tenían detrás. Rugía como una bestia salvaje y daba golpes a diestro y siniestro con brazos como aspas de molino.

—¡Kak, kak, kak, kak! —gritó aquello—. ¡Bubba, bubba, bubba, kak!

Los niños viejos saltaron hacia atrás, alarmados. El torbellino pasó por delante de Bowman y lo tiró de la orilla al rápido río. Las salpicaduras del agua apagaron la antorcha. En la repentina oscuridad, Kestrel sintió que la arrastraban a la orilla del río y que caía al agua. Se oyó una tercera zambullida, y ya fueron tres dando vueltas y más vueltas en la corriente, arrastrados hacia el rugiente agujero.

El agua fría la hizo revivir, y se puso a patalear. Luchó por emerger a la superficie y tomar aire. Entonces vio aproximarse el techo bajo de roca y volvió a sumergirse en el agua, justo cuando el agujero la succionaba. Unos instantes de corriente embravecida y de pronto se encontró volando por el aire entre gotas de agua, y cayendo, cayendo con la corriente, abajo y más abajo, luchando por respirar, pensando: «Esto es el fin, ahora me estrellaré», cuando de pronto, con un «plaf» y una especie de largo sonido flexible, descubrió que había aterrizado sobre fango blando y profundo.

10

En las cuevas de sal

Cuando se recuperó del golpe de la caída, Kestrel olió el aire nauseabundo y se dio cuenta de que había ido a parar a alguna parte del Sublago. Por encima tenía el enorme techo arqueado de roca salina que ya había visto antes, y no muy lejos de allí había uno de aquellos agujeros del techo de la cueva, a través del que llegaba la poca luz que había en aquella tierra sombría. Por delante se extendía una oscura zona de agua resplandeciente y de fango hediondo. Por detrás, la abundante cascada por la que habían caído. Buscó la plataforma del embarcadero con las barcazas amarradas, pero debían de estar en alguna otra parte de las enormes cuevas de sal, perdidas en la penumbra.

Oyó un débil gimoteo, y al volverse vio a Bowman que luchaba por mantenerse a flote en el fango.

—¿Estás bien, Bo?

—Sí —contestó él, y entonces se echó a llorar, en parte de alivio al ver que habían sobrevivido pero, sobre todo, de vergüenza.

—No llores, Bo —dijo Kestrel—. No hay tiempo para eso.

—Sí, lo sé. Lo siento.

En silencio, le pidió perdón a su hermana.

—Debería haberte ayudado. Pero tenía mucho miedo.

—Esto es el Sublago —dijo Kestrel en voz alta, para hacerle pensar en cosas prácticas—. Desde aquí hay una salida a las llanuras, estoy segura.

Se volvió para contemplar el barro líquido y justo entonces se levantó una figura medio familiar, farfullando y gruñendo. La figura se enderezó, se limpió el barro de la cara y le sonrió.

—¡Mumpo!

—Hola, Kes —dijo Mumpo con alegría.

—¡Eras tú!

—Te he visto bajar por el agujero —dijo—. Te he seguido. Soy tu amigo.

—¡Mumpo, me has salvado!

—Iban a hacerte daño. No dejaré que nadie te haga daño, Kes.

Ella lo miraba fijamente, cubierto de barro de la cabeza a los pies, y se maravilló de que estuviera tan satisfecho consigo mismo. Aunque, claro, todos estaban cubiertos de fango por igual y todos apestaban lo mismo.

—Mumpo —dijo Kestrel—, has sido valiente y fuerte, y siempre te agradeceré que me hayas salvado. Pero tienes que volver.

El rostro de Mumpo se ensombreció.

—Quiero estar contigo, Kes.

—No, Mumpo. —Le hablaba cariñosamente pero con firmeza, como si fuera un niño pequeño—. Es a mí a quien buscan, no a ti. Tienes que irte a casa.

—No puedo, Kes —contestó simplemente—. No puedo mover las piernas.

Fue entonces cuando Kestrel y Bowman se dieron cuenta de que se estaban hundiendo. No muy deprisa, pero sin parar.

—No pasa nada —dijo Kestrel—. Ya he estado antes aquí. Sólo nos hundiremos hasta las rodillas.

Intentó sacar una pierna, pero vio que no podía.

—*Kes* —le dijo su hermano con el pensamiento—. *¿Y si vienen tras nosotros?*

Ella miró alrededor, en todas direcciones, pero no había rastro de los niños viejos.

—*Si vienen* —respondió Kestrel—, *también quedarán atrapados*.

Así que allí se quedaron, con la ropa empapada y pegada a su cuerpo tembloroso, respirando el aire fétido, notando cómo se hundían.

—Nos seguimos hundiendo —dijo Bowman cuando el fango ya les llegaba a las rodillas.

—En algún momento tendremos que llegar al fondo —dijo Kestrel.

—¿Por qué?

—No podemos seguir hundiéndonos siempre.

—¿Por qué no?

Durante un rato nadie dijo nada. Continuaban hundiéndose. Entonces, Mumpo rompió el silencio.

—Me gustas, Kes. Eres mi amiga.

—Oh, cállate, Mumpo. Lo siento. Ya sé que me has salvado, pero la verdad...

De nuevo se hizo el silencio. Ya se habían hundido hasta la cintura.

—¿Yo te gusto, Kes? —preguntó Mumpo.

—Un poco —contestó Kestrel.

—Somos amigos —dijo Mumpo, muy contento—. Nos gustamos.

Su estúpida alegría acabó por incitar a Kestrel a decir en voz alta lo que incluso había temido pensar.

—¡Pango estúpido! ¿No te das cuenta? ¡El barro nos va a tragar!

Mumpo se la quedó mirando, completamente desconcertado.

—¿Estás segura, Kes?

—Mira a tu alrededor. ¿Quién nos va a sacar de aquí?

Mumpo miró alrededor y no vio a nadie. El rostro se le contrajo de miedo y empezó a chillar.

—¡Socorro! ¡Me hundo! ¡Socorro! ¡Me voy abajo! ¡Socorro!

—Oh, cállate. Aquí no hay nadie que pueda ayudarnos.

Pero Mumpo se puso a gritar todavía más fuerte; afortunadamente, porque Kestrel se equivocaba. Sí había alguien que podía ayudarlos.

No demasiado lejos había un hombrecillo del barro llamado Willum recolectando hojas de tixa en la superficie del lago. La tixa crecía silvestre en los lugares más inesperados, y la única forma de encontrarla era vagar por allí buscando sólo a medias, con una actitud lenta y soñolienta, durante horas y horas. Si se buscaba con demasiado empeño sobre la turbia superficie gris del lago, no se conseguía ver las plantas de tixa, que eran del mismo color turbio. No había que buscar, y así se descubrían por el rabillo del ojo. Cuando se encontraban unas cuantas, se recogían, se guardaban en una bolsa y se reservaba una para mascar mientras continuaba la búsqueda. Mascar hojas de tixa hacía sentirse lento y soñoliento, y así era más fácil encontrar más hojas.

Cuando Willum oyó los gritos lejanos, se enderezó y escudriñó la penumbra, intentando fijar la mirada.

—Caramba —exclamó a media voz, sonriendo. No se daba cuenta de que sonreía. Llevaba fuera la mayor parte del día, mascando tixa casi todo el tiempo, y la verdad es que ya debería haber regresado a casa. Las bolsas de nueces que llevaba colgadas del cuello ya estaban llenas, y su mujer debía de llevar mucho rato esperando que regresara.

Pero como aquellos chillidos agudos no cesaban, Willum decidió ir en aquella dirección, siguiendo la red de sendas que toda la gente del barro conocía en cuanto aprendía a caminar. Aquellas sendas se extendían bajo la superficie del fango, a veces justo por debajo, otras veces a la altura de las rodillas. Existía una forma de recorrer las sendas que toda la gente del barro conocía: con paso lento y seguro, metiendo un pie con cuidado, sacando el otro con cuidado, con un andar cadencioso y uniforme. No se podía ir deprisa, había que dejarse llevar con suavidad, en especial después de todo un día de recolección de tixa.

En todo ese tiempo, los niños no habían dejado de hundirse. El barro les llegaba ya al cuello y los dedos de los pies, que movían con desesperación, todavía no encontraban suelo firme. Kestrel estaba asustada y habría empezado a gritar de no ser porque Mumpo ya gritaba bastante por todos ellos.

—¡Yaaaaa, buaaaaa! —chillaba Mumpo, igualito que un bebé—. ¡Yaaaaa, buaaaaa!

Ninguno de ellos oyó a Willum acercarse por detrás hasta que les habló.

—¡Por la dulce tierra! —exclamó al detenerse en el punto más cercano del sendero.

—¡Yaaaaa, buaa...! ¡Glup!

Mumpo se calló de repente, no porque hubiese conseguido ayuda sino porque se le llenó la boca de barro. Los tres niños intentaban mover la cabeza, pero no podían.

—¡Ayúdenos! —exclamó Bowman, atragantándose con el lodo.

—Faltaría más —dijo Willum.

Al igual que todos los hombres del barro, Willum llevaba una soga enrollada en muchas vueltas alrededor de su regordeta cintura. La desenrolló y la tiró con destreza sobre la superficie del lago de manera que quedó al alcance de los tres niños.

—Sujeta —dijo—. Despacio, cuidado.

Mientras los niños conseguían sacar las manos del fango y alcanzar la cuerda, Willum descubrió un manojo de tixa que crecía junto a ellos. Era un manojo grande, con anchas hojas maduras, de las mejores.

—Esas hojas —dijo—. Las traes contigo también, ¿eh?

El esfuerzo de los niños por alcanzar la cuerda hizo que se hundieran más deprisa, y el lodo ya casi los asfixiaba. Willum estaba tan exaltado por la visión de las hojas de tixa que se olvidó de ellos.

—Esas hojas —repitió, señalándolas—. Sujétalas.

Bowman, que ya había alcanzado la cuerda, tiró con mucha fuerza y a punto estuvo de tirar a Willum del sendero. Con la otra mano, agarró a su hermana y la sujetó mientras alcanzaba la cuerda. Kestrel, a su vez, agarró a Mumpo, el que más cerca estaba de la planta de tixa.

—¡Estire! —gritó Bowman al sentir que empezaban a hundirse de nuevo—. ¡Estire!

—Faltaría más —dijo Willum sin estirar—. Pero alcanza las hojas.

Fue pura casualidad que la mano de Mumpo, buscando la cuerda a la desesperada, se cerrara sobre la planta de tixa. En cuanto Willum vio que la tenía, empezó a tirar. Se inclinó hacia delante para tirar de la cuerda con todo su peso y luego avanzó por el sendero para remolcarlos como una mula de carga. Sus piernas cortas y fornidas eran enormemente fuertes, como las de todos los hombres del barro, y los niños pronto sintieron que los sacaba del fango pegajoso.

Con una boqueada sonora, Kestrel consiguió sacar la cabeza y tomó aire con ansia. Mumpo escupió barro por la boca y empezó a gritar otra vez. Y Bowman, sin aliento, con el corazón latiéndole con fuerza, se esforzó en no pensar qué les habría ocurrido si aquel hombre del barro no los hubiese encontrado.

Cuando notaron el suelo firme del sendero bajo sus pies, se dejaron caer y se quedaron tumbados; parecían un montículo cubierto de lodo, agotados por la terrible experiencia. Willum se inclinó sobre Mumpo y le quitó las hojas de tixa de la mano.

—Irá bien. Mil gracias.

Estaba muy satisfecho. Arrancó la punta de una hoja, le quitó el lodo y se la introdujo en la boca. El resto lo metió en su pequeño saco.

Entonces se volvió para examinar a los niños que había sacado del lago. ¿Quiénes eran? No eran gente del barro, seguro. Estaban demasiado delgados y ningún hombre del barro se aventuraba por las profundidades, lejos de los senderos, a no ser que fuera atado con una cuerda. Debían de venir de allá arriba.

—Ya sé qué cosa sois —les dijo—. Sois flacuchos.

Siguieron al regordete hombrecillo del barro a lo largo de senderos serpenteantes que sólo él conseguía ver, a través de la oscura superficie del Sublago. Demasiado agotados para preguntar nada, avanzaban detrás de él en fila india, agarrados todavía a la cuerda. Las piernas les dolían del esfuerzo que hacían para sacarlas del barro y volverlas a meter, pero siguieron adelante hasta que empezó a anochecer por los grandes agujeros del techo.

Willum tarareaba en voz baja mientras caminaba. «¡Menudo golpe de suerte haber encontrado a los flacuchos! —pensaba—. Y menuda sorpresa se llevará Jum!» Y se reía en voz alta sólo con pensarlo.

Willum se había alejado mucho durante aquella jornada de recolección, y cuando llegaron todos a su casa ya era casi de noche. Las sombras eran tan impenetrables que los niños no veían por dónde iban y se mantenían en el sendero sólo gracias a la cuerda. Willum se detuvo por fin, lanzó un suspiro de satisfacción y anunció:

—¡No hay nada como el hogar!

Desde luego que no había nada: ni rastro de casa ni de refugio. Nada, salvo una delgada voluta de humo que salía por un pequeño agujero del suelo. Los niños miraron alrededor, temblando, asustados, muertos de cansancio.

—Seguidme, pequeños flacuchos. Cuidado con la escalera.

Dicho esto, empezó a hundirse en el suelo. Kestrel, que iba detrás, sintió que los pies se le hundían en el fango por un agujero en el que parecía haber una escalera que bajaba.

—Boca cerrada —dijo Willum—. Ojos cerrados.

Kestrel sintió de pronto el fango alrededor del cuello. Un instante después tenía la boca, la nariz y los ojos obstruidos, totalmente tapados, y un segundo más tarde había entrado en una sala subterránea llena de humo e iluminada por una hoguera. Después llegó Bowman, y luego Mumpo, ambos escupiendo y quitándose el barro de los ojos. Por encima, al final de la escalera, el fango había vuelto a cerrarse como una tapa.

—Cuánto has tardado, Willum —dijo una voz enojada—. ¿Dónde te has metido?

—¡Mira esto, Jum!

Willum se hizo a un lado para dejarle ver a los niños. Una mujer regordeta y cubierta de barro, sentada en un taburete junto al fuego, removía con mala cara una cacerola.

—¿Y eso qué es? —preguntó.

—Flacuchos, tesoro.

—Flacuchos, ¿eh?

Se levantó con pesadez del taburete y se acercó a ellos. Les dio unas palmaditas con las manos embarradas y les acarició las trémulas mejillas.

—Pobrecitos míos.

Luego se volvió hacia Willum y dijo con severidad:

—¡Dientes!

Willum, obediente, le enseñó los dientes. Tenían unas manchas marrones y amarillentas.

—Tixa. Lo sabía.

—Sólo la hoja más pequeña, cielo.

—Y mañana cosecha. ¡Qué vergüenza, Willum! Deberías tumbarte y dejarte morir.

—Nueces del barro, Jum —dijo en tono reconciliador. Desató la bolsa de nueces y sacó con los dedos una sorprendente cantidad de bultos marrones.

Jum se volvió al fuego sin saber qué contestar, negándose a reconocer el fruto de su esfuerzo.

—¡Pero, tesoro! ¡Mi dulce bizcochito! ¡Mi confite de ciruela!

—¡No me llames tesoro! ¡Tú y tu tixa!

Los niños, momentáneamente olvidados, miraban la sala a la que habían ido a parar. Era una gran madriguera redonda, con un techo en forma de cúpula en lo alto del cual el humo del fuego salía por un agujero. El fuego ardía en mitad de la sala, sobre una plataforma de piedra que se alzaba a la misma altura que una mesa y que estaba rodeada por una especie de jaula de barrotes de hierro muy separados. Esta disposición permitía colgar cacerolas y calderas sobre el fuego desde todos los lados y a varios niveles. Una gran caldera colgaba de muy arriba, y de ella salía un poco de vapor; más abajo, en una cacerola, hervía y salpicaba un guiso.

Junto al fuego había un banco de madera en el que estaban sentados los miembros más cercanos de la familia de Willum, todos igualmente regordetes y cubiertos de barro, de manera que, aparte de los diferentes tamaños, no había mucho más que distinguiera a unos de otros. En concreto eran una niña, una tía y un abuelo. Todos miraban con curiosidad a los recién llegados, menos el abuelo, que no hacía más que mirar a Willum y guiñarle el ojo.

El suelo de la madriguera estaba cubierto por una capa de mantas manchadas de barro y arrugadas, echadas unas encima de otras como en una gran cama sin hacer.

—¡Pollum! —exclamó Jum mientras daba vueltas al caldo—. ¡Más tazones!

La niña del barro dio un salto y corrió al armario que había junto a la pared.

—¿Un buen día, Willum? —preguntó el viejo, guiñando el ojo.

—Bastante —contestó Willum, devolviéndole el guiño.

—Entonces no querrás cena —dijo Jum mientras le daba golpes a la cacerola—. Estarás en el país de tixa.

Willum se le acercó por detrás, la rodeó con ambos brazos y la estrechó con fuerza.

—¿Quién quiere a su Jum? —dijo—. ¿Quién vuelve a casa con su dulce Jum?

—¿Quién está todo el día fuera? —gruñó Jum.

—¡Jum, mi corazón hace jum, jum!

—¡Está bien, está bien! —Dejó el cucharón y permitió que le diera un beso en el cuello—. ¿Y qué vamos a hacer con estos flacuchos tuyos?

—Llenarles la barriguita a los pobres flacuchos —intervino la tía, que había permanecido callada hasta ese momento.

—Así se hace —dijo Willum. Fue a sentarse junto al viejo y se puso a cuchichear con él.

Pollum puso más tazones en la mesa y Jum los llenó con el espeso caldo caliente de la cacerola.

—A sentarse, flacuchos —dijo, esta vez con un tono de voz más amable.

Bowman, Kestrel y Mumpo se sentaron a la mesa y miraron el caldo. Tenían mucha hambre, pero aquel guiso se parecía tanto al barro grumoso que no se decidían a probarlo.

—Caldo de nuez —dijo Jum para animarlos. Se llevó la cuchara a la boca, para mostrarles cómo se comía.

—Disculpe, señora —dijo Bowman—. ¿Qué tipo de nuez?

—Nuez del barro, desde luego —dijo Jum.

Mumpo se puso a comer. Parecía que no le importaba, así que Kestrel lo probó. Estaba sorprendentemente bueno, como patata asada. Pronto estuvieron los tres comiendo con fruición. Jum los miraba encantada. Pollum se arrimó a las fornidas piernas de su madre y le susurró:

—¿Qué cosa son, mamá?

—Son flacuchos. Viven allá arriba. Pobrecitos.

—¿Por qué están aquí?

—Han escapado. Huido.

A medida que comían, los niños fueron reanimándose y empezaron a sentir curiosidad por dónde estaban.

—¿Estamos en el Sublago? —preguntó Kestrel.

—Eso no lo sé —dijo Jum—. Estamos sub, eso seguro. Estamos todos sub.

—¿Y el barro...? ¿El barro procede de...? —No encontraba una fórmula educada de plantear la pregunta, así que cambió de táctica—: No parece que el fango huela tanto aquí abajo.

—¿Olor? —dijo Jum—. Espero que sí hay olor. El olor de la dulce tierra.

—¿Eso es todo?

—¿Todo? Caray, flacucha, eso es absolutamente todo.

La tía, junto al fuego, rió de pronto entre dientes.

—¡Chof! —exclamó— ¡Que nuestro barro es chof, piensan!

—Noo —dijo Jum—. Tontos no son.

—Pregunta —dijo la tía—. Venga, pregunta.

—¿No pensáis que nuestro barro es chof, flacuchos?

—¿Qué es chof? —preguntó Bowman.

—¿Qué es chof? —Jum estaba perpleja. Pollum se echó a reír—. Pues es... chof.

—Bueno, sí es chof —intervino Willum—. ¿Y por qué no? Todo va a parar a la dulce tierra y aporta sabor. Una gran cacerola de guiso, eso es lo que es.

Metió el cucharón en la cacerola y lo sacó lleno de guiso espeso.

—Un día tumbaré mi cuerpo y la dulce tierra lo tomará y lo recompondrá y lo devolverá. No importa el chof, pequeños flacuchos. Todos somos chof, si bien se mira. Todos somos parte de la dulce tierra.

Se comió el guiso directamente del cucharón. Jum lo observaba, asintiendo con la cabeza en señal de aprobación.

—A veces me sorprendes, Willum —dijo.

Mumpo fue el primero en terminar el tazón de guiso. Se tumbó sobre el suelo cubierto de mantas, acurrucó su cuerpo formando una bola y se durmió.

—Así se hace, pequeño flacucho —dijo Jum mientras lo tapaba con otra manta.

Bowman y Kestrel también tenían sueño, pero antes querían quitarse el barro que se les había endurecido sobre el cuerpo.

—Disculpe, señora —dijo Bowman—. ¿Dónde puedo lavarme?

—¿Quieres un baño?

—Sí, señora.

—¡Pollum! ¡Prepara el baño!

Pollum fue hasta la hoguera y desenganchó la caldera de agua hirviendo. La inclinó hacia un lado de la madriguera, en la que había un hoyo en forma de plato en el suelo, y vertió allí el agua caliente de la caldera, con un chorro abundante. El agua recorrió los lados del hoyo y se reunió en un humeante charco poco profundo.

—¿Quién va primero? —dijo Jum.

Bowman miró a Kestrel.

—Enseña, Pollum —gritó la tía—. Allá arriba no hay baño. Pobrecitos.

A Pollum no le dejaban muy a menudo ser la primera en el baño, cuando el agua estaba recién vertida, así que saltó sin esperar a que repitieran la pregunta. Se repantingó de espaldas, despatarrada como un cangrejo, y empezó a dar vueltas, retorciéndose y girando, cubriéndose con una nueva capa de limo tibio. Se reía tontamente mientras se retorcía en el fango, encantada.

—Ya basta, Pollum. Deja para los flacuchos.

Bowman y Kestrel dijeron que eran muy amables, pero que realmente estaban demasiado cansados para tomar un baño. Así que Jum les preparó una cama en el suelo, entre los montones de mantas, y se acurrucaron como

Mumpo. Bowman, agotado por los horrores del día, pronto se quedó profundamente dormido, pero Kestrel permaneció un rato más con los ojos abiertos, mirando a la gente del barro y escuchando lo que decían. Willum había sacado algo del saco y se lo daba al viejo, y juntos se reían en voz baja en un rincón. Jum cocinaba junto al fuego lo que parecía ser una enorme cantidad de guiso. Pollum hacía preguntas.

—¿Por qué son tan delgados, mamá?

—No comen bastante. Allá arriba no hay nueces del barro, ¿comprendes?

—¡No hay nueces del barro!

—¡No hay barro para eso!

—¡No hay barro!

—No lo olvides, Pollum. ¡Tú eres una chica con suerte!

Kestrel intentaba escuchar, pero las voces parecían cada vez más suaves, las sombras que proyectaban las llamas jugueteaban en el techo abovedado y se fueron difuminando en cálidos borrones. Se acurrucó más en la acogedora cama y pensó en lo mucho que le dolían las piernas y en lo bien que se estaba entre las mantas. Los párpados empezaron a pesarle tanto que los cerró del todo, y poco después estaba dormida.

11

La cosecha de nuez del barro

Cuando despertaron, la suave y gris luz del día se filtraba hasta la madriguera a través del agujero para el humo que había sobre la hoguera. Todo el mundo se había ido, menos Pollum, que estaba sentada en silencio junto al fuego esperando a que despertaran. A Mumpo no se le veía por ninguna parte.

—Tu amigo ha salido al lago —dijo Pollum—. Ayuda en la cosecha.

Había desayunado mientras los esperaba: un plato de algo que parecían galletas, pero que resultaron ser rodajas fritas de nuez del barro.

—¿Nunca coméis nada que no sea nuez del barro? —preguntó Kestrel. Pero, al parecer, Pollum no entendía la pregunta.

Mientras comían, los mellizos hablaron de lo que debían hacer. Estaban perdidos y asustados. Sabían que su madre estaría muy preocupada por ellos. Pero Kestrel también sabía, sin la más mínima duda, que no podía regresar a Aramanth tal como estaban las cosas.

—Nos enviarán junto a los niños viejos —dijo—. Antes me muero.

—Entonces ya sabes lo que tenemos que hacer.

—Sí.

Sacó el mapa que le había dado el emperador y se pusieron a estudiarlo. Bowman siguió con el dedo la línea que se llamaba «el Gran Camino».

—Tenemos que encontrar esa ruta.

—Antes tenemos que encontrar la forma de salir de aquí.

Le preguntaron a Pollum si había un camino para ir «allá arriba», pero ella les dijo que no, que nunca había oído hablar de ninguno. La mera pregunta pareció desconcertarla.

—Tiene que haber un camino —dijo Kestrel—. Al fin y al cabo, la luz llega hasta aquí.

—Bueno —dijo Pollum después de pensarlo un rato—. Puedes caer hacia abajo, pero no puedes caer hacia arriba.

—Los mayores lo sabrán. Se lo preguntaremos. ¿Cuándo van a volver?

—No volverán hasta tarde. Hoy hay cosecha.

—¿Qué tipo de cosecha?

—Nuez del barro —dijo Pollum.

Se levantó y empezó a recoger los platos del desayuno. Bowman y Kestrel hablaban en voz baja.

—¿Qué vamos a hacer con Mumpo? —preguntó Kestrel.

—Será mejor que venga con nosotros —respondió Bowman—. Sirve para algo más que yo.

—No digas eso, Bo. Te echarás a llorar otra vez.

Y lo cierto es que estaba al borde de las lágrimas.

—Lo siento, Kes. Es que no soy valiente.

—Ser valiente no lo es todo.

—Papá me dijo que te cuidara.

—Nos cuidaremos el uno al otro —dijo ella—. Tú eres el que siente y yo la que actúa.

Bowman asintió lentamente. A él también le parecía que era así, pero nunca lo había pensado con tanta claridad.

Pollum ya había puesto todos los platos en remojo en un charco de agua lodosa.

—Es hora de salir al lago —les dijo—. Hora de la cosecha. Todos ayudan en la cosecha.

Decidieron acompañarla e ir a buscar a Willum. Tenían que encontrar una salida como fuese.

El paisaje que encontraron al salir de la madriguera era muy distinto del inhóspito Sublago de la noche anterior. La luz se reflejaba por todas partes, los rayos caían por los agujeros del techo de la gran caverna plateada de sal, creando charcas de luz solar tan brillantes que les herían la vista. La luz se expandía por todas partes desde las charcas brillantes, como en ondas, se volvía cada vez más débil y hacía que el lustre del fango acuoso brillase hasta perderse en la brumosa distancia. Y moviéndose de un lado a otro sobre la lámina de luz, había cientos de laboriosas personitas. Trabajaban en filas y en columnas, y sobre grandes balsas planas. Estaban reunidas alrededor de inmensas hogueras y de enormes artilugios que parecían cabrestantes. Allí donde estaban agrupadas, cantaban. Las canciones se entrelazaban unas con otras como las salomas, y al igual que las salomas, eran canciones de trabajo. Y es que la gente del barro estaba trabajando, y trabajando mucho.

—Ya no huele mal —dijo Kestrel sorprendida.

—Sí que huele —dijo Bowman—. Sólo que nos hemos acostumbrado.

Miraron por todas partes buscando alguna señal de los niños viejos, pero no encontraron ninguna. También buscaron a alguien a quien reconocieran, pero todos los hombres del barro les parecían iguales: eran todos regordetes y estaban cubiertos de fango. Avanzaron detrás de Pollum, algo temerosos, a lo largo de la cadena de senderos hacia la más cercana de las grandes hogueras. Mientras caminaban iban mirando cómo trabajaba la gente y empezaron a comprender qué era lo que hacían.

Las nueces del barro crecían en campos inundados bajo la superficie del lago, enterradas en el fango blando.

Los recolectores las recogían mientras caminaban despacio por los campos, se inclinaban y metían los brazos en el barro. Largas hileras de hombres del barro culebreaban a lo largo del lago de forma metódica. Avanzaban todos un paso a la vez, se inclinaban y metían un brazo, todos a una. Las nueces que recogían, cada una del tamaño de una manzana, las echaban a unos cubos de madera poco hondos que llevaban a la espalda. A medida que avanzaban y recolectaban cantaban su canción, y así toda la hilera trabajaba de forma sincronizada.

Era maravilloso ver aquellas hileras oscilantes de gente por todo el lago, unidos todos en una gran marea de movimiento, oír el canto de sus voces que trepaba hasta el alto techo de la caverna y resonaba luego en ecos profundos y amortiguados. Alrededor de las grandes hogueras, la gente también cantaba aunque de forma más irregular y desorganizada, tomando el hilo de la canción en una estrofa, luego en otra. La tarea de la gente que estaba junto al fuego era mucho menos activa; de hecho, muchos de ellos parecían no hacer nada, aunque lo hacían sin dejar de reír. Algunos asaban nueces del barro, las hacían rodar entre las ascuas y las sacaban después, arrastrándolas con largas varas; otros restregaban las nueces para quitarles el barro de la cáscara, y muchos iban y venían con cubos.

Pollum fue a buscar tres cubos vacíos, le dio uno a Bowman y otro a Kestrel.

—Seguidme —dijo—. Os enseño qué hacer.

Daba por sentado que ayudarían con la cosecha, y como no había señales de Willum y todos trabajaban tanto, parecía egoísta negarse. Así que siguieron a Pollum hacia el lodazal e hicieron lo que les dijo.

Los niños de la gente del barro tenían el cometido de vaciar los cubos de madera a medida que se llenaban. Los recolectores de nuez del barro trabajaban sin parar en la hilera y, cuando se les llenaba el cubo, gritaban: «¡Cubo lleno!», y un niño acudía presuroso con un cubo vacío y se llevaba el lleno a rastras. Las nueces del barro se apilaban en grandes montones alrededor de las hogueras, que estaban dispuestas en los senderos que había junto a los campos, de modo que los niños no tenían que recorrer mucho trecho. Aun así, como Bowman y Kestrel no tardaron en descubrir, era un trabajo agotador. Los cubos llenos pesaban mucho y había que acarrearlos a través del fango espeso que les llegaba hasta media pantorrilla. Cuando llegaban a la hoguera les dolían las piernas y los brazos, y sudaban bajo la capa de lodo. Sin embargo, al cabo de un rato descubrieron que todo seguía cierto ritmo y que el canto de las hileras de recolectores avivaba de algún modo su ánimo agotado. Normalmente había un momento de descanso antes de que se oyera el grito de «¡Cubo lleno!» y empezara de nuevo el arduo trabajo. Al acercarse al fuego sentían su fiero calor estimulante y oían las risas de los hombres del barro que sacaban con varas las nueces de las ascuas. Luego llegaba el dulce momento en que inclinaban el cubo, vaciaban la carga, y de pronto sentían el cuerpo ligero como el aire. El trayecto de vuelta por el lago resultaba tan liviano que era como ir volando, como danzar entre los rayos de sol y las sombras que manchaban la superficie.

Después de haber trabajado durante lo que les pareció un día larguísimo, cuando se había extinguido la luz del sol que penetraba por los agujeros del techo, los mellizos vieron que los recolectores se enderezaban, se frotaban las espaldas doloridas y se volvían para acercarse a las hogueras.

—La cena —dijo Pollum.

La gente se reunió en grandes grupos junto a las hogueras, donde les esperaban cuencos llenos de nueces del barro recién asadas y tinas de agua. Primero bebían, directamente de los cucharones de mango largo, cucharón tras cucharón para saciar la sed de todo un día de trabajo. Después se sentaban a hablar en pequeños grupos mientras se pasaban los cuencos y mordían las nueces del barro como si fuesen manzanas.

Los mellizos ni siquiera intentaron buscar a sus amigos. Tenían tanta hambre que se hicieron con una gran nuez del barro cada uno. Después de comer un rato en silencio, sus miradas se encontraron. Los dos sabían que nunca en su vida habían probado nada tan delicioso. Dulce, cremosa y con sabor a nuez; crujiente cerca de la piel y tierna en el centro; la piel chamuscada a las brasas tenía un fuerte sabor a humo y crujía con delicia en la boca...

—No hay nada como esto, ¿eh?

Era Willum, que se les acercaba con una sonrisa de oreja a oreja.

—Recién sacadas del barro, calientes del fuego. Nada más dulce en la vida que una cosecha de nuez del barro.

Les guiñó un ojo y luego se echó a reír sin razón aparente.

—Disculpe, señor —dijo Kestrel al ver que estaba a punto de marcharse otra vez—. ¿Podría ayudarnos?

—¿Ayudaros, pequeña flacucha? ¿Cómo puedo ayudaros?

Se quedó allí de pie, meciéndose de un lado a otro y riendo entre dientes.

—Queremos saber cómo se sale de las cuevas de sal a las llanuras.

Willum parpadeó unos instantes, frunció el ceño y empezó a sonreír de nuevo.

—¿Salir de las cuevas de sal? ¿A las llanuras? No, no, no. ¡No querrás nada de eso!

Y se marchó con andar bamboleante, riendo para sus adentros.

Los mellizos miraron alrededor y vieron a muchos otros hombres del barro actuando como Willum, moviéndose de una forma más bien lenta, sin rumbo, y riendo. Por todas partes se veía grupos bamboleantes, muertos de la risa.

—Creo que es por esas hojas que mascan —dijo Bowman.

—Efectivamente —dijo con un suspiro una voz conocida—. Esta noche todos los hombres estarán en el país de tixa.

Era Jum, con un cuenco lleno de nueces del barro asadas.

—Las mujeres son demasiado sensatas —añadió—, y hay mucho qué hacer.

—Disculpe, señora —dijo Kestrel—, ¿sabe cómo se sale de aquí?

—¿Salir? Bueno, depende de adónde quieras ir.

—Al norte. A las montañas.

—¿Las montañas? —Jum arrugó el entrecejo—. ¿Qué queréis vosotros en las montañas?

—Vamos a los Salones del Morah.

De pronto se hizo el silencio a su alrededor. La gente empezó a levantarse y a alejarse arrastrando los pies, mirando con nerviosismo a los mellizos mientras se iban.

—Aquí no se habla de estas cosas —dijo Jum—. Ni siquiera se las nombra.

—¿Por qué?

—Aquí no hay nada de eso, y tampoco lo queremos —respondió Jum moviendo su redonda cabeza—. Ya hay bastante allá arriba —añadió, dirigiendo la mirada hacia el techo de la cueva.

—¿En Aramanth?

—Allá arriba —continuó Jum— vive la gente del que no nombramos. Pero ya lo sabes, pequeña flacucha. Huyes por eso.

—No...

—Sí —la interrumpió su hermano—. Ya lo sabemos.

Kestrel lo miró fijamente.

—¿Ah, sí?

—Sí —repitió su hermano, aunque apenas sabía cómo explicar aquello. Vagamente se estaba dando cuenta de que el mundo que tan bien conocía, el único mundo que había conocido hasta entonces, era una especie de cárcel y que su gente, los suyos, estaban atrapados dentro de sus altas murallas.

—Allá arriba hay el mundo del que no nombramos —volvió a decir Jum—. De una forma u otra, todos ellos le pertenecen. Sólo aquí, en la dulce tierra, nos dejan en paz.

—Pero cuando el silbador del viento vuelva a silbar —dijo Bowman— ya no perteneceremos al... al que no nombráis... nunca más.

—El silbador del viento, ¿eh?

—¿Lo conoce?

—No son más que cuentos, cuentos antiguos. Me gustaría oír ese silbador del viento, sí. Disfrutamos con las melodías.

—Entonces ayúdenos a encontrar el camino, por favor.

—Bueno —dijo Jum después de pensárselo durante un rato—, será mejor que hables con la Vieja Reina. Ella sabrá qué decir.

Señaló con un dedo regordete hacia un montículo que se alzaba en el lago, a cierta distancia. En lo alto del montículo había una baja empalizada de tablas.

—La encontrarás en el palacio, allá lejos.

—¿Nos dejarán entrar para hablar con ella?

—¿Y por qué no? —dijo Jum, sorprendida—. Sí, habla con la Vieja Reina.

Los mellizos le dieron las gracias y se encaminaron por los senderos hacia el palacio. Por todas partes había hombres del barro de muy buen humor, riendo y cantando, incluso bailando con sus cuerpos rellenitos. No cabía duda de que las hojas de tixa les transmitían cariño por toda la humanidad, porque a su paso no hacían más que recibir saludos y sonrisas, incluso abrazos.

Al cabo de un rato atravesaron una zona de lodazales en la que el fango era demasiado profundo para recolectar a pie las nueces del barro, y se cosechaban en balsas. Aquellas grandes estructuras de madera estaban diseñadas para flotar sobre la superficie del lago, por la que eran arrastradas lentamente por medio de cuerdas enroscadas en grandes cabrestantes. Durante la cosecha, los recolectores se echaban boca abajo por todo el borde de las balsas y hundían los brazos en el barro. Pero el trabajo del día ya había terminado, las balsas estaban inmóviles y no había nadie en los cabrestantes. Los jóvenes más valientes se dedicaban entonces a competir en el deporte de la zambullida en el barro.

Bowman y Kestrel se quedaron atónitos contemplando el espectáculo. En las esquinas de una de las balsas habían fijado unos postes altos y delgados que se alzaban a unos seis metros de altura. Los saltadores se ataban una cuerda alrededor de la cintura y se encaramaban a los postes como monos. Se quedaban colgando arriba del todo, balanceándose hacia atrás y hacia delante, lanzando primero una mano y luego la otra para exhibir su valentía. Después, con un fuerte grito, saltaban del poste al fango con la cuerda serpenteando por detrás. El barro estaba tan líquido que enseguida desaparecían bajo la superficie. Durante unos instantes de enorme emoción, no sucedía nada. Después la cuerda empezaba a moverse y a dar tirones, el barro se removía y de pronto emergía el saltador, para gran júbilo general. Los más aclamados eran los que se quedaban más tiempo bajo el barro.

Kestrel estaba mirando a los saltadores con admiración cuando vio una figura familiar que se encaramaba a uno de los postes.

—¡Es Mumpo!

Y en efecto, era Mumpo. Parecía delgaducho y frágil al lado de los demás, pero era el más osado de todos ellos. Se balanceaba en lo alto del poste, bajaba en picado y volvía a subir disparado, como si fuera lo más natural del mundo. Y al zambullirse se lanzaba mucho más lejos que los demás, se quedaba bajo el barro mucho más tiempo que los demás y emergía a la superficie para recibir la mayor ovación de todas.

Los mellizos se quedaron estupefactos.

—¿Cómo ha aprendido a hacer eso?

—¡Mumpo! —llamó Kestrel—. ¡Mumpo! ¡Estamos aquí!

—¡Kes! ¡Kes!

En cuanto los vio, saltó otra vez, sólo para presumir. Después desenganchó la cuerda y fue hacia ellos, saltando por el sendero.

—¿Me habéis visto? —gritaba—. ¿Me habéis visto?

Estaba tremendamente orgulloso de sí mismo, no hacía más que sonreír e ir de un lado para otro como un cachorro. Fue Bowman el que vio las manchas amarillentas que tenía en los dientes.

—Ha estado mascando esas hojas.

—Te quiero, Kes —dijo Mumpo, y le dio un abrazo—. ¿Estás contenta? Quiero que estés tan contenta como yo. —Y se puso a retozar junto a ella, riendo y haciendo gestos con los brazos rebozados de barro.

Al observar la expresión del rostro de Kestrel, Bowman dijo antes de que ella pudiera abrir la boca:

—Déjalo tranquilo, Kes.

—Se ha vuelto loco.

Bowman agarró a Mumpo de los brazos cuando pasó dando vueltas por su lado.

—Venga, Mumpo. Vamos a ver a la Vieja Reina.

—¡Estoy tan contento! ¡Contento, contento, contento! —decía Mumpo entre carcajadas.

—Sinceramente —refunfuñó Kestrel—, creo que me gustaba más cuando lloraba.

Pero Bowman pensaba en la imagen de Mumpo zambulléndose desde lo alto del enorme poste. Su cuerpo tenía una gracilidad asombrosa. Le dio una visión completamente diferente de Mumpo. Era como un ganso salvaje:

desgarbado cuando estaba en tierra, pero hermoso en el aire. A Bowman le gustó aquel pensamiento, porque no había lástima en él. Comprendió entonces que la lástima que sentía por Mumpo era una forma de indiferencia. ¿Por qué no había mostrado más interés por él? Al fin y al cabo, Mumpo era como un misterio. ¿De dónde había salido? ¿Por qué no tenía familia? Todo el mundo tenía familia en Aramanth.

—Mumpo... —empezó a decir.

—Contento, contento, contento —cantaba Mumpo.

Aquél no era el mejor momento para preguntarle nada, así que siguieron su camino y Mumpo siguió riendo y cantando durante todo el trayecto hasta el palacio.

12

Recuerdos de una reina

A medida que se acercaban al palacio fueron oyendo un ruido muy extraño que procedía de allí dentro. Como balbuceos, chirridos y gorgoteos. También oyeron gran cantidad de pasos ligeros y de voces que gritaban «¡Ya basta!», y «¡Bajad!». Todo aquello quedaba fuera de su vista debido a la empalizada de tablas, en la que había una sola puerta.

A medida que se aproximaban a la puerta, incluso a Mumpo se le despertó la curiosidad y dejó de canturrear para escuchar mejor. Kestrel se sintió aliviada.

—Ahora intenta comportarte, Mumpo. Vamos a ver a la reina. Es la persona más importante de aquí, así que debemos mostrarnos muy respetuosos.

Entonces llamó a la puerta, pero enseguida se dio cuenta de que era imposible que alguien pudiese oír los golpes con todo aquel barullo que había allí dentro y decidió abrirla.

El interior era un amplio espacio abierto, completamente lleno de bebés cubiertos de barro. Había unos muy pequeños, tumbados sobre esteras, otros ya gateaban de una parte para otra como cachorritos, otros empezaban a caminar y chocaban unos con otros, algunos ya andaban bien y otros más corrían por todas partes, gritando con todas sus fuerzas. Iban completamente desnudos, aunque también estaban completamente cubiertos de barro. Y parecía que no se lo habían pasado mejor en toda su vida. No hacían más que chocar y caerse unos encima de los otros de la forma más caótica, pero ninguno llegaba a hacerse daño, ni siquiera se quejaban demasiado. Se limitaban a ponerse de nuevo en pie y seguir con su infantil ocupación.

En medio de aquella inquieta masa de bebés había varias ancianas gordas, sentadas e inmóviles como enormes islas en medio de un mar tempestuoso. Los bebés trepaban por ellas y las rodeaban como si fuesen masas de tierra, y de vez en cuando las ancianas extendían un brazo protector o gritaban una advertencia. Sin embargo, la mayor parte del tiempo no hacían absolutamente nada.

Al encontrarse ante tal confusión, los mellizos no supieron muy bien qué hacer. Vieron que había un gran agujero en medio del espacio vallado, con escalones que bajaban a lo que suponían que sería una o varias salas subterráneas, y dedujeron que la reina se encontraría allí abajo. Pero estaba claro que lo que tenían que hacer era preguntar.

Kestrel se acercó a la anciana que había más cerca.

—Disculpe, señora —dijo—. Hemos venido a ver a la reina.

—Pues claro que sí —contestó la anciana.

—¿Podría decirnos adónde ir, por favor?

—Yo, en tu lugar, no iría a ninguna parte —dijo la anciana.

—Entonces ¿podría llevarnos a ver a la reina, por favor?

—Yo soy la reina —respondió—. Cuando menos una de ellas.

—Oh —dijo Kestrel, poniéndose muy colorada—. ¿Hay muchas reinas?

—Unas cuantas, sí. Todas estas ancianas de aquí y muchas otras.

Al ver el desconcierto de Kestrel, meneó la cabeza y dijo:

—Tú no te preocupes por eso, pequeña flacucha. Dime qué quieres.

—Queremos hablar con la Vieja Reina.

—La Vieja Reina, ¿eh?

En ese momento, tres pequeños que habían trepado por su espalda cayeron de golpe y empezaron a lloriquear. La reina los puso de pie otra vez y les dio unas palmaditas.

—Muy pronto será hora de ir a dormir —dijo—. Os llevaré a ver a la Vieja Reina después de haberlos acostado. Entonces estará todo más tranquilo.

En ese preciso momento sonó una campana y las ancianas se pusieron en pie y empezaron a conducir a los niños hacia las anchas escaleras. Bowman, Kestrel y Mumpo fueron tras ellos, pasando más o menos inadvertidos. El efecto de las hojas de tixa se estaba desvaneciendo, y Mumpo se había quedado mudo.

Al pie de los escalones había una sala del mismo estilo madriguera que la que habían visto antes, pero mucho más grande. Era tan amplia que al excavarla habían dejado sólidos pilares de tierra para sostener el techo. El efecto de las filas de pilares hacía que la sala pareciera no tener fin, pues a cada hueco le seguía otro hueco, y así hasta perderse en la distante penumbra.

Acostaron a la tribu de bebés con la mayor sencillez. Al igual que en la madriguera de Willum, el suelo estaba cubierto con muchísimas mantas suaves, y los bebés se tumbaron apiñados en montones, enredados unos con otros mientras farfullaban y chillaban. Las ancianas gordas caminaban entre ellos con torpeza. Les daban palmaditas, los acariciaban y los colocaban mejor, les cambiaban cuando era necesario, a algunos los tapaban del todo con mantas, pero en general los dejaban tumbarse como prefirieran. Después se sentaron a su alrededor y les cantaron una nana, con sus viejas voces desafinadas, y su canto inundó la enorme madriguera, recorrió suavemente todos los rincones del gran nido y los bebés que gimoteaban y bostezaban no tardaron en conciliar el sueño.

Mumpo se quejaba de que sentía algo raro en la cabeza. Luego miró a los bebés que dormían, dio un enorme bostezo y dijo que iba a sentarse un ratito. Antes de que pudieran detenerlo, se acurrucó sobre las mantas, entre los bebés, y se quedó también profundamente dormido.

Enseguida reinó el silencio en el lugar, si es que puede hablarse de silencio cuando el aire está lleno de cientos de pequeñas respiraciones. Entonces la anciana con la que habían hablado los mellizos se dirigió hacia ellos y les hizo señas para que fuesen con ella hacia el otro extremo de la sala de columnas.

Mientras caminaban, les dijo que se llamaba reina Num y que no pensaran que los bebés pasaban todas las noches en el palacio. Normalmente, las reinas sólo cuidaban de los bebés durante el día, pero aquella noche era la noche de la cosecha y todo el mundo se quedaba en los festejos hasta muy tarde. Kestrel comentó que era extraño que las reinas cuidasen de los bebés. La reina Num se rió y dijo:

—Bueno, ¿y para qué otra cosa sirven las reinas? Son muy viejas para trabajar en los campos.

Al otro extremo del gran vestíbulo subterráneo encontraron a un pequeño grupo de ancianas aún más viejas, sentadas en círculo en unos sillones junto a un fuego, con la vista perdida en el espacio. Una de ellas era tan vieja que parecía estar ya casi muerta.

—¿Estás despierta, querida? —le preguntó la reina Num, hablando con mucha claridad. Y a los niños—: Ésta es la Vieja Reina. No oye muy bien.

Tras un momento de silencio, una vocecilla malhumorada salió de aquel rostro marchito.

—Claro que estoy despierta. Hace años que no duermo. Ojalá pudiera.

—Lo sé, querida. Es muy duro para ti.

—Y qué sabrás tú...

—Unos jóvenes flacuchos han venido a verte, querida. Quieren hacerte unas preguntas.

—Acertijos no, ¿eh? —dijo la vocecilla rezongona. No había dado muestra alguna de haber visto a los niños, a pesar de que estaban justo delante de ella—. Los acertijos me aburren.

—No creo que sean acertijos —dijo la reina Num—. Creo que son recuerdos.

—Oh, recuerdos. —La Vieja Reina parecía molesta—. Demasiados. —Y de pronto fijó su mirada de pájaro en Kestrel, que era la que estaba más cerca—. Tengo mil años. ¿Lo crees?

—Bueno, la verdad es que no —dijo Kestrel.

—Tienes mucha razón. Es mentira. —Y entonces se echó a reír con unos cacareos lentos y secos. Cuando desapareció la risa, su expresión volvió a ser desagradable—. Ya puedes irte —dijo.

—Por favor, querida, ¿no quieres hablar con ellos un momento? —dijo la reina Num—. Han recorrido un largo camino.

—Más necios, entonces. Deberían haberse quedado en casa.

Cerró herméticamente los ojos. La reina Num se volvió hacia los mellizos con un gesto de impotencia.

—Lo siento. Cuando se pone así, no hay nada que hacer.

—¿Puedo hablar yo con ella? —preguntó Bowman.

—No creo que conteste.

—No importa.

Bowman se sentó en el suelo junto a ella, cerró también los ojos y dirigió su pensamiento hacia la Vieja Reina. Al cabo de un rato empezó a percibir el lento zumbido de sus ideas, como moscardones. Sintió refunfuños airados, remordimientos lejanos y, debajo de todo aquello, el triste agotamiento del dolor de huesos. Tras esperar pacientemente, llegó mucho más al fondo, a una región llena de miedo, oscura y silenciosa como la noche. De pronto sintió que allí había un agujero, un vacío, una nada que se abría al terror.

—¡Es horrible! —gritó Bowman sin darse cuenta de lo que hacía.

—¿Qué es? —preguntó Kestrel angustiada.

—Va a morir. —A Bowman le temblaba la voz—. Está tan cerca y es tan horrible... Nunca imaginé que morirse fuera así.

—Demasiado cansada de la vida —dijo con voz quebrada la Vieja Reina, más para sí misma que para Bowman—. Demasiado asustada de la muerte.

Y mientras hablaba le empezaron a caer lágrimas por las marchitas mejillas. Abrió los ojos y miró a Bowman.

—Ah, flacucho, pequeño flacucho —dijo—, ¿cómo has entrado en mi corazón?

Bowman también lloraba, pero no de tristeza sino por el momento en que los dos habían estado unidos. La Vieja Reina alzó sus brazos temblorosos. Bowman se encaramó a la silla y dejó que lo estrechara en un débil abrazo. Apretó las húmedas mejillas contra su cara y sus lágrimas se mezclaron.

—Eres un ladronzuelo —murmuró la reina—. Un ladronzuelo de corazones.

Kestrel los observaba, llena de admiración. A pesar de que era melliza de Bowman y de que a veces se sentía tan unida a él como si compartieran el mismo cuerpo, no comprendía aquel truco que él dominaba de penetrar en los sentimientos de los demás. Pero le encantaba que lo hiciera.

—Ea, ea —dijo la Vieja Reina, tranquilizándose, y a Bowman con ella—. De nada sirve llorar.

La reina Num los miraba, atemorizada.

—Querida —decía—. Oh, querida.

—No hay nada que hacer —dijo la Vieja Reina mientras acariciaba el pelo cubierto de barro de Bowman—. Nada que hacer.

—Por favor —dijo Bowman—, ¿nos ayudará?

—¿Para qué sirve una vieja como yo, pequeño flacucho?

—Háblenos de... —Recibió la advertencia silenciosa de Kestrel y dudó un instante—. Háblenos del que no nombran.

—Así que es eso, ¿eh?

Lo continuó acariciando un rato más en silencio. Luego empezó a hablar con una voz ausente, como del reino de los recuerdos.

—Dicen que el sin nombre duerme, y nunca debe despertar porque... Había un motivo, pero lo he olvidado. Hace mucho, mucho tiempo. ¡Ah! ¡Espera! Ya recuerdo...

Abrió los ojos de par en par al recordar un miedo que había olvidado hacía mucho tiempo.

—Marchan y matan y siguen marchando. No hay piedad. No hay escapatoria. Oh, queridos, dejad que muera antes de que regresen los zars.

Escudriñó la penumbra que tenía frente a sí y se enderezó a causa del terror, como si pudiese verlos llegar en aquel preciso instante.

—¡Los zars!

—¡Oh, mis pequeños flacuchos! —dijo temblando la Vieja Reina—. Todos estos largos años y lo había olvidado hasta ahora. Mi abuela me contaba esas historias de miedo. Fue su abuela quien vio la última marcha de los zars... ¡Oh, piedad, piedad! Mejor que muramos todos a que los zars marchen de nuevo.

Empezó a respirar con dificultad, completamente afligida. La reina Num dio un paso adelante.

—Es suficiente, querida. Descansa ahora.

—Sabemos cómo hacer que el silbador del viento vuelva a silbar —dijo Kestrel.

—Ah... —La Vieja Reina pareció calmarse al oír eso—. El silbador del viento... Si pudiese oír la melodía del silbador del viento no tendría miedo...

Kestrel sacó el mapa y lo desenrolló para que la Vieja Reina pudiese verlo.

—Tenemos que ir aquí —dijo—, pero no lo entendemos.

La Vieja Reina alcanzó el mapa y lo observó con ojos llorosos. A medida que lo examinaba, suspiraba, como por los días perdidos.

—¿De dónde lo has sacado, pequeña?

—Del emperador.

—¡Emperador! ¡Ja! Emperador de qué, me gustaría saber.

—¿Usted lo entiende?

—¿Entender? Sí, oh, sí...

Con un dedo huesudo siguió la ruta sobre el papel amarillento.

—Esto es lo que llaman el Gran Camino... ¡En otro tiempo fue bonito! Había gigantes, para guiarte. Los vi cuando era una niña pequeña...

El dedo huesudo siguió su camino.

—Sólo un puente sobre el barranco. Sobre la... la... ¿cómo se llamaba? ¡Oh, maldita sea! ¡Cómo detesto envejecer!

—Grieta en la Tierra —dijo Kestrel.

—¡Eso es! ¿Cómo lo sabías?

—Mi padre sabe leer manth antiguo.

—¿De veras? No queda mucha gente que sepa. Debe de ser más viejo que yo. Grieta en la Tierra, ahí, ya ves. Debes seguir el Gran Camino, porque lleva al único puente...

Su voz se apagó.

—Te estás fatigando, querida —dijo la reina Num—. Deberías descansar.

—Habrá tiempo para descansar, muy pronto —respondió casi sin voz.

—¿Y qué sucede después de eso? —preguntó Bowman.

—Después de eso... después de eso está la montaña... Está el fuego... Está el que no nombramos... Hay que entrar dentro del fuego, pero no hay salida...

—¿Por qué? ¿Qué nos hará a nosotros?

—¿Qué le hace a todo el mundo, pequeños flacuchos? Roba el amor del corazón.

—No tenemos otra opción —dijo Kestrel en voz baja—. Debemos hacer que el silbador del viento vuelva a silbar, o la crueldad nunca tendrá fin.

La Vieja Reina abrió los ojos y la miró fijamente.

—La crueldad nunca tendrá fin... En eso llevas razón. Bueno, tal vez así ha de ser... Será mejor que lleves a los flacuchos al camino de las tierras altas, Num. Ayúdalos en todo lo que puedas. Envía con ellos nuestro amor. ¿Me oyes?

—Sí, querida.

La voz de la Vieja Reina se fue debilitando hasta convertirse en un murmullo casi inaudible.

—Si ha de venir, ha de venir —dijo. Y ésas fueron las últimas palabras que pronunció antes de caer dormida, sin que los sueños dejaran de agitarla.

La reina Num indicó a los visitantes que debían marcharse y los condujo a otra parte del palacio en la que había preparada una cena.

—Nada que hacer hasta mañana —dijo con su amable tono de voz.

Les mostró un lugar vacío en el que podrían tumbarse cuando acabaran de cenar. Ella pensaba pasar la noche en una silla, vigilando a los bebés que dormían.

—Nunca duermo las noches de cosecha —dijo—. Me quedo sentada, vigilando hasta que se hace de día. Mi corazón se siente reconfortado cuando contemplo a los bebés dormidos.

Los mellizos se arrodillaron sobre el suelo cubierto de mantas y allí, antes de prepararse para pasar la noche, se dieron un pequeño abrazo de los deseos. Parecía muy triste y fuera de lugar sin los fuertes brazos de sus padres y sin sentir el cálido aliento de su hermanita en la cara, pero era mejor que nada y les hizo pensar en su hogar.

Kestrel puso la frente contra la de su hermano y fue la

primera en pedir un deseo, con voz muy baja en medio de la adormilada sala de suaves respiros.

—Deseo que encontremos la voz del silbador del viento y que volvamos pronto a casa.

Bowman pidió entonces el suyo.

—Deseo que mamá y papá y Pinpin estén a salvo y que no estén tristes porque no estamos con ellos, y que sepan que de algún modo regresaremos.

Después se acurrucaron uno en los brazos del otro y se dispusieron a dormir.

—Kes —susurró Bowman—. ¿Tienes miedo?

—Sí —contestó Kestrel en un susurro—. Pero pase lo que pase, estaremos juntos.

—No me importa nada si tú estás conmigo.

Y así se durmieron al fin.

13

El castigo de los Hath

Ira Hath no había dormido desde la desaparición de los mellizos. Aquella noche, a solas con Pinpin en el apartamento de una habitación de Distrito Gris, la había acostado como siempre y luego se había quedado sentada hasta muy entrada la noche, esperando oír unos suaves golpecitos en la puerta. Sabía que estarían escondidos en algún lugar de la ciudad y que regresarían a su lado amparados por la oscuridad, pero no llegaban.

Por la mañana recibió la visita de dos guardias de expresión severa que le hicieron muchas preguntas sobre los mellizos y le advirtieron que debía denunciarlos en cuanto regresaran a casa. Aquella visita avivó sus esperanzas. Era evidente que no los habían encontrado. Entonces se dio cuenta de que no se habrían atrevido a acercarse al nuevo apartamento, por si acaso estaba también bajo vigilancia. Así que decidió salir a dar una vuelta por el distrito y dejarse ver, confiando en que quizá la vieran desde su escondite y le enviaran un mensaje.

En cuanto salió a la calle con Pinpin a su lado, se dio cuenta de que todo el mundo la miraba con mala cara. Nadie se le acercó ni le dirigió la palabra.

Ira Hath entró a comprar varios bizcochos de maíz para desayunar en una panadería cercana. La mujer del panadero también se la quedó mirando con expresión desdeñosa y le dijo mientras le servía los bizcochos:

—Supongo que en Naranja no comen bizcochos de maíz.

—¿Por qué lo dice? —preguntó Ira, sorprendida.

—Seguro que en Naranja habrá pasteles deliciosos —replicó la mujer del panadero, apartándose el flequillo de los ojos—. ¡Qué degradante para usted...!, ¿verdad?

En la calle se había reunido un pequeño grupo de vecinos vestidos de gris, que cuchicheaban sin quitarle los ojos de encima. Uno de ellos, la madre de una familia que vivía en su mismo pasillo, se adelantó de repente y le dijo con brusquedad:

—No sirve de nada darse aires. El gris es suficiente para nosotros, así que también debe serlo para usted.

Ira Hath se dio cuenta entonces de que con todo el jaleo y los nervios del traslado se había olvidado de cambiarse la ropa. Tanto ella como Pinpin llevaban aún la ropa naranja.

—¡Las hemos denunciado! —gritó otro vecino—. ¡Van a tener problemas, pero se lo tienen merecido!

—Ha sido un descuido —dijo Ira.

—¡Oh, un descuido! ¡Pensaba que aún estaba en Naranja!

—Una mujer que tiene a dos hijos escondiéndose como ratas no es mejor que nosotros.

—¡Mirad a su pobre pequeña! No está bien, eso es lo que pasa.

Pinpin se echó a llorar. Ira Hath fue mirando aquellos rostros uno a uno y en todos ellos encontró la misma expresión de odio.

—No me creo mejor que ustedes —dijo—. De momento estoy sola, y no es fácil.

Con aquellas palabras les estaba rogando un poco de compasión, pero les hablaba con una voz tan sosegada que sólo consiguió encrespar más los ánimos de los vecinos.

—¿Y quién tiene la culpa? —dijo la señora Mooth, la de su mismo pasillo—. Su marido debería esforzarse más, ¿no cree? En este mundo las cosas no se consiguen a cambio de nada.

Ira Hath no replicó. Tomó en brazos a Pinpin, que estaba llorando, volvió a subir los tres tramos de escaleras y regresó por el sombrío pasillo hasta el número 318, bloque 29, Distrito Gris, la habitación individual que en adelante sería su hogar.

No había contestado a los vecinos, pero cuando cerró la puerta tras de sí y dejó a Pinpin en el suelo, el corazón le bullía de rabia. Añoraba a su marido con desesperación, le preocupaba enormemente la suerte de los mellizos y detestaba a la gente de Distrito Gris con todas sus fuerzas.

Se sentó en la cama, que ocupaba media habitación, y miró por la pequeña ventana hacia el bloque 28, al otro lado de la calle. Los edificios estaban hechos de hormigón gris. Las paredes de su habitación eran de cemento gris sin pintar. La única cortina que había era gris. La puerta era gris. El único colorido de la habitación era el de la ropa naranja que llevaban puesta y la colcha a rayas que se había llevado consigo de Distrito Naranja, sobre la que en ese momento estaba sentada.

—Ay, mis amores —dijo en voz alta—. Volved a casa, por favor...

Aproximadamente en ese momento, Hanno Hath estaba sentado a su escritorio junto con otros cuarenta y dos aspirantes, como los llamaban, en el aula principal del Centro Interno de Estudio, escuchando cómo el director Pillish les decía que sólo estaba allí para ayudarlos.

—Hasta ahora todos ustedes han obtenido resultados mediocres en el Examen Superior —recitaba en ese tono de voz que tiene la gente que ha dicho lo mismo, con las mismas palabras, muchas otras veces—. Todos ustedes se han decepcionado a sí mismos y han decepcionado a sus familias, y están muy arrepentidos. Ahora están aquí para enderezarlo todo de nuevo, y yo estoy aquí para ayudarlos. Pero sobre todo están aquí para ayudarse a sí mismos, porque el único medio de mejorar tal triste condición es el esfuerzo.

Dio una fuerte y corta palmada para enfatizar aquel punto tan importante y repitió:

—¡Esfuerzo!

Tomó cuatro libros de lomo marrón.

—El Examen Superior no es especialmente difícil. Las preguntas son variadas. No favorece sólo a quienes tienen un talento innato, favorece también a quienes se esfuerzan.

Fue alzando los libros marrones de uno en uno.

—Cálculo. Gramática. Ciencias generales. Arte general. Todo cuanto necesitan saber para el Examen Superior se encuentra en estos cuatro libros de estudio. Leer. Recordar. Repetir. Eso es todo lo que deben hacer. Leer. Recordar. Repetir.

Hanno Hath no escuchó nada de todo aquello. Tenía la mente ocupada en su familia. Durante el descanso de media mañana, caminó por el patio circular de altos muros, intentando tranquilizarse y pensar con claridad. No había sabido nada desde que se había ido de casa. Eso parecía indicar que no habían encontrado a Kestrel y que aún permanecía escondida en algún lugar de la ciudad. En tal caso, seguro que sólo sería cuestión de tiempo, porque no había forma de salir de Aramanth.

Siguió con aquellos atormentados pensamientos rondándole por la cabeza hasta que unos débiles sollozos lo interrumpieron y le hicieron detenerse. Uno de los aspirantes, un hombre pequeño de pelo cano y escaso, estaba de cara a la pared, llorando.

Hanno se acercó a él.

—¿Qué le pasa?

—Oh, nada —dijo el hombre, frotándose los ojos—. A veces no puedo contenerme.

—¿Es por el Examen Superior?

El hombrecillo asintió.

—Yo lo intento. Pero en cuanto me siento al pupitre, todo lo que he estudiado se me borra de la mente.

Se llamaba Miko Mimilith. Era sastre y vivía con su familia en Distrito Granate. Se esforzaba, decía, y era bueno en su trabajo, pero le tenía pavor al Examen Superior anual.

—Este año cumpliré cuarenta y siete años —dijo—. Me he presentado al Examen Superior veinticinco veces. Siempre me pasa lo mismo.

—¿Sabe contestar a alguna pregunta?

—Sé hacer los cálculos, algunos, si no me aturullo demasiado. Pero nada más.

—Pues tiene suerte —intervino un joven de pelo rubio que había estado escuchando la conversación—. Ojalá yo supiera hacer los cálculos. En cambio, si sólo me preguntaran acerca de mariposas, podría decirles unas cuantas cosas.

—O sobre nubes —intervino un tercero.

—Conozco todas las mariposas que ha habido en Aramanth —dijo con gran seriedad el joven rubio—. Incluso una que hace treinta años o más que nadie avista.

—Pregúntenme lo que quieran sobre nubes —dijo el tercer hombre, para no ser menos—. Denme la fuerza y la dirección del viento, la temperatura atmosférica, y les diré dónde y cuándo caerá la lluvia.

—Lo que me gustaría —dijo el pequeño Miko Mimilith, acariciando el aire con sus dedos delicados— es que me preguntaran sobre tejidos. Algodones delicados, linos ligeros, mezclillas de cálida lana. Los conozco todos. Podrían vendarme los ojos y hacerme tocar con la punta del dedo meñique una muestra de tela, y sabría decir cuál es, y seguramente también dónde fue tejida.

Hanno Hath los iba mirando a todos y vio que la expresión de tristeza e indiferencia se había borrado de sus rostros, que tenían la cabeza erguida y se peleaban por hablar.

—Sería estupendo —dijo el hombre de las nubes en un largo suspiro— que nos examinasen de lo que realmente sabemos.

—Así debiera ser —dijo Hanno Hath.

Antes de que pudiera explicarse mejor, la atronadora voz del director Pillish llegó desde el otro lado del patio.

—¡Aspirante Hath! Preséntese en el despacho del director.

Hanno entró en un despacho lleno de libros y encontró al director Pillish conversando con el jefe de examinadores en persona, Maslo Inch.

—Aquí lo tenemos —dijo el director Pillish—. ¿Quiere que me ausente?

—No será necesario —dijo Maslo Inch, dirigiendo su fría sonrisa a Hanno—. Siento mucho interrumpir tus estudios, mi viejo amigo, pero no me cabe duda de que querrás saber qué ha sido de tus hijos.

Hanno no dijo nada, pero el corazón empezó a latirle con fuerza.

—No son buenas noticias. Ayer, al mediodía, les vieron entrar en el Sublago y no han vuelto a salir de allí. Me temo que hay muy pocas esperanzas de que sigan con vida.

Miraba a Hanno con detenimiento mientras hablaba, y Hanno mantuvo una expresión tan neutral como pudo, aunque en su interior había florecido de pronto la esperanza.

«Allí abajo había luz solar —se dijo para sus adentros—. Kes lo vio. Ya están de camino.»

Sintió una oleada de orgullo por sus queridos hijos, porque se habían atrevido a emprender un viaje tan peligroso, pero enseguida notó un escalofrío de temor.

«Cuida de ellos —pensó, como si hubiese alguien o algo allí fuera a quien pudiera apelar—. Son muy jóvenes. Cuídalos.»

—El único culpable eres tú, amigo mío.

—Sí —dijo Hanno—. Ahora me doy cuenta.

El jefe de examinadores le había dado la noticia en persona porque quería castigarlo. Hanno lo sabía muy bien. Agachó la cabeza, confiando en parecer abatido. No quería levantar ninguna sospecha.

—Ahora sólo te queda una hija. De momento es demasiado pequeña para que tu pobre ejemplo la haya perjudicado. Te aconsejo que de ahora en adelante te apliques. Haz que este desafortunado incidente te enseñe el valor de la disciplina, de la justa ambición y del esfuerzo puro y duro.

—Esfuerzo —repitió el director Pillish con reverencia.

—Me encargaré de que tu mujer sea informada.

—Será una impresión muy fuerte —dijo Hanno en voz baja—. ¿Me permitirían decírselo en persona?

El jefe de examinadores miró al director.

—Creo que podría concedérsele una breve entrevista, dadas las circunstancias —dijo.

Ira Hath iba vestida de sobrio gris cuando fue escoltada hasta la sala de visitas del Centro Interno de Estudio. Hanno la estaba esperando, también vestido de gris. El director Pillish supervisó el encuentro, como era su deber, a través de una ventana cerrada. Quedó muy satisfecho al ver que la afligida pareja no hacía más que abrazarse y llorar. Lo que no oyó fueron las palabras que se dijeron, que tenían un tono completamente diferente. Ahora que había motivos para creer que los mellizos habían escapado, una nueva energía los llenaba por dentro. Bowman y Kestrel estaban arriesgándolo todo para quebrantar el oscuro poder que les estaba destrozando la vida. No podían hacer menos.

—Voy a contraatacar —dijo Hanno.

—Yo también —dijo su esposa—. Y ya sé cómo.

14

El regreso de los niños viejos

Cuando despertaron, Bowman y Kestrel vieron que los bebés del barro ya no estaban y que Mumpo se había levantado y rebosaba energía tras haber tomado un inmenso desayuno. Llegó una escolta de hombres del barro para guiarlos en su salida del Sublago. Entre ellos se encontraba Willum, con un aspecto muy gris y lamentable.

—Mucho esfuerzo, la cosecha —farfulló, sin dirigirse a nadie en especial—. Deja el cuerpo destrozado.

—Nos vamos de aventura —anunció Mumpo—. Kes es mi amiga.

El sol ya lanzaba sus rayos a través de los agujeros del techo, así que los mellizos se dieron prisa en desayunar y despedirse. La reina Num les dio unas palmaditas; su expresión era inesperadamente triste cuando les entregó las bolsas de nueces que les había preparado para el viaje.

—Hay dos bolsas para cada uno, que es todo cuanto querréis cargar. Llevad cuidado, pequeños flacuchos. Allá arriba el mundo es cruel y duro.

Ataron las pesadas bolsas de nueces de dos en dos y se las colgaron del cuello, como hacían los hombres del barro. Las nueces del barro les golpeaban en el pecho y la barriga mientras caminaban, pero no tardaron en acostumbrarse y en encontrarlo reconfortante.

Partieron del palacio acompañados por una escolta de veinte hombres fuertes. A medida que marchaban por los senderos siempre relucientes, se les fueron uniendo más, hasta que al final llevaban a más de cien hombres del barro siguiéndolos con su característico balanceo.

—Somos los tres amigos, somos los tres amigos —canturreaba Mumpo, hasta que Kestrel lo hizo callar.

El suelo se inclinaba de manera casi imperceptible y el barro se iba endureciendo bajo sus pies a medida que se acercaban a la entrada de la gran cueva de sal en la que se encontraba el Sublago. Al cabo de un rato empezaron a sentir una brisa fresca en la cara, y la piedra plateada del techo de la caverna parecía brillar cada vez más, y la luz crecía.

Lo primero que vieron de la entrada de la cueva fue una línea de brillo intenso, a lo lejos. Pero a medida que se acercaban, caminando ya sobre arena húmeda pero firme, vieron que la cueva se estrechaba allí hasta no tener mucho más de medio kilómetro de ancho, y que se arqueaba hacia abajo para formar el borde superior de la entrada, que no era más alto que las ramas superiores de un gran árbol. Más allá de la cueva, la luminosidad tomaba forma, revelando una extensión de llanuras arenosas bajo un cielo muy azul.

Cuando la columna llegó al lugar en que la luz del sol caía directamente sobre el duro suelo, los hombres del barro se detuvieron y permanecieron dentro del reino de las sombras. Los niños comprendieron que de allí en adelante tendrían que proseguir solos.

—Gracias —dijeron—. Gracias por haber cuidado de nosotros.

—Cantaremos por vosotros —dijo Willum—, para acompañaros en vuestro viaje.

Cuando partieron, los hombres del barro alzaron la mano en un gesto de despedida y se pusieron a cantar. Era una dulce canción de adiós, sin letra, sólo una onda de melodía después de otra.

—Es su amor —dijo Kestrel, recordando lo que había dicho la Vieja Reina—. Lo envían con nosotros.

A medida que los niños se acercaban a la entrada de la cueva de sal y salían a las polvorientas llanuras, la canción de los hombres del barro fue siguiéndolos, cálida y cariñosa como las madrigueras en las que habían dormido. La brisa la iba trayendo cada vez más débil, hasta que al final ya no oyeron nada y supieron que estaban solos.

Las llanuras que atravesaban tras haber dejado atrás las sombras protectoras del Sublago, parecían no tener límites. Sólo hacia el norte, en la lejana distancia, conseguían distinguir el perfil gris pálido de las montañas. A medida que el sol se elevaba cada vez más, la bruma que se levantaba de la tórrida tierra fundía el horizonte con el cielo y los encerraba en un resplandeciente mundo sin formas en el que eran las únicas criaturas vivientes. Durante un rato pudieron ver, si volvían la cabeza, la oscura y alargada entrada de la cueva por la que habían salido, pero luego fue engullida por el aire polvoriento y la distancia, y se quedaron sin ningún punto por el que poder orientarse.

Caminaban hacia el norte, en lo que creían que era una línea recta, con la esperanza de encontrar alguna señal de la ruta que todos llamaban el Gran Camino. Empezó a soplar un viento que levantaba la arena del suelo. Bowman y Kestrel no hablaban, pero sentían el mutuo nerviosismo. Mumpo era el único que no estaba inquieto, seguía a Kestrel, pisaba sobre sus huellas y decía:

—¡Soy como tú, Kes! ¡Somos iguales!

El viento soplaba con más fuerza y levantaba más arena en el aire que ensombrecía el resplandor del cielo. Entonces, por entre el espacio borroso que tenían delante surgió una estructura cuadrada y baja, como una cabaña sin techo, y dirigieron sus pasos hacia ella para resguardarse.

Cuando estuvieron cerca de la construcción vieron que se trataba de una especie de vagón, tumbado de lado. Tenía los ejes rotos y las ruedas medio enterradas. La arena se había amontonado en el lado del que soplaba el viento, pero al otro lado quedaba un espacio protegido donde podían resguardarse del vendaval. Allí desataron las bolsas y tomaron el almuerzo de nueces del barro que tanto necesitaban.

El sabor a humo les trajo a la mente imágenes de la cosecha y los alegres rostros de los hombres del barro, y sintieron deseos de encontrarse de nuevo en las acogedoras madrigueras del Sublago. Mientras el viento continuara soplando con tanta fuerza, de nada serviría intentar seguir adelante, así que Kestrel sacó el mapa y lo estudió con Bowman.

En el desierto no había ningún tipo de señales; tan sólo la posición del sol en el cielo les indicaba dónde quedaba el norte, y quizás el lejano perfil de las montañas; pero de algún modo tendrían que encontrar el Gran Camino, o lo que quedara de él.

—La Vieja Reina dijo que tenía gigantes.

—Eso fue hace mucho tiempo. Ahora ya no hay gigantes.

—Lo mejor será que continuemos hacia el norte, en cuanto pase la tormenta.

Kestrel levantó la vista del mapa y vio a Mumpo que la observaba sonriendo.

—¿Por qué estás tan contento, Mumpo?

—Por nada.

Entonces vio las dos bolsas de nueces de Mumpo vacías en el suelo.

—¡Increíble! ¿Te las has comido todas?

—Casi todas —admitió Mumpo.

—¡No queda ni una!

Mumpo recogió las bolsas vacías y las miró con sorpresa.

—No quedan —dijo, como si se las hubiera llevado otra persona.

—¡Eres un pango! Tenían que durar muchos días.

—Lo siento, Kes —se disculpó Mumpo, pero tenía la tripa llena, estaba de lo más contento y no parecía sentirlo en absoluto.

Bowman se puso a examinar el vagón en el que se habían resguardado y los trozos de despojos que había alrededor. Aparte de las ruedas, que eran enormemente grandes y muy delgadas, había pedazos de mástiles muy largos y gruesos, trozos de telas, redes, y ramales. Aquello se parecía mucho a un barco que hubiera naufragado. Caminó entre los restos, entrecerrando los ojos para protegerlos de la arena. Descubrió el lugar en que los mástiles habían estado fijados al vagón y se dio cuenta entonces de que había sido algún tipo de embarcación terrestre. Refugiado de nuevo en la nave, cavó un poco entre la arena amontonada por el viento y encontró una rueda de polea, y luego una correa de cuero; a punto estuvo de hacerse un buen corte en las manos al desenterrar dos largas cuchillas de hierro. Era evidente que la nave había llevado algún tipo de maquinaria. Pero, ¿para qué estaba diseñada aquella maquinaria?

Como en aquel momento no tenía nada mejor en que ocuparse, y como su cerebro funcionaba de ese modo, Bowman se puso a reconstruir mentalmente la nave con las piezas que veía esparcidas por el suelo. Tenía dos mástiles, de eso no había duda; y debía de alzarse a mucha altura sobre las cuatro inmensas ruedas. Parecía que la proa se estrechaba formando una especie de ariete. A cada lado había tenido brazos, unos robustos palos de madera que se extendían hacia fuera; y colgando de ellos aún se veían trozos de redes. El barco terrestre debía de estar diseñado para recorrer las llanuras, con los brazos extendidos, las redes arrastrándose, enredando y llevándose consigo... ¿qué?

Escudriñó la tormenta, como en busca de una respuesta. Y mientras miraba, creyó ver algo que antes no había estado allí. Forzó la vista para distinguir una forma que se movía a lo lejos entre los borrosos remolinos de arena. Después vio dos formas. Luego tres. Figuras vagas que se aproximaban. El corazón empezó a latirle con fuerza.

—Kes —dijo—. Viene alguien.

Kestrel guardó el mapa y miró hacia el viento. Una línea de formas oscuras se veía ya con claridad contra el cielo grisáceo. Miró alrededor y vio más a los lados. Y detrás.

—Son ellos —dijo Bowman—. Estoy seguro.

—¿Quiénes?

—Los niños viejos.

Mumpo empezó a dar saltos de pronto, sobre uno y otro pie, agitando los brazos.

—¡Entonces les daré otra paliza! —gritó.

—¡No dejes que te toquen, Mumpo! —La advertencia de Kestrel sonó tajante sobre el sonido del viento—. Algo pasa cuando te tocan. No dejes que se te acerquen.

Las tenues figuras continuaban acercándose, arrastrando los pies por entre la tormenta de arena, y rodeaban por todas partes los restos de la embarcación terrestre donde se habían refugiado los niños. Una voz llegó del viento, grave y tranquilizadora, como antes.

—¿Os acordáis de nosotros? Somos vuestros pequeños rescatadores.

Y de todas partes llegó el suave murmullo de su risa.

—No podéis escapar de nosotros, ya lo sabéis. Así que será mejor que vengáis con nosotros a casa.

Mumpo daba vueltas y más vueltas, golpeando al aire.

—Soy amigo de Kes —gritaba—. ¡Acercaos más y os doy una paliza!

Bowman miró alrededor en busca de algún arma con la que defenderse. Tiró de un trozo de mástil medio enterrado, pero no lo pudo mover. Los niños viejos ya estaban tan cerca que les veían las caras, unas inquietantes caras arrugadas, viejas e infantiles a la vez. Sus manos ajadas empezaron a extenderse hacia ellos, listas para tocarlos.

—¿O preferís que os acariciemos para que durmáis? —dijo la voz profunda—. Caricia, caricia, caricia y os despertaréis viejos, como nosotros.

Todos los niños viejos se echaron a reír al oír estas palabras, y sus risas graves y entrecortadas viajaban con el viento y daban vueltas y más vueltas en el aire atronador.

—*Tendremos que salir corriendo* —le dijo Kestrel a Bowman con el pensamiento—. *¿Ves algún hueco en el círculo?*

—*No. Nos tienen rodeados.*

—*No hay otra salida. Estoy segura de que corremos más deprisa que ellos.*

Los niños viejos se iban acercando cada vez más, arrastrando los pies, estrechando el círculo a su alrededor.

—¡Bubba, bubba, kak! —gritaba Mumpo, dando puñetazos al aire—. ¿Queréis que os rompa las narices?

—*Si Mumpo tira a uno de ellos, podríamos salir corriendo por el hueco.*

—*¿Y Mumpo?*

Mientras Bowman aún estaba enviando el pensamiento, Mumpo se abalanzó hacia delante y le arreó a un niño viejo en la nariz. Enseguida se vino abajo, quejándose lastimosamente.

—¡Kes! ¡Kes!

Kestrel lo sostuvo en sus brazos mientras caía.

—Me pasa algo, Kes. Ayúdame.

Los niños viejos reían entre dientes mientras su jefe advertía:

—Es hora de ir a casa. Ya os habéis perdido demasiadas lecciones. Pensad en las clasificaciones.

—¡No! —gritó Kestrel—. ¡Prefiero morirme aquí mismo!

—Oh, no morirás —dijo la voz profunda, cada vez más cerca—. Sólo envejecerás.

No había forma de escapar. Bowman cerró los ojos, aterrado, y esperó a que las manos secas y huesudas lo alcanzaran. Oía sus pasos, más y más cerca. Entonces, en el gemido del viento, oyó un nuevo sonido, el sonido de un cuerno, alzándose y cayendo como una sirena que se acercaba a gran velocidad.

De repente aquel sonido estaba justo encima de ellos, acompañado de un tremendo estrépito de chasquidos y crujidos. De la tormenta, impulsado por el viento salvaje, apareció un barco terrestre de ruedas altas, con los brazos extendidos arrastrando unas redes volantes. Kestrel no lo dudó un momento. Instantes antes de que pasara la embarcación, agarró a Bowman de la muñeca con una mano y a Mumpo con la otra, y los arrastró hacia aquel artilugio, que los atrapó en las redes y se los llevó de allí. Enredados en la enorme malla se vieron arrastrados por la tormenta y lanzados con el viento a una velocidad de vértigo sobre la llanura de arena cegadora.

En cuanto logró recuperar el aliento, Kestrel empezó a trepar por la red hacia el brazo de madera. Aferrada allí, entre las ráfagas de viento, pudo mirar a su alrededor. Vio a Mumpo abajo, atrapado como un animal salvaje, con las dos piernas atravesadas en la red, colgando cabeza abajo y chillando. Bowman se había enderezado y seguía su ejemplo, trepando por la red. Pero no era fácil, porque el barco terrestre se desplazaba tan deprisa que cada bache y cada piedra del suelo por los que pasaba le hacía dar sacudidas y bandazos; y la hiriente arena no dejaba de silbar. El cuerno que había en lo alto del mástil aullaba como un alma en pena, y en los extremos de los brazos de madera que salían de la nave había cuchillas a modo de guadañas que rotaban a gran velocidad, emitiendo un horrible sonido sibilante y estridente.

Kestrel miró al interior de la nave y vio que no tenía tripulación. Buscó un timón o algún mecanismo de conducción con la esperanza de poder salir de aquel vendaval, pero no vio ninguno. El barco terrestre estaba totalmente descontrolado: si encontraba alguna roca grande o algún árbol en su trayectoria, se estrellaría a toda velocidad y los destrozaría con él. Tenía que reducir la velocidad de la nave como fuera.

—¿Estás bien? —preguntó a Bowman.

—Sí, me parece que sí.

—Sube a Mumpo al barco. Voy a cortar las velas.

Él se volvió enseguida y bajó hasta donde estaba Mumpo. Apremiado por Bowman, el niño consiguió enderezarse y subir con él por la red. Una vez estuvieron en la nave, se aferraron a los mástiles mientras la embarcación terrestre seguía su camino tronando.

Kestrel llegó junto a la vela mayor y empezó a desatar el cabo. Un fuerte y repentino bandazo la lanzó por el aire, pero estaba asida con fuerza al cabo y fue a golpearse contra las maderas. Poniendo una mano delante de la otra, consiguió aferrarse de nuevo a la madera y soltó la vela mayor. Quería liberar toda la vela para acabar con la frenética velocidad, pero sólo se soltó de un lado. La vela dio un fuerte viraje que puso la embarcación sobre dos ruedas. Durante unos peligrosos instantes, el barco terrestre fue a toda velocidad con dos ruedas en el aire. Las cuchillas del extremo inferior cortaban la arena. Entonces se bloquearon y la nave empezó a girar y girar de lado en el aire, rodando y dando vueltas de campana, impulsada por la fuerza brutal con la que se había desplazado. Al girar, las grandes cuchillas se partieron, los mástiles se rompieron y las ruedas quedaron destrozadas, pero el resistente chasis en el que estaban los niños quedó intacto. Cuando la nave destrozada dejó por fin de dar vueltas, los niños se dieron cuenta de que seguían con vida y no se habían roto ningún hueso, aunque les dolía todo el cuerpo.

Se quedaron en silencio, sintiendo cómo el corazón iba normalizando poco a poco el ritmo de sus latidos. La tormenta aún no había cesado, pero ya no sonaba el cuerno y la maquinaria del barco terrestre se había detenido. Todo cuanto quedaba era el clap, clap, clap de las velas contra el suelo, batidas por el viento. Una vez más se protegían del temporal en los restos de una nave abatida por el temporal. No podían hacer otra cosa que quedarse allí y esperar a que pasara la tormenta de viento.

Exhaustos por el horror de los niños viejos y la violencia de su huida, los tres se quedaron dormidos. En sueños agitados seguían surcando las llanuras a toda velocidad en el barco terrestre descontrolado, dándose trompazos. Los sueños y los recuerdos se mezclaban entre los aullidos del viento. Se despertaron gritando y abrazados unos a otros, temiendo por sus vidas.

Cuando consiguieron sobreponerse a la confusión que les había dejado el sueño y salieron arrastrándose del casco del barco, se dieron cuenta del gran silencio que reinaba a su alrededor. La tormenta había pasado. El viento se había convertido en brisa. El aire estaba despejado, y el cielo era de un azul brillante. Por primera vez desde que habían salido de las cuevas de sal, podían ver a mucha distancia en todas direcciones.

Se encontraban en mitad de una llanura arenosa y monótona, constituida por bajas ondulaciones hasta donde se perdía la mirada. Hacia el norte, el perfil de las montañas se alzaba en el horizonte. Aparte de eso, no había nada que pudiera orientar al viajero. Las montañas estaban más cerca, pero todavía a muchos días de camino. Tenían comida suficiente para un día más pero, ¿y después?

—Seguiremos —dijo Kestrel—. Ya sucederá algo.

El sol se estaba poniendo sobre el horizonte y no tenía sentido proseguir el viaje por ese día. Así que sacó las provisiones de nueces del barro.

Mumpo anunció enseguida que tenía hambre, como Kestrel ya imaginaba.

—Todos teníamos la misma cantidad, Mumpo.

—Pero a mí se me ha terminado.

—Lo siento mucho —dijo Kestrel—. Pero no vas a comerte ninguna de las mías.

—Es que tengo hambre.

—Deberías haberlo pensado antes.

Estaba dispuesta a hacerle aprender la lección, y por eso se comió sus nueces en orgulloso silencio. Mumpo la miraba, sentado como un triste perro fiel.

—No te servirá de nada mirarme así, Mumpo. Tú te has comido las tuyas y ahora yo me como las mías.

—Es que tengo hambre.

—Ahora ya es tarde.

Mumpo empezó a sollozar, babeando. Al cabo de un rato, Bowman sacó una de sus nueces del barro y se la dio.

—Gracias, Bo —dijo Mumpo, enseguida alegre otra vez.

Kestrel lo miró enfadada mientras comía. La bondad de su hermano hacía que se sintiera mal consigo misma.

—Pero qué inútil eres, Mumpo —dijo.

—Sí, Kes.

—Tenemos un largo camino por delante, ¿te enteras?

—No, no lo sabía —dijo—. No sé adónde vamos.

Era cierto; no se habían tomado la molestia de explicárselo. Bowman se sintió de pronto avergonzado.

—Enséñale el mapa, Kes.

Kestrel desenrolló el mapa y explicó su viaje lo mejor que pudo. Mumpo escuchaba en silencio, mirando a Kestrel a los ojos. Cuando hubo acabado, dijo:

—¿Tienes miedo, Kes?

—Sí.

—Yo te ayudaré. Yo no tengo miedo.

—¿Por qué no tienes miedo, Mumpo? —preguntó Bowman.

—¿De qué hay que tener miedo? Aquí estamos, tres amigos. La tormenta ha pasado. Acabamos de cenar. Todo va bien.

—Pero, ¿no te preocupa lo que pueda pasarnos más adelante?

—¿Por qué ha de preocuparme? No sé lo que va a pasar hasta que pasa.

Bowman miró a Mumpo con curiosidad. Puede que, después de todo, no fuese tan estúpido. Quizá...

Se quedó paralizado. Kestrel sintió su miedo al instante.

—¿Qué sucede, Bo?

—¿No lo oyes?

Ella aguzó el oído y escuchó: un trueno lejano. Todos volvieron los ojos hacia el horizonte cercano.

—Algo viene hacia aquí. Algo grande.

15

Prisioneros de Ombaraka

De entre las dunas había aparecido una bandera que se acercaba a los niños. Una bandera roja y blanca en lo alto de una gran asta, ondeando al viento. No sabían qué sostenía el asta porque quedaba fuera de la vista, al otro lado de un montículo de arena, pero sí sabían que se dirigía hacia ellos, porque la bandera estaba cada vez más alta.

Pronto vieron que no se trataba ni mucho menos de una asta de bandera sino de un mástil, porque se empezaba a ver una vela. Se arrastraron hasta el casco del barco terrestre siniestrado, para que quienquiera que se acercase no pudiera verlos, y siguieron observando desde su escondite.

La vela se convirtió en muchas velas, alineadas en una larga hilera de mástiles, con velas más pequeñas en lo alto y más grandes abajo. Ya alcanzaban a ver la superestructura de la nave, un complicado armazón lleno de ventanas y atravesado por pasarelas. En las pasarelas había personas, que corrían de un lado a otro, aunque se encontraban muy lejos para distinguirlas bien. La embarcación seguía subiendo a medida que salía de la hondonada, y ya oían con claridad el enorme y grave estruendo que producía. Aún aparecieron más velas en mástiles más bajos, por debajo del nivel de las pasarelas. Y después emergió de la arena un segundo nivel de la superestructura, mucho más ancho que el primero, una serie de chozas y casuchas sin orden ni concierto, unidas por puentes de cuerda y pasarelas de madera. Montones de gente se arremolinaban por todas partes y, ahora que ya estaban cerca, se oía cómo se gritaban instrucciones unos a otros. Iban vestidos con largos ropajes sueltos y se desplazaban con agilidad, balanceándose de un nivel a otro mientras las vestimentas ondeaban con el movimiento.

El sol bajo iluminaba el flanco de la gigantesca nave mientras trepaba crujiendo el montículo, con un sinfín de velas hinchadas por la brisa. Mientras los niños la contemplaban llenos de asombro y de temor, apareció un tercer nivel de construcciones de madera. Ese nivel estaba mucho más elaborado, era una clásica serie de casas con ventanas de bellas tallas y pórticos hermosos, reunidas alrededor de tres patios abiertos y rodeados de pilares. Los enormes mástiles se alzaban entre los edificios y traspasaban los otros dos niveles superiores hasta llegar a las velas más altas y las banderas que las coronaban. El tamaño de la vasta estructura crecía todavía más a medida que llegaba a la cima del montículo y avanzaba hacia el barco terrestre destrozado. El ruido era ensordecedor, un rugido y un traqueteo que parecían llenar el mundo por completo. Ya se alzaba en el cielo a gran altura, imponente. Aparecieron entonces las ruedas sobre las que se movía, cada una de ellas más alta que una casa. Y entre las ruedas aún había otro nivel con almacenes, talleres, corrales y forjas, separados por planchas curvadas y pasillos interiores. Aquello no era un barco terrestre, aquello era una ciudad sobre ruedas, todo un mundo rodante impulsado por el viento.

A pesar de su tamaño colosal, la gigantesca nave se dirigía con gran precisión hacia el barco terrestre siniestrado. Los niños no podían hacer otra cosa que agazaparse allí dentro y confiar en que aquel gigante no los aplastara al pasar. Pero no pasó de largo. A medida que su sombra caía sobre ellos, oyeron una serie de gritos que llamaban de nivel a nivel, los cientos de velas se arriaron y el monstruo se estremeció y dejó de rodar, con las ruedas más cercanas a sólo unos metros de donde estaban los niños.

Se oyeron más órdenes. Un gran brazo de grúa de madera se extendió desde un nivel superior, y de su extremo descendieron unas descomunales fauces metálicas. Los hombres que manejaban el aparejo y la polea eran muy diestros en su trabajo. Antes de que los niños se dieran cuenta de lo que sucedía, las fauces se habían cerrado sobre el barco terrestre y, con una gran sacudida, sintieron cómo los alzaban por el aire.

A medida que subían fueron viendo a la gente del barco nodriza que les señalaba y les hacía gestos. El brazo de la grúa torció entonces hacia la nave y metió el barco terrestre siniestrado, entre temblorosos bandazos, por un hueco que había en las cubiertas superiores hasta dejarlo sobre una cubierta inferior. La orden de seguir la marcha ya había sido dada, las velas estaban desplegadas y el enorme edificio se movía trepidante. Cuando el barco terrestre chocó contra la cubierta, los niños vieron un corro de hombres de aspecto feroz que esperaban con los brazos cruzados sobre el pecho. Todos se parecían: eran altos y llevaban barba, iban vestidos con ropas de colores arenosos ceñidas por cinturones de cuero, y su larga melena estaba recogida en cientos de pequeñas trenzas, cada una de las cuales llevaba también trenzada una hebra de intensos colores.

—¡Fuera! —ordenó uno de los hombres.

Los niños salieron de su escondite. Al instante los prendieron e inmovilizaron.

—¡Espías chaka! —dijo el comandante, y escupió con desprecio en la cubierta—. ¡Saboteadores!

—Disculpe, señor... —empezó Kestrel.

—¡Silencio! —gritó el comandante—. ¡Escoria chaka! ¡No hables hasta que yo te lo ordene!

Se volvió hacia el barco terrestre. Algunos de sus hombres lo estaban inspeccionando para cuantificar los daños.

—¿La corbeta está destruida?

—Sí, señor.

—¡Encerradlos! ¡Los colgarán por esto!

Se fue a grandes zancadas, seguido por un grupo de subordinados. Bowman, Kestrel y Mumpo fueron conducidos a una jaula que había a un lado de la cubierta. Los guardias entraron con ellos en la jaula y gritaron:

—¡Abajo! ¡Abajo del todo!

La jaula empezó a descender, guiada por raíles de madera verticales, hasta el nivel inferior. Mientras descendían, los guardias miraban a los niños con odio y repugnancia.

La jaula se detuvo de golpe y condujeron a los niños por un oscuro pasillo hasta una puerta con barrotes. Un brusco empujón los envió rodando a lo que sin lugar a dudas era una celda. La puerta se cerró tras ellos y oyeron el ruido de una gran llave dando vueltas en la cerradura.

La celda estaba vacía, ni siquiera había un banco en el que sentarse. Tenía una ventana que daba a un patio de armas. Cuando los niños se levantaron del suelo, contemplaron el lugar para hacer balance de la nueva situación y oyeron ruido de gente marcando el paso. Por la ventana vieron a una tropa de hombres barbudos vestidos con túnicas y alineados en el patio. El jefe ladró una orden y todos desenvainaron largas espadas y las blandieron frente a sí.

—¡Matar a los espías chaka! —gritó el jefe.

—¡Matar a los espías chaka! —gritaron todos sus hombres.

A eso le siguió una serie de gritos y gestos violentos que parecían ser una danza guerrera. El jefe exclamó en tono agudo: «¡Baraka!», y los hombres blandieron las espadas en el aire y contestaron con aullidos, todo lo fuerte que pudieron: «¡Raka, ra! ¡Ra! ¡Ra!», y «¡Matar a los espías chaka!». Repitieron lo mismo muchas veces, cada vez más alto y con más violencia, hasta que se quedaron dando patadas en el suelo con una furia apasionada y la cara colorada, dispuestos a luchar contra lo que fuera.

Kestrel y Bowman los observaban consternados, pero Mumpo seguía la danza guerrera con admiración. Lo que más le impresionaba era sus melenas.

—¿Habéis visto cómo lo hacen? —preguntó mientras se tocaba sus lacios mechones—. Trenzan un hilo rojo y azul en cada trenza. Y verde y amarillo. Y de todos los colores.

—Cállate, Mumpo.

Se oyó el ruido de la cerradura y la puerta se abrió para dejar paso a un hombre algo más viejo y corpulento que los demás. Respiraba con dificultad y traía una bandeja con comida.

—No le veo sentido —dijo, mientras dejaba la bandeja en el suelo—, puesto que os van a colgar. Pero son los deseos del Morah.

—¡El Morah! —exclamó Kestrel—. ¿Sabe algo del Morah?

—Por supuesto —dijo el guardia—. El Morah nos vigila a todos. Incluso a mí.

—¿Para protegerlo?

—¡Protegerme! —Se echó a reír—. Oh, sí, el Morah me protege, claro. Con tormentas y enfermedades, y buenas vacas lecheras que mueren sin ningún motivo. Así me protege el Morah. Esperad y veréis. Aquí estáis, lozanos y hermosos, pero mañana os colgarán. Oh, sí, el Morah nos vigila a todos y cada uno de nosotros, claro.

La comida consistía en pan de maíz, queso y leche. Mumpo se sentó y se puso a comer al instante. Tras un momento de vacilación, los mellizos hicieron lo propio, aunque comiendo más despacio. El guardia se quedó junto a la puerta, observándolos con desconfianza.

—Sois pequeños para ser espías —comentó.

—No somos espías —dijo Kestrel.

—Sois escoria chaka, ¿verdad?

—No, no somos chakas.

—¿Me estás diciendo que sois barakas?

—No.

—Pues si no sois barakas, sois chakas —se limitó a decir el guardia—. Eso es lo que son los chakas.

Kestrel no sabía qué responder.

—Y a los chakas los matamos —añadió el guardia.

—Me gusta tu pelo —dijo Mumpo, que ya se había acabado su ración.

—¿Te gusta?

El guardia se tocó las trenzas con la mano, claramente complacido.

—Esta semana he probado con verdes y azules.

—¿Es difícil de hacer?

—Yo diría que no, pero conseguir que las trenzas estén separadas a la misma distancia y bien prietas requiere de un poco de práctica.

—Seguro que a ti se te da bien.

—Es cierto que tengo cierta habilidad —dijo el guardia—. Para ser escoria chaka, veo que eres un jovencito espabilado.

Los mellizos seguían la conversación estupefactos. En la voz del guardia ya no había ni una pizca de hostilidad.

—El azul es el mismo que el de tus ojos —dijo Mumpo.

—Bueno, de eso se trataba —admitió el guardia—. A la mayoría le gusta un toque de rojo, pero yo prefiero los tonos naturales.

—Supongo que no podrías hacérmelo a mí —dijo Mumpo con tristeza—. Me encantaría parecerme a ti.

El guardia lo contempló pensativo.

—Sí que podría —dijo al cabo—. Bueno, visto que de todos modos te van a colgar, no veo qué problema puede haber. ¿Qué colores te gustarían?

—¿Qué colores tienes?

—Todos. Los colores que quieras.

—Entonces los quiero todos —dijo Mumpo.

—Eso no es que sea muy refinado —dijo el guardia—. Aunque claro, tratándose de la primera vez...

El guardia se marchó, cerrando la puerta al salir.

—¡Oye, Mumpo, explícamelo! —dijo Kestrel—. ¿Cómo puedes pensar en tu pelo en un momento así?

—¿En qué otra cosa tengo que pensar? —preguntó Mumpo.

El guardia apareció de nuevo con un peine y una bolsa llena de madejas de hilos de colores. Se sentó en el suelo con las piernas cruzadas y se dispuso a trenzarle el pelo a Mumpo. A medida que trabajaba, se fue mostrando amistoso con los niños. Se llamaba Salimba y normalmente su trabajo era el de ordeñador. Les explicó que Ombaraka, la enorme ciudad rodante donde vivían, contenía una manada de más de mil vacas, además de un rebaño de cabras y otro de ovejas de cuernos largos. Kestrel aprovechó la buena disposición del guardia para sonsacarle información esencial. Para empezar, ¿quiénes eran los chakas?

Salimba pensó que la pregunta era un truco.

—Ah, no me pillarás. Mira, aquí hay un bonito morado intenso. No te vendría mal lavarte el pelo, ¿sabes?

—Sí, ya lo sé —dijo Mumpo.

—¿Los chakas son enemigos de los barakas? —persistió Kestrel.

—¿Cómo puedes preguntarme eso? ¿Enemigos? ¡Los chakas nos habéis masacrado sin piedad durante generaciones! ¿O crees que ya hemos olvidado la Masacre de la Luna Creciente, o el asesinato de Raka IV? ¡Jamás! ¡Ningún baraka descansará hasta que toda la escoria chaka haya muerto!

Salimba se agitó tanto que se le fue la mano y se le torció la trenza. Soltó una maldición, deshizo la trenza y volvió a empezar.

Kestrel le hizo otra vez la misma pregunta, pero de una forma más educada.

—¿Así que al final los barakas vencerán?

—Por supuesto —dijo Salimba.

Les explicó que todos los hombres baraka mayores de dieciséis años eran reclutados por el ejército y sometidos a un entrenamiento militar diario. Hizo un gesto con la cabeza hacia el patio de fuera, donde la tropa acababa de terminar la tanda de ejercicios. Todos tenían su trabajo, les dijo, como marineros, carpinteros o recolectores de forraje, pero su primer deber era siempre la defensa de Ombaraka. Cuando sonaban los cuernos de batalla, todos los hombres dejaban sus tareas, se ceñían la espada y se presentaban en el puesto que tuvieran asignado. Acudían con entusiasmo, porque, por encima de todo, un auténtico baraka vivía sólo para el día en que Omchaka fuese destruido. Y ese día llegaría sin duda, dijo, como es deseo del Morah.

El trenzado del pelo de Mumpo llevó toda una hora, pero cuando estuvo terminado fue digno de alabanza. Seguía teniendo un aspecto asqueroso, pero de cejas arriba estaba deslumbrante. Llevaba el pelo tan cubierto de barro que al trenzarlo le habían salido algunas puntas tiesas. Salimba dijo que eso no era lo normal pero que le daba cierto garbo, y por la expresión con que miraba al niño estaba claro que había quedado bastante orgulloso con el resultado.

En la celda no había ningún espejo y Mumpo estaba impaciente por ver su nuevo aspecto.

—¿Cómo me queda? ¿Te gusta, Kes? ¿Te gusta?

Kestrel no sabía qué decir. Era fascinante. Parecía un puerco espín irisado.

—Estás completamente diferente —dijo.

—¿Eso es bueno?

—Es... diferente.

Entonces Salimba recordó que la bandeja era brillante por la parte de abajo. La sostuvo frente a Mumpo para que viera el reflejo borroso de su nuevo peinado. El niño suspiraba de placer mientras se contemplaba.

—Gracias —dijo—. Sabía que eras bueno.

El sonido de muchos pasos en el corredor hizo volver a la realidad al guardia y los prisioneros. Se oyeron fuertes golpes en la puerta. Salimba adoptó a toda prisa una expresión de severidad y abrió.

—¡En pie, prisioneros! —gritó.

Los niños se levantaron.

Un anciano baraka con una larga barba gris trenzada y una melena gris también trenzada entró en la celda. Detrás de él había una docena de soldados firmes, con los brazos cruzados sobre el pecho. El hombre de melena gris miró sorprendido a Mumpo, pero prefirió no comentar nada de su colorido pelo.

—Soy Kemba, consejero de Raka IX, Caudillo de los Barakas, Señor de Ombaraka, Comandante de los Guerreros del Viento y Soberano de las Llanuras —anunció—. ¡Déjanos solos, guardia!

—Sí, consejero.

Salimba cerró la puerta al salir. Kemba se acercó a la ventana y miró afuera, toqueteando su cinturón de cuentas de colores. Después se volvió para dirigirse a los niños.

—Vuestra presencia aquí es del todo inoportuna —dijo—. Supongo que habrá que colgaros.

—No somos chakas —dijo Kestrel.

—Claro que sois chakas. Si no sois barakas, sois chakas. Y estamos en guerra con los chakas, a muerte.

—Somos de Aramanth.

—¡No digas tonterías! Sois chakas y debéis ser colgados.

—¡No pueden colgarnos! —exclamó Kestrel con vehemencia.

—Da la casualidad de que llevas mucha razón —dijo el consejero, más para sus adentros que para ella—. No podemos colgaros a causa del tratado. Pero, por otra parte, tampoco podemos dejaros vivir. ¡Ay, madre! —Exhaló un largo suspiro de exasperación—. De verdad que esto es de lo más inoportuno. Pero algo se me ocurrirá. Siempre se me ocurre algo.

Dio una palmada para reunir a la tropa de fuera.

—¡La puerta!

Y después dijo a los niños, casi como si se le acabara de ocurrir:

—Debo llevaros ante Raka. Es una mera formalidad, pero todas las sentencias de muerte tienen que ser aprobadas por Raka en persona.

Se abrió la puerta.

—¡Formen la escolta! —ordenó Kemba—. Los prisioneros marcharán de inmediato hacia la corte.

Cuidadosamente escoltados durante todo el trayecto, los niños caminaron por la cubierta inferior de la enorme edificación rodante que era Ombaraka hacia un elevador.

Esta vez el compartimento era mucho más grande que el del elevador que habían utilizado para bajar, y cabía sin dificultad toda la tropa que los escoltaba.

Subió chirriando, sobrepasando escaleras y pasarelas, hasta la cubierta de la corte. Desde el elevador siguieron por una hermosa avenida hasta el interior de uno de los amplios patios de pilares. Al pasar, los transeúntes paraban para mirarlos y les silbaban con odio, pero cuando veían a Mumpo se quedaban boquiabiertos. Kestrel oía los comentarios que los escoltas hacían de las trenzas del niño.

—Demasiado chillón —decía uno.

—¡Todo ese naranja! Qué vulgar.

—Me pregunto cómo hará para que le salgan esas puntas —decía otro—. No es que me guste para mí pero...

Prosiguieron la marcha a lo largo del patio abierto y resonante hasta unas puertas que había en el otro extremo. Las puertas se abrían a medida que se acercaban. En el interior había una sala alargada, dominada por una mesa central cuyo tablero era un mapa gigantesco. De pie, alrededor de la mesa, había varios hombres de aspecto importante con el ceño fruncido, entre ellos el comandante que había presenciado cómo los niños salían del barco terrestre siniestrado, y Tanaka, jefe de las fuerzas armadas, un hombre de cara roja y marcada por todas partes con profundas líneas agresivas. También él se quedó con la boca abierta cuando vio las trenzas de Mumpo.

—¿Qué os había dicho? —gritó—. ¡Ahora uno de ellos va disfrazado de baraka!

El más pequeño de los hombres que rodeaban la mesa se acercó soberbio, mirando a los niños con abierta hostilidad. Raka IX, Caudillo de los Barakas, Señor de Ombaraka, Comandante de los Guerreros del Viento y Soberano de las Llanuras, tenía la desgracia de ser bajito. Compensaba la escasez de su estatura adoptando los modales más feroces que imaginarse pueda. Sus trenzas eran las únicas de todo Ombaraka que estaban ensartadas con minúsculas hojas de acero que relucían a la luz cada vez que movía la cabeza. Cinturones y bandoleras cruzaban su toga con cuchillos y espadas de todos los tamaños. Se movía con agresividad baja, y su voz sonaba como el ladrido de un perro.

—¡Espías chaka!

—No, señor...

—¿Te atreves a contradecirme? ¡Yo soy Raka!

Estaba tan tremendamente furioso que Kestrel guardó silencio.

—¡Comandante!

—Sí, señor. —Tanaka dio un paso al frente.

—¿Destruyeron ellos la corbeta de guerra?

—Sí, señor.

—¡Los chakas pagarán por ello! —Hizo rechinar los dientes y dio una patada contra la cubierta—. ¿Está Omchaka a nuestro alcance?

—No, señor —respondió uno de los que se hallaban

junto a la mesa mapa. Hizo un cálculo rápido—: A un día como mucho, señor.

—¡Rumbo a ellos! —gritó Raka—. Me han provocado. Ellos son los únicos culpables.

—¿Pretendéis presentar batalla, señor? —preguntó Kemba sereno.

—¡Sí, consejero! ¡Tienen que aprender que si me atacan, contraataco con diez veces más fuerza!

—Así es, señor.

Las nuevas órdenes ya se estaban propagando con rapidez, e incluso los niños sentían, por los roces y los temblores de la madera, que Ombaraka estaba cambiando el rumbo.

—¡Comandante, prepara la flota de ataque para el amanecer!

—¡Sí, señor!

—¿Y los espías chaka, señor?

—Que los cuelguen, desde luego.

—No sé si sería sensato.

Era la voz reflexiva de Kemba.

—¿Sensato? —chilló el pequeño caudillo—. ¡Claro que es sensato! ¿Qué otra cosa se puede hacer con unos espías?

Kemba se acercó unos pasos y susurró al oído de su señor.

—Interrogarlos. Descubrir los secretos de la flota chaka.

—¿Y luego colgarlos?

—Por supuesto, señor.

El pequeño caudillo se puso a recorrer la sala, abstraído en meditaciones. Todo el mundo permanecía inmóvil y en silencio.

Entonces se detuvo y anunció su decisión con voz altisonante.

—Primero interrogaremos a los espías y después los colgaremos.

Kemba volvió a susurrarle al oído.

—Debéis decirles que no los colgarán si cooperan, señor. De otro modo, no nos dirán nada.

—¿Y luego los colgamos?

—Por supuesto, señor.

Raka volvió a anunciar en su tono altisonante:

—No colgaremos a los espías si cooperan.

—¿No los colgamos, señor? —preguntó Tanaka con furia contenida.

—Es cuestión de inteligencia, comandante —respondió Raka con irritación—. No lo entenderías.

—Entiendo que el consejero está desatendiendo su tarea —dijo Tanaka con arrogancia.

Raka prefirió no hacer caso de aquello.

—Llévatelos, consejero —dijo, haciendo un gesto con la mano—. Interrógalos. —Volvió a la mesa mapa—. Tú y yo, comandante, tenemos una batalla que preparar.

Los niños fueron conducidos de vuelta a la celda. Una vez allí, los guardias recibieron orden de retirarse, pero Kemba se quedó con ellos.

—Necesito algo de tiempo para pensar en una solución a nuestro dilema. Propongo no gastar ni un poco de ese tiempo en interrogaros sobre los secretos de la flota de guerra chaka.

—No conocemos los secretos de la flota de guerra chaka.

—Eso no importa. El dilema es éste: no podemos colgaros sin quebrantar el tratado, pero no podemos dejar que viváis sin deshonrar a nuestros antepasados y a todo Ombaraka. Hemos prometido vengar nuestras muertes con sangre chaka, sin excepciones. Hasta ahora esto no nos ha causado ningún problema, porque nunca habíamos tenido ningún prisionero chaka. Y preferiría que siguiera siendo así, podéis creerme.

Empezó a explicarse. Al parecer, hacía algún tiempo, para detener el derramamiento de sangre de la perpetua guerra entre barakas y chakas, había surgido un tratado entre los dos pueblos contendientes. Ese tratado decía simplemente que desde ese momento los guerreros baraka no derramarían sangre chaka, a no ser que antes se hubiese derramado sangre baraka; y viceversa.

—Entonces, ¿la guerra terminó?

—De ningún modo —dijo Kemba—. Eso era y es inconcebible. La guerra no puede terminar nunca. La misma existencia de Ombaraka depende de la guerra. Vivimos en una isla móvil para protegernos de un ataque. Somos un pueblo guerrero, toda la jerarquía de nuestra sociedad es militar y, lo más importante de todo, nuestro líder, Raka de Baraka, es un caudillo. No, la guerra continúa. Es la matanza lo que ha terminado. Ningún guerrero baraka ni chaka ha muerto en batalla desde hace una generación.

—¿Cómo se puede luchar en una batalla en la que no muere nadie?

—Con máquinas.

Kemba señaló a la ventana. Al otro lado del patio de armas se veían los mástiles de muchos barcos terrestres.

—Nuestra flota de batalla ataca a su flota de batalla. Unas veces resultamos vencedores, otras veces ganan ellos. Pero en ningún bando hay vidas en juego. Las corbetas, los destructores y los cruceros de combate luchan sin tripulación.

—Así que sólo es un juego.

—No, no. Es la guerra, y luchamos con toda la violencia de una guerra. No es fácil de explicar a los extraños. Raka cree realmente que un día su ejército destruirá Omchaka, y que él será el único soberano de las llanuras. Todos lo creemos; incluso yo, en cierto modo. Si dejáramos de creerlo, tendríamos que vivir de una forma muy diferente y entonces ya no seríamos barakas.

—Pero, aun así, no tienen por qué colgarnos, ¿verdad? No son tan crueles ni desalmados.

—Oh, ya lo creo que lo somos —dijo distraídamente el consejero, dándole vueltas al problema—. Vosotros no me importáis un pimiento. Pero el tratado sí que me importa. Si los chakas se enteran de que hemos colgado a espías chaka, tendrán que vengaros y entonces volverá a empezar la matanza.

—Ahí lo tiene. No pueden colgarnos.

—Pero todo Ombaraka sabe que estáis aquí. Todos esperan que os cuelguen. No tenéis ni idea de lo emocionados que están. Nos educan para matar chakas y ahora, por fin, tenemos a tres espías chaka atrapados en acto de sabotaje. Está claro que hay que colgaros. —Hablaba más para él que para los niños, mirando de nuevo por la ventana—. Yo negocié el tratado, ¿sabéis? Fue mi mejor momento.

Suspiró con gran melancolía.

—Podría dejarnos escapar.

—No, no. Sería una vergüenza para todos nosotros.

—Podría fingir que nos cuelgan.

—¿De qué serviría? Si se llegara a creer, los chakas dirían que hemos roto el tratado y entonces empezaría otra vez la matanza. Y si no llegara a creerse, el pueblo de Ombaraka os haría picadillo con sus propias manos, y seguramente a mí también. Intenta pensar con lucidez, por favor, y sugiere algo sensato, o calla y déjame pensar a mí.

Así que se hizo el silencio; a excepción del constante crujir y retumbar de toda la estructura de Ombaraka, que surcaba las llanuras.

Al cabo de unos minutos, el consejero se dio una palmada en la frente.

—¡Pues claro! ¡Qué tonto he sido! ¡Ahí está la respuesta, justo delante de mí!

Bowman y Kestrel se acercaron presurosos a la ventana para ver qué estaba mirando. En el patio no había nadie y tampoco parecía que hubiera cambiado nada.

—¿Qué?

—¡La flota de batalla! ¡Que el castigo se equipare al crimen!

Se volvió hacia ellos, con su vieja cara resplandeciendo de emoción.

—¡Sabía que se me ocurriría algo! ¡Oh, qué inteligente soy! Escuchad esto.

Al día siguiente iba a haber una batalla, explicó. Lanzarían la flota de batalla baraka, y la flota de batalla chaka saldría a su encuentro. Los barcos terrestres armados colisionarían a una velocidad enorme en mitad de las llanuras y se destruirían unos a otros con las cuchillas giratorias. ¿Qué mejor muerte podía haber para los saboteadores chaka? ¡Enviarlos en una de las corbetas de batalla para que quedaran hechos papilla por la flota de batalla chaka!

—¿No veis lo bonito que es? Moriríais, y por lo tanto quedaríamos satisfechos, pero os matarían los propios chakas, así que el tratado no se rompería. ¿No es perfecto?

Daba vueltas por la celda, extendiendo los brazos como si hiciera ejercicios de respiración.

—¡Qué simetría tiene! ¡Qué pureza, qué elegancia!

—Pero ¿acabamos muriendo?

—¡Exacto! ¡Y todo Ombaraka podrá contemplarlo! ¡Sí, realmente creo que ésta es una de las mejores ideas que se me han ocurrido en toda la vida!

Iba de un lado para otro y se dirigió hacia la puerta; ya no le interesaban los niños.

—¡Guardia! ¡Abre! ¡Quiero salir!

—Por favor —exclamó Kestrel—, ¿no podríamos...?

—¡Calla, escoria chaka! —dijo el consejero, aunque sin demasiada agresividad, y salió de la celda.

16

La batalla del viento

No había duda de que el plan de Kemba había recibido la aprobación de Raka de Baraka, porque cuando Salimba volvió a la celda les dijo a los niños que el pueblo de Ombaraka no hablaba de otra cosa.

—Hasta ahora nunca habíamos librado una batalla con muertes de verdad —dijo Salimba con ojos resplandecientes—. Al menos nadie lo recuerda. Oh, estaré allí fuera contemplándoos, podéis contar con ello.

—¿Cómo puedes estar tan seguro de que moriremos? —preguntó Kestrel—. A lo mejor la corbeta se lanza por las llanuras sin chocar contra nada.

—Oh, no, se asegurarán bien —dijo Salimba—. Esperarán a que toda la flota chaka haya salido y os enviarán directos a ella. Los cruceros chaka están equipados con los pesados cuchillos antiguos. Os harán picadillo, ya lo creo.

—¿No te importa? —dijo Bowman, con los ojos brillantes.

Salimba lo contempló un momento pero enseguida apartó la mirada, algo incómodo.

—En fin, para vosotros no será bueno —dijo—. Me doy cuenta. —Volvió a mirarlo, radiante—. ¡Pero para nosotros será estupendo!

Cuando se hubo marchado, los mellizos meditaron sobre qué hacer.

—Es extraño —dijo Bowman—, pero a pesar de tanto hablar de colgar y matar, tengo la sensación de que en realidad son un pueblo bastante amistoso.

—¡Yuujuuu! —exclamó Mumpo.

—¿Mumpo?

—Sí, Kes.

—¿Te das cuenta de lo que sucede?

—Eres mi amiga y te quiero.

Tenía una mirada algo rara, pero ella insistió.

—Nos van a meter en uno de esos barcos terrestres mañana por la mañana para que nos ataquen otros muchos como ése.

—Eso está bien, Kes.

—No, no está bien. Tienen cuchillos giratorios que nos cortarán en trocitos.

—¿En trocitos grandes o en trocitos pequeños? —Se puso a reír con expresión bobalicona—. ¿O en trocitos chiquitines?

Kestrel lo escrutó con la mirada.

—¡Mumpo! ¡Enséñame los dientes!

Mumpo le enseñó los dientes. Estaban amarillos.

—Estás mascando tixa, ¿verdad?

—Soy tan feliz, Kes...

—¿Dónde está? Enséñamela.

Metió una mano en el bolsillo y le mostró un puñado de hojas de tixa.

—Eres imposible, Mumpo.

—Sí, Kes, ya lo sé. Pero te quiero.

—Oh, cállate.

Bowman miraba fijamente las hojas de tixa, de un verde grisáceo.

—A lo mejor podemos hacerlo.

—¿Hacer qué?

—Cuando estábamos resguardados en el barco terrestre siniestrado, estuve pensando en cómo funcionan todas sus piezas. Creo que lo entiendo. Si Mumpo trepara hasta lo alto del mástil, como cuando se encaramaba a los postes para zambullirse en el barro, creo que podríamos hacerlo.

A la mañana siguiente, cuando la luz del alba empezaba a extenderse desde el horizonte oriental, los vigías de las altas atalayas de Ombaraka enviaron la señal que los navegantes estaban esperando: ¡Omchaka a la vista! Una segunda gran nave, un reflejo idéntico del propio Ombaraka, avanzaba pesadamente hacia ellos por la llanura, con sus velas y mástiles, cubiertas y torres, erguida contra el cielo rosa y dorado. Soplaba un fuerte viento del suroeste y las dos ciudades rodantes viraban para aprovechar la ventada y llegar a estar lo suficientemente cerca una de la otra cuando el sol hubiese salido.

Raka en persona ocupó su puesto en el puente de mando. En las cubiertas de abajo, los cabrestantes y los puentes que sostenían la flota de ataque se estaban preparando para la acción, y todos los hombres de Ombaraka se disponían para la inminente batalla. Los expertos del viento ocuparon sus puestos en las galerías exteriores, con los instrumentos bien alzados; y en la sala de mando, la corriente de sus informes se procesaba para obtener predicciones más precisas sobre la fuerza y la dirección del viento. Había dos elementos fundamentales para la batalla: la dirección del viento y el momento preciso de lanzamiento. Cuanto más tardase en lanzarse la flota de batalla, más cerca estaría de su objetivo, y por tanto más alto sería el nivel de precisión. Sin embargo, si se lanzaba demasiado tarde, existía el peligro de que la flota no alcanzara a tiempo la velocidad de ataque antes de que la nave enemiga la embistiese.

Durante todo ese tiempo, los dos grandes barcos nodriza, Ombaraka y Omchaka, avanzaban hacia sus puestos de combate, buscando cada una la posición más beneficiosa contra el viento. De forma inevitable, como ocurría siempre, las dos acababan con el viento de través, donde ninguna tenía ventaja sobre la otra. Esto no era un asunto preocupante pues ambas flotas de batalla estaban diseñadas, por ese preciso motivo, para navegar mejor con el viento de través.

Cuando el sol se alzó sobre el horizonte lanzando rayos deslumbrantes sobre la superficie de las llanuras, Raka dio orden de que sonaran los cuernos de batalla. El primer cuerno resonó con fuerza en la atalaya principal, y desde allí fue seguido por los vigías de todo Ombaraka. Una tras otra, las largas notas profundas se confundían, los cuernos resonaban de cubierta a cubierta.

Los niños los oyeron desde la celda y supieron qué significaban. No tardaron en oírse pasos corriendo y la puerta se abrió de golpe. Una escolta de hombres armados hasta los dientes los empujó al pasillo. De mala manera, sin decir palabra, los condujeron por el patio y los hicieron bajar por una rampa a la cubierta de lanzamiento. Allí, ocupando todo cuanto se alcanzaba a ver en todas direcciones, estaba alineada la flota de batalla baraka: hileras e hileras de embarcaciones de vela, cada una suspendida de puentes que se proyectaban desde los altos flancos del barco nodriza. Había hombres por todas partes; alineaban las cuchillas a modo de hélice, colgaban las redes, comprobaban las correas y las poleas y ponían a punto las velas. Cada embarcación de la flota tenía su propio equipo de mantenimiento, para el que ése era un momento culminante. La máquina que con tanto amor habían cuidado, y que preparaban para la batalla con tanta precisión, pronto sería lanzada para no regresar jamás. Llevaría con ella sus esperanzas de gloria y, si tenían suerte, destrozaría una nave chaka antes de caer inevitablemente bajo los golpes del enemigo o de los elementos.

Los niños fueron conducidos a lo largo de la hilera de cruceros de batalla y les ordenaron parar delante de la primera de las embarcaciones más ligeras, llamadas corbetas. Había soldados baraka por todas partes, y cuando alguno veía a los niños, escupía e insultaba. «¡Escoria chaka! ¡Estaré mirando cómo se os desparrama el cerebro en el viento!»

En cada puente de lanzamiento había hombres con largas pértigas, acabadas en un gancho, que usaban para inclinar las embarcaciones hacia un lado. Tres de las pértigas sostenían la primera corbeta inclinada en la cubierta de lanzamiento para que los niños pudieran subir a bordo. Las cuchillas de ataque brillaban, plateadas y afiladas en la luz del sol naciente, inmóviles hasta que la corbeta no se pusiera también en movimiento.

El consejero Kemba se presentó para supervisar el destino de los espías chaka. Hizo un movimiento de cabeza hacia los niños y dio una orden a la escolta.

—¡Atad a los espías chaka a los mástiles!

—Disculpe, señor —dijo Kestrel—. ¿No dijo que todos estarían mirando?

—¿Y qué?

—Bueno, si nos ata, todo acabará muy deprisa, ¿no?

—¿Qué insinúas?

—Estaba pensando que si pudiésemos correr por la corbeta, el espectáculo sería mucho más divertido.

Kemba consideró la sugerencia, algo desconcertado.

—Pero podríais saltar —observó.

—Nos podrían atar holgadamente —dijo Kestrel—. Y podrían darnos algo con lo que defendernos. Entonces seríamos todo un espectáculo.

—No, no —dijo Kemba—. Nada de espadas para los espías chaka.

—¿Y una de esas pértigas? —dijo Bowman, señalando las pértigas acabadas en gancho que sostenían la corbeta sobre la cubierta.

—¿Para qué la quieres?

—Tal vez podamos apartar la flota chaka.

—¿Apartar la flota chaka con una pértiga?

El viejo consejero sonrió al imaginarlo, y sus hombres soltaron fuertes carcajadas. Conocían la impresionante velocidad a la que cargaban unos cruceros de batalla contra otros.

—Muy bien —dijo Kemba—. Dadles una pértiga. Veremos cómo apartan los cruceros chaka.

Entre un montón de risas burlonas, los niños subieron a bordo de la corbeta, donde los ataron con una larga cuerda al mástil central. Las cuerdas eran finas pero muy resistentes, y los nudos estaban atados con fuerza. Les lanzaron una pértiga con gancho y otra ola de risas recorrió la cubierta de lanzamiento. La pértiga chocó contra el suelo de la nave y Bowman la dejó allí tirada. Kestrel le susurró algo a Mumpo. Él asintió sonriendo y recogió la pértiga.

La flota de batalla aguardaba a lo largo de todo el flanco occidental de Ombaraka, dispuesta a recibir la orden de lanzamiento. Desde donde estaban los niños, meciéndose en la primera corbeta, contaron catorce grandes cruceros de batalla por delante de ellos y otras nueve corbetas por detrás. Mucho más allá, veían acercarse la mole de Omchaka, cuya silueta se recortaba contra el cielo luminoso, y oían los sonidos lejanos de los cuernos de batalla chaka.

Los dos enormes barcos nodriza se movían sin pausa con el viento creciente, acortando la distancia que las separaba. Las velas de la flota de batalla aún no se habían dispuesto, aunque los encargados estaban en sus puestos, listos y a la espera. Kestrel se volvió y miró hacia arriba, a las cubiertas y las galerías que se alzaban por encima, y vio a cientos de personas, hombres, mujeres y niños, apretujados en cada mirador, observando las llanuras en silencio. Y más arriba aún, en las atalayas, los vigías dirigían sus telescopios a los puentes de Omchaka, preparados para avisar cuando la flota de batalla chaka empezara su lanzamiento.

La espera era un momento de tensión para todo el mundo, con el enemigo acercándose más a cada minuto; bueno, un momento de tensión para todo el mundo menos para Mumpo. El niño enarbolaba la larga pértiga con gancho sobre su cabeza y se reía para sus adentros. Parecía no darse cuenta de que los barakas lo odiaban y, cuando le enseñaban los puños y le hacían gestos para mostrar cómo morirían en la batalla, él los saludaba alegremente con la mano y no dejaba de reír. En cambio Bowman y Kestrel estaban callados y procuraban llamar la atención lo menos posible. Estudiaban el mecanismo de las velas y la actividad del tripulante, cuya tarea consistía en establecer el rumbo de la nave.

Entonces llegó por fin un grito lejano, seguido de otro más cercano y de otro más próximo todavía.

—¡Preparados para entablar combate!

Los equipos de la cubierta de lanzamiento se pusieron inmediatamente alerta y se prepararon para ejecutar las esperadas órdenes. Por la llanura, a un kilómetro y medio de distancia, se veía el movimiento de las cubiertas de lanzamiento de Omchaka. Entonces, distante pero claro, como el hondo rugido de una cascada, se alzó el grito de guerra de los chakas.

—¡Cha, cha, chaka! ¡Cha, cha, chaka!

Se desplegaron entonces las velas de los cruceros de batalla chaka y el primer crucero fue bajado hasta el suelo, con las velas tensas en el viento. Todos los ojos de Ombaraka miraban cómo salía la nave chaka y cómo sus cuchillas empezaban a cercenar el aire. Las miradas seguían la nave a medida que tomaba velocidad y empezaba la carga.

—¡Primer lanzamiento!

La escueta orden hizo que al instante se agitara la cubierta de lanzamiento. El equipo del primer crucero de batalla ejecutó su ensayada rutina: velas dispuestas, cuchillas sueltas, última comprobación de la dirección del viento, enemigo en el punto de mira, rumbo fijado. Un seco golpe de cabeza del vigía y el jefe de lanzamiento dio la orden definitiva.

—¡Ya!

Las abrazaderas se abrieron de golpe. El enérgico viento empujó la pesada nave fuera de la cubierta de lanzamiento, y empezó a rodar sobre sus altas ruedas. Las enormes cuchillas se pusieron a girar al tiempo que se hinchaban las velas. Al salir del sotavento del barco nodriza, la enorme fuerza del viento cruzado chocó contra las velas, aullando por el cuerno que había en lo alto del mástil, y el crucero de batalla aceleró su carga mortal. Desde todas las cubiertas y las galerías se levantó el grito de guerra de los baraka, impulsando la nave.

—¡Raka, ra! ¡Ra! ¡Ra! ¡Raka, ra! ¡Ra! ¡Ra!

Los chakas habían lanzado un segundo crucero, y un tercero. Todas las miradas seguían a la embarcación de cabeza, las órdenes resonaban y volvían a resonar sobre la cubierta de lanzamiento, y los cruceros eran liberados unos tras otros. Los dos grandes barcos nodriza se acercaban cada vez más.

Los vigías habían hecho bien su trabajo. Los dos primeros cruceros chocaron de frente, las cuchillas se trabaron, se destrozaron unas a otras, lanzando a ambas naves en un remolino de mutua destrucción. Una aclamación se alzó entre los espectadores, y desde las llanuras llegó una aclamación similar procedente de las cubiertas de Omchaka. La colisión se había producido demasiado lejos para juzgar qué embarcación había provocado mayores daños. La aclamación aplaudía el primer golpe de la batalla.

A partir de entonces, las colisiones se siguieron contundentes y rápidas. Los vigías y los expertos en viento de ambas partes eran muy diestros en su trabajo, y los cruceros de batalla se abalanzaban sobre su objetivo móvil con la misma precisión que si estuvieran conducidos por timoneles de carne y hueso. La zona entre los barcos nodriza no tardó en convertirse en un cementerio de cruceros de batalla destrozados, cuyas velas golpeteaban en vano contra los cascos varados.

La velocidad de lanzamiento era cada vez mayor a medida que los comandantes chaka aumentaban la presión. Su objetivo era sin duda aplastar a la flota baraka en número y dejar a Ombaraka sin defensa durante la crucial fase final de la batalla, cuando las dos ciudades rodantes estarían lo bastante próximas como para que las flotas de ataque llegaran a dañar a los propios barcos nodriza. Toda la estrategia de la batalla se condensaba en una sola decisión: durante cuánto tiempo retener las corbetas, las últimas naves de la flota, las más veloces y manejables.

Los gritos de batalla no cesaban en ninguno de ambos bandos; su continuo rugido se mezclaba con los crujidos de la madera de los cruceros que chocaban unos contra otros, o contra otras naves ya destrozadas, esparciendo aún más escombros por los aires. Era imposible decir qué bando se imponía sobre el otro, aunque de momento la flota chaka parecía tan enorme que cubría toda la llanura.

Las órdenes seguían martilleando.

—¡Ya! ¡Ya! ¡Ya!

Una nave tras otra se venía abajo a gran velocidad, mientras los jefes de lanzamiento sudaban por lanzar certeros contraataques al campo de batalla. Raka rondaba por la ventana de observación del puente de mando en medio de un pandemónium de voces estridentes.

—¡El viento vira dos grados al oeste!

—¡Lanzamiento chaka número treinta y uno!

—¡Ataque! ¡A toda potencia!

—¡La distancia se reduce a un kilómetro!

—¡Lanzamiento chaka número treinta y dos! ¡Treinta y tres!

—¿Cuántos quedan? —exclamó Raka.

—¡Agotada la segunda flota! ¡Corbetas dispuestas!

Tanaka, comandante de las fuerzas armadas, se acercó presuroso al caudillo.

—¿Lanzamos las corbetas, señor?

—¡No! ¡Eso es lo que ellos quieren!

—¡Lanzamiento chaka número treinta y cuatro! ¡Treinta y cinco! ¡Treinta y seis!

—¡La distancia se reduce a novecientos metros!

—¡Tenemos que lanzarlas, señor! No podemos detenerlos sin las corbetas.

—¡Malditos chakas! —explotó Raka—. ¿Cuántos más les quedan?

—¡Lanzamiento chaka número treinta y siete!

—¡Debemos lanzar las corbetas!

—Estamos dejando que nos dicten la estrategia —dijo Raka—. Es lo que quieren.

—¡Un crucero chaka ha traspasado! ¡Un crucero chaka ha traspasado!

Ese grito estremeció a todo el puente de mando. Eso era lo que tanto temían: la primera nave que burlaba la línea de defensa de la flota baraka y se acercaba a toda velocidad hacia Ombaraka.

—¡Calculad el punto de colisión! —ladró Tanaka—. ¡Haced sonar la alarma! —Y volviéndose hacia el caudillo, con la voz tensa por el apremio—: ¡Señor... las corbetas!

—Está bien —accedió Raka de mala gana—. Enviad las corbetas.

En las cubiertas de lanzamiento, los equipos oyeron una nueva nota procedente de los cuernos, una nota más aguda: la alarma. El grito de guerra fue decayendo mientras galería tras galería se daban cuenta de lo que sucedía: la flota chaka había traspasado. Pero no había tiempo de pensar cómo ni por qué, pues justo después de los cuernos se oyeron las señales de lanzamiento y las corbetas entraron por fin en acción.

—¡Ya! ¡Ya! ¡Ya!

A pesar de que los niños iban en la primera corbeta, descubrieron que no serían los primeros en salir a las llanuras. Detrás de ellos, una tras otra, las ligeras pero mortales naves iban bajando y acelerando, a velocidad de fuego graneado, dirigiéndose como flechas hacia la línea de cruceros chaka que se aproximaban. Mientras las soltaban, el único crucero chaka que había traspasado las líneas ya estaba sobre ellas, moviéndose a una velocidad aplastante. Chocó contra la primera corbeta, lanzó por los aires la ligera nave y se estrelló atronador como un martillo volante contra la cubierta inferior de Ombaraka. Una poderosa aclamación se alzó en Omchaka mientras los fragmentos del crucero destrozado saltaban por las altas paredes de Ombaraka y la gente buscaba protección.

La tripulación de las cubiertas de lanzamiento ni siquiera se inmutó. Una corbeta tras otra salía al encuentro de los implacables cruceros chaka para detenerlos.

—¡Ya! ¡Ya! ¡Ya!

Los chicos esperaban en la corbeta que aún no había salido, contemplando la batalla; Bowman y Kestrel concentrados y silenciosos, Mumpo blandiendo la pértiga con gancho y gritando de emoción.

—¡Choca! ¡Choca! ¡Hubba, hubba! ¡Ahí vienen! ¡Bum, crash, plaf! ¡Yuju!

Después se oyó una serie de órdenes y, por toda Ombaraka, los encargados de las naves empezaron a recoger las velas. Poco a poco, la gran ciudad rodante se fue deteniendo entre temblores. Raka había escogido el lugar de la última refriega. Allí lucharían hasta el final.

Durante unos largos minutos, Omchaka continuó avanzando hacia ellos. ¿Habían decidido emprender la última fase de la batalla tan de cerca? Luego se vio que también Omchaka plegaba velas, y los dos colosos quedaron parados a apenas medio kilómetro de distancia, para contemplar el enfrentamiento culminante de sus flotas de batalla.

Raka estaba en el puente de mando, al borde del ataque de nervios.

—¿Les quedan más? ¡Tengo que saber si tienen más!

—No, señor.

—¿Han disparado su último cartucho? No puedo creerlo.

—¡Atacar y matar! ¡Atacar y matar!

—¡El viento vira tres grados al suroeste!

—¡Tres corbetas en reserva, señor! ¿Las lanzamos?

—¿A ellos les queda alguna?

—Todos los puentes chaka están vacíos, señor.

—¡Entonces, sí! ¡Ya!

Echó los brazos atrás y sus ojos resplandecieron una vez más.

—¡Han lanzado su último ataque demasiado pronto! ¡Ahora veremos quién traspasa las líneas!

Los gritos de guerra de ambas partes estaban en un punto álgido. Las tribus enemigas se encontraban tan cerca que podían verse, y competían por ahogar las voces del contrario.

—¡Cha, cha, chaka! ¡Cha, cha, chaka!

—¡Raka, ra! ¡Ra! ¡Ra! ¡Raka, ra! ¡Ra! ¡Ra!

Cada colisión de ambas flotas de batalla despertaba un gran rugido entre los espectadores. No se habían vuelto a traspasar las líneas por ningún lado y los lanzamientos chaka habían terminado cuando las corbetas de reserva baraka recibieron orden de salir.

La nave de los niños era la tercera y la última de la fila. Kemba tenía la intención de que su destrucción fuera el gran final de la batalla. Los niños estaban tranquilos cuando por fin se desplegaron las velas y sintieron que el mástil se tensaba con el viento. Las poleas chirriaban por encima cuando los bajaron al suelo. El vigía estableció el rumbo y desató la vela mayor del brazo de la grúa. Kemba les dirigió un último y amistoso gesto de despedida con la mano.

—La mejor idea que he tenido jamás —les dijo a voces—. Ofrecednos un buen espectáculo.

Llegó la orden. Las abrazaderas se soltaron y, con un gran bandazo que derribó a los tres niños al suelo, la corbeta se puso en marcha y salió disparada hacia campo abierto. Las cuchillas de cada lado empezaron a girar y el cuerno de lo alto del mástil lanzó su gemido de alma en pena.

Los espectadores que abarrotaban las cubiertas de Ombaraka recibieron a las corbetas de reserva con un triunfante alarido. La última nave lanzada a la batalla traspasaría sin duda las líneas. Entonces, al ver a los niños en la última corbeta, su alarido se llenó de odio.

—¡Escoria chaka! ¡Espías chaka! ¡Muerte! ¡Muerte! ¡Muerte!

De repente enmudecieron. En un flanco de Omchaka se habían abierto unas gigantescas puertas que revelaron puentes ocultos en los que había una nueva flota de batalla al completo.

Raka presenció aquello en el puente de mando con fría desesperación. No podía hacer nada. Había lanzado sus últimas embarcaciones, ya estaban de camino y no había forma de hacerlas regresar. Ombaraka estaba a merced del enemigo.

—¿Cuántos? —preguntó casi sin voz. Pero él mismo lo veía a medida que iban apareciendo. Ocho cruceros de batalla. A medio kilómetro de distancia no alcanzarían la velocidad máxima, pero aun así podían causar terribles daños. A salvo de cualquier ataque, los comandantes chaka podían tomarse su tiempo en lanzarlos, y él no tenía más remedio que quedarse allí sentado y soportar los golpes. Ombaraka quedaría inutilizada. Sería un gran desastre.

Toda su gente lo sabía. Un silencio mortal cayó sobre las cubiertas y las galerías mientras veían cómo sus propias corbetas chocaban con el último de los cruceros chaka que aún estaba en el campo de batalla. Ya no vitoreaban los golpes. Sólo se oía el salvaje grito de guerra de Omchaka en el viento.

—¡Cha, cha, chaka! ¡Cha, cha, chaka!

Pero entonces empezó a suceder algo extraño. La tercera corbeta, la que llevaba a los espías chaka, empezó a dar un amplio giro. Todos siguieron su trayectoria, llenos de perplejidad. Dos de los niños parecían manejar las velas, uno en la mayor y otro en el dique. El tercero había trepado hasta lo alto del mástil de la mayor, donde blandía una pértiga. La corbeta se alejó de la batalla con su giro, describió un círculo completo y se acercó de nuevo.

En la corbeta, que iba a una velocidad de vértigo, Bowman y Kestrel manejaban las velas con gran concentración, sintiendo la respuesta de la nave. Durante el primer giro tuvieron cuidado de mantener las cuatro ruedas sobre el suelo, pero el segundo lo tomaron más cerrado, haciendo que la embarcación se ladeara un poco. Era un espectáculo precioso. Se comunicaban sin palabras y compartían lo que aprendían.

—*¡Ahora de través! ¡Vuelta! ¡Cuidado con el giro! ¡Ahí va!*

Cuando completaron un segundo y amplio giro, supieron que tenían el control de la embarcación. Se miraron, intercambiando un brillo de emoción por la velocidad a la que avanzaban y por su poder.

—¿Estás bien, Mumpo? —gritó Kestrel hacia lo alto del mástil.

—¡Contento, contento, contento! —canturreó Mumpo, agitando la pértiga acabada en gancho sobre su cabeza—. ¡Vamos de pesca!

El primero de los cruceros chaka ocultos tocó tierra. Mientras se ponía en movimiento, con un rumbo que esquivaba el embrollo de naves destrozadas, Bowman y Kestrel lo rodearon y empezaron a perseguirlo. Su trayectoria no los llevaba hacia el crucero chaka, sino que los puso a su lado para avanzar junto a él.

—*¡Rodéalo, Kes, rodéalo! ¡Ahora deja que corra!*

La gente de Ombaraka contemplaba la maniobra con perplejidad. El pueblo de Omchaka estaba otro tanto sorprendido, y su grito triunfante se había acallado. ¿Qué estaba sucediendo? ¿Se unía la corbeta al ataque del crucero chaka? Al menos eso era lo que parecía al ver avanzar la ligera corbeta al lado del pesado crucero.

—*¡Más cerca! ¡Más cerca! ¡Más cerca...!*

Kestrel, en la proa, anunciaba los giros; Bowman, en la botavara, acercaba la embarcación todo lo que se atrevía al crucero chaka, procurando no trabarse con sus enormes cuchillas giratorias. Mumpo colgaba de lo alto del mástil por las rodillas, extendía la pértiga y gritaba: «¡Más cerca! ¡Más cerca!» Poco a poco se fueron acercando hasta que estuvieron tan pegados al crucero que sintieron la brisa que levantaban sus cuchillas giratorias.

—¡Pescadito, pescadito, pescadito! —gritaba Mumpo.

—¡Ahora! —ordenó Kestrel.

Bowman dio un tirón a la vela mayor para inclinar la embarcación en su carrera sobre dos ruedas. Mumpo, colgado del mástil, enganchó las jarcias superiores del crucero de batalla con la pértiga.

—¡Hay que separarse! ¡Hay que separarse! —gritó Kestrel.

Bowman soltó la botavara de la vela mayor, la corbeta se enderezó y viró de pronto alejándose del crucero de batalla. Mumpo se sujetaba con fuerza. La nave chaka se tambaleó hacia un lado, Mumpo desenganchó la pértiga, la corbeta salió disparada, torciendo ahora sobre las otras dos ruedas, y el crucero de batalla se vino abajo con gran estruendo y se hizo trizas con sus propias cuchillas.

Un rugido salvaje y ensordecedor se levantó en Ombaraka. La corbeta volvió a enderezarse, apoyando las cuatro ruedas, y Mumpo quedó de nuevo en posición vertical. Levantaba los brazos como un campeón.

—¡Hubba, hubba, Mumpo! —gritó Kestrel.

Y de nuevo se lanzaron al ataque. En sus ojos resplandía el fragor de la batalla y, cuanto más se lanzaban, más osados se volvían. A medida que salían los cruceros, se abalanzaban sobre ellos y los hacían encallar, como un sabueso que hostiga a un venado. Fallaron dos veces, pero sus giros eran tan rápidos que ya estaban de vuelta para una nueva embestida antes de que los pesados cruceros pudieran tomar velocidad y dejarlos atrás. Y a cada presa abatida, en las cubiertas de Ombaraka se alzaban estruendosos rugidos.

Raka lo observaba sobrecogido desde el puente de mando, con sus manos jugueteando compulsivamente con el cinturón de cuentas.

—No son espías chaka —dijo en voz baja.

El desastre se estaba convirtiendo en una victoria ante sus propios ojos.

Después de que el cuarto de los resplandecientes cruceros de batalla hubiese quedado destrozado, el alto mando chaka dejó de lanzar ningún otro. Las puertas de las cubiertas secretas volvieron a cerrarse y Omchaka dispuso las velas para la retirada.

Al verlo, Raka de Baraka ordenó que sonara el toque de victoria. Los altos cuernos empezaron a sonar y el pueblo de Ombaraka se hizo eco de ellos, cada hombre, cada mujer, cada niño. Al son de los cánticos de un millar de voces, Bowman y Kestrel dirigieron la corbeta de vuelta al barco nodriza con las cuchillas de ataque girando todavía. Cuando llegaron a sotavento de la gran estructura, las velas se desinflaron y la nave se quedó inmóvil. Mumpo se deslizó hacia abajo por el mástil y los tres niños se abrazaron, temblorosos aún por la tensión de la batalla.

—¡Mumpo, eres un héroe! ¡Bo, eres un héroe!

—Todos somos héroes —dijo Mumpo, más feliz de lo que había estado en toda su vida—. ¡Los tres somos héroes!

Cuando subieron de nuevo a bordo, fueron aclamados durante todo el trayecto desde la cubierta de lanzamiento, el pasillo y los patios de pilares, hasta el puente de mando donde los aguardaba Raka.

—Después de lo que he visto hoy —declaró éste—, sé que no sois chakas. Y si no sois chakas, ¡sois barakas! ¡Sois nuestros hermanos!

—¡Y nuestra hermana! —dijo el consejero Kemba, sonriendo con la más amable de sus sonrisas.

Raka les dio un abrazo a cada uno, temblando de emoción.

—¡Yo y todo mi pueblo estamos a vuestro servicio!

Como muestra especial de su gratitud, Raka de Baraka ordenó al Maestro Trenzador que les trenzara la melena a los tres niños. Después de que los consejeros discutieran seriamente el asunto, se acordó que los jóvenes héroes podían llevar hebras de oro trenzadas en el pelo. Ése era el más alto honor por debajo de las cuchillas que lucía el caudillo, y muchos torcieron el gesto al enterarse de esa concesión. Sin embargo, como bien dijo el consejero Kemba, los niños no se quedarían mucho tiempo en Ombaraka y, una vez lejos de los cuidados del Maestro Trenzador, las hebras de oro no tardarían en deslustrarse.

Mumpo estaba exultante ante la perspectiva de llevar la melena dorada; Kestrel y Bowman no tanto. Pero sintieron que sería descortés no aceptar. Sin embargo, una vez hubo comenzado el complicado proceso, descubrieron que lo disfrutaban más de lo que habían imaginado. Primero les lavaron tres veces el pelo, lo que por fin acabó con el barro del Sublago. Luego unos expertos peinadores se pusieron manos a la obra, separando los cabellos uno a uno y formando cientos de finos mechones. El peinado era suave pero firme, lo cual les producía cosquillas en el cuero cabelludo. Luego les llegó el turno a los subtrenzadores, que trabajaban a las órdenes del Maestro Trenzador en persona.

Cada mechón se trenzaba junto con tres hebras de hilo dorado para formar una delicada trenza entrecruzada que terminaba en un pequeño nudo dorado. Al contrario que el trabajo que había realizado Salimba con la melena de Mumpo, las trenzas estaban confeccionadas cuidadosamente para que cayeran lacias, y eso llevaba mucho tiempo. Si el Maestro Trenzador veía que una trenza empezaba a torcerse, ordenaba que la deshicieran hasta la raíz y que volvieran a empezar.

Cuando el paciente trabajo estuvo casi concluido, el consejero Kemba fue a verlos.

—Mis queridos y jóvenes amigos —dijo—, Raka de Baraka me envía para invitaros esta noche a una cena en vuestro honor. También desea ser informado de si hay algún modo en que pueda mostraros su gratitud de forma más duradera.

—Sólo queremos que nos ayuden a seguir nuestro camino —dijo Kestrel.

—¿Y qué camino es ése?

—Tenemos que encontrar una ruta llamada el Gran Camino.

—¿El Gran Camino? —La agradable voz de Kemba sonaba de pronto seria—. ¿Para qué queréis ir al Gran Camino?

Tanto Kestrel como Bowman captaron la misma suspicacia.

—Es simplemente la ruta que debemos seguir —dijo la niña—. ¿Sabe dónde está?

—Sé dónde estaba —respondió Kemba—. El Gran Camino no se usa desde hace muchos, muchísimos años. Esa región está plagada de peligros. Hay lobos. Y cosas peores.

—Los lobos no nos asustan —dijo Mumpo—. Los tres somos héroes.

—Eso ya lo he visto —dijo Kemba con una tímida sonrisa—. Aun así, creo que sería mejor que os lleváramos al sur, a Aramanth, ya que decís que es vuestro hogar.

—No, gracias —dijo Kestrel con firmeza—. Tenemos que ir al norte.

El consejero Kemba se inclinó como para mostrar su aprobación y los dejó con los trenzadores.

El resultado final fue espectacular. Los tres niños se

miraban maravillados al espejo y no salían de su asombro. El pelo les rodeaba el rostro como un halo, con destellos de luz que bailaban a cada movimiento de cabeza. El Maestro Trenzador los miraba resplandeciente de orgullo.

—Sabía que el oro os resaltaría esa tez tan pálida —dijo—. A decir verdad, los barakas necesitamos colores más fuertes. A mí el oro no me sentaría nada bien.

Se tocó las trenzas rojas, naranja y verde manzana.

Cuando los niños hicieron su aparición para la gran cena, todo el mundo se puso en pie y los recibió con una ovación. A lo largo de las largas hileras de mesas se oían suspiros de admiración por el brillo de sus trenzas doradas a la luz de las velas. Raka de Baraka les hizo un gesto para que se sentaran a ambos lados de él. Pensando que los complacía, anunció:

—¡Vamos rumbo al sur! Kemba me ha dicho que vuestro único deseo es regresar a Aramanth. Así que he dado orden de ir hacia el sur.

—Pero eso no es correcto —exclamó Kestrel—. Queremos ir al norte.

La sonrisa desapareció del rostro de Raka. Miró al otro lado de la mesa, a Kemba, exigiendo una explicación. El consejero Kemba extendió sus suaves manos.

—Considero nuestro deber, señor, cuidar de nuestros pequeños héroes de la mejor forma posible. El camino al norte es intransitable. El puente sobre el barranco está en ruinas. Ningún viajero se aventura ya por allí.

—Bueno, pues nosotros sí —dijo Kestrel con determinación.

—Hay otro problema —suspiró Kemba, como si le doliera hablar de ello—. Señor, como sabéis, a pesar de que hace mucho tiempo que estamos en guerra con Omchaka, hemos evitado un gran peligro. Hablo de... —vaciló un instante, luego susurró apenas—: Los zars.

—¿Los zars? —dijo Raka en su tono altisonante. Y la

palabra fue repetida por todas las hileras de mesas, como un eco—. Los zars... Los zars...

—Si los niños, sin querer, despertaran a los...

—Bien, bien —se apresuró a atajar Raka—. Será mejor ir al sur.

Los mellizos se quedaron consternados al oírlo.

—Déjalo por el momento —dijo Bowman con el pensamiento.

Así que Kestrel no dijo nada más, y el consejero Kemba se dio por satisfecho mientras los escrutaba atentamente.

Al final de la gran cena, Bowman le pidió a Raka un favor especial: hablar a solas con él.

—Desde luego —dijo Raka, que había comido y bebido mucho y estaba lleno de buena voluntad—. ¿Por qué no?

Pero Kemba sospechaba algo.

—Señor, opino que... —empezó.

—Vamos, vamos, Kemba —dijo Raka—. Te preocupas demasiado.

Llevó a Bowman a sus aposentos privados, y Kemba tuvo que contentarse con permanecer pegado a la puerta en la habitación contigua, escuchando cada palabra.

Lo que oyó no fue ni mucho menos lo que esperaba. Durante un buen rato, el chico y el caudillo se sentaron juntos en absoluto silencio. Incluso parecía posible que Raka se hubiese quedado dormido. Pero el consejero oyó entonces la voz del niño, que hablaba con suavidad.

—Siento que estáis recordando —dijo.

—Sí... —Ése era Raka.

—Sois un bebé. Vuestro padre os lleva a todas partes. Os abraza con fuerza y sonríe. Sois pequeño, pero sentís su orgullo y su amor.

—Sí, sí...

—Ahora sois mayor. Un niño. Estáis frente a vuestro padre y él dice: «¡Levanta la cabeza! ¡Levanta la cabeza!» Sabéis que desea que seáis más alto. Vos también lo deseáis, más que nada en el mundo.

—Sí, sí...

—Ahora sois aún mayor. Sois un hombre, y vuestro padre nunca os mira. No puede soportar veros, porque sois bajito. Vos no decís nada, pero vuestro corazón le grita: «¡Quiero que estés orgulloso de mí. Que me quieras!»

—Sí, sí... —Raka sollozaba débilmente—. ¿Cómo sabes todo eso? ¿Cómo lo sabes?

—Lo siento en vuestro interior. Lo siento en mi interior.

—Nunca he hablado de eso. Nunca, nunca.

El consejero Kemba, que escuchaba tras la puerta, no pudo soportarlo más. No tenía muy claro cómo interferiría aquello en sus planes, pero estaba seguro de que llorar como un bebé no era saludable para el caudillo de Ombaraka. Así que de pronto interrumpió en la reunión privada.

—¿Qué ha sucedido, señor? ¿Cuál es el problema?

Raka IX, Caudillo de los Barakas, Señor de Ombaraka, Comandante en Jefe de los Guerreros del Viento y Soberano de las Llanuras, miró a su consejero jefe con lágrimas en los ojos enrojecidos y dijo:

—Métete en tus asuntos.

—Pero, señor...

—¡Vete a toquetearte el pelo! ¡Fuera!

El consejero Kemba se retiró. Un poco después le llegó la orden al timonel de poner rumbo al norte, y lentamente el barco nodriza fue torciendo pesadamente para rodar hacia las montañas.

Cuando salió el sol del nuevo día, Kestrel se encaramó a lo más alto de la más alta atalaya de Ombaraka y contempló las llanuras. Era una mañana fresca y despejada, y alcanzaba a ver a kilómetros de distancia. Allí donde terminaban las llanuras, lograba discernir las elevaciones de la tierra y el enorme bosque que las cubría. Y ya no demasiado lejos, en el horizonte, la masa oscura de las montañas.

Mientras Kestrel contemplaba la tierra, creyó ver bajo el polvo de las llanuras y entre los árboles del bosque las trazas de un camino abandonado hacía mucho, ancho y recto, que avanzaba hacia las montañas. Abrió el mapa y vio el Gran Camino, sesgado por la línea irregular de la Grieta en la Tierra. Al final de la ruta, en el lugar exacto en que el Gran Camino se encontraba con la montaña más alta, estaban escritas las palabras que su padre le había dicho que significaban «Dentro del Fuego».

El agradecido pueblo de Ombaraka brindó a sus héroes una gran despedida; todos menos el consejero Kemba, a quien no se vio por ninguna parte. Raka les dio un abrazo a cada uno, y a Bowman con especial cariño.

—Si alguna vez necesitas nuestra ayuda —dijo—, sólo tienes que pedirlo.

Salimba se adelantó con tres bolsas llenas de comida para el viaje.

—Desde el primer momento supe que no eran espías —dijo—. Le hice las trenzas, ¿no?

Luego los bajaron a tierra y todo Ombaraka se reunió para entonar el canto de la victoria una vez más, como homenaje final. Con los cánticos resonando en sus oídos, los niños partieron hacia las estribaciones cercanas y el gran bosque. Se volvieron de nuevo para despedirse con la mano de sus nuevos amigos, y se quedaron quietos unos momentos, mientras miraban cómo la enorme ciudad rodante desplegaba su sinfín de velas y volvía crujiendo y retumbando hacia las llanuras. Una ráfaga de viento les acarició las melenas trenzadas de oro. La tierra que tenían delante era oscura.

17

Los Hath contraatacan

—¿Dónde Bo? —preguntó Pinpin—. ¿Dónde Kes?

—Se han ido a las montañas —respondió Ira Hath, que no creía en mentir a una niña aunque sólo tuviese dos años—. Levanta los brazos.

—¿Dónde papá?

—Ha ido a estudiar para el examen. Quédate quieta mientras te visto. Pronto todo habrá terminado.

Examinó a la niña con ojo crítico. La colcha no tenía suficiente tela para confeccionar túnicas enteras para las dos, así que a Pinpin sólo había podido confeccionarle una casaca sin mangas que le puso por encima del vestido naranja. Se sintió satisfecha y pensó que había sido una decisión acertada. Madre e hija vestidas de rayas a juego sería demasiado.

Cuando estuvieron listas, alcanzó la gran cesta que ya había preparado, tomó a Pinpin de la mano y salió al pasillo. Al pasar por delante de la puerta de los Mooth, oyó cómo se abría un poco y de dentro llegó un grito agudo.

—¡Oh! ¡Mira lo que ha hecho ahora!

Tres caras desencajadas aparecieron en el resquicio de la puerta para observarlas mientras caminaban hacia las escaleras.

En la calle, su atuendo de rayas multicolores causó sensación. El encargado del edificio, que pasaba por allí, enseguida alzó la mano, hizo sonar el silbato y gritó:

—¡No puede hacer eso!

Un hombre que conducía un carro cargado de barriles se volvió para contemplarlas, atropellando con el carro a otro hombre que llevaba una cesta sobre la cabeza. La cesta salió volando y los barriles se cayeron del carro. De la cesta volcada salió una gran cantidad de pequeños cangrejos rosados, un manjar muy apreciado en Distrito Blanco. Dos mujeronas que venían del otro lado, mirando también a Ira y a Pinpin Hath, tropezaron con los barriles que rodaban por el suelo; la más grande de las dos se dio un golpe tan fuerte contra un barril que lo destrozó, y el empedrado de la calle quedó cubierto de melaza. El encargado del edificio se apresuró a restablecer el orden, pisoteó la melaza, puso un pie sobre los cangrejos que correteaban y se cayó cuan largo era sobre la más pequeña de las mujeronas. Al intentar ponerse de pie, sacudiendo las botas, le pringó la cabeza de melaza, en la que se habían quedado atrapados muchos pequeños cangrejos rosa.

Pinpin lo miraba todo encantada, como si fuese un espectáculo pensado especialmente para entretenerla. Ira Hath no les prestó ni la menor atención. Totalmente indiferente a las miradas de los vecinos, las imprecaciones del encargado y los chillidos de la mujer con cangrejos en el pelo, marchó calle abajo y torció por la avenida principal hacia el centro de la ciudad.

Mientras iba caminando, con la cesta en una mano y Pinpin tomada de la otra, fue congregando una pequeña hilera de seguidores. Caminaban a cierta distancia y se hablaban en susurros, como si tuviesen miedo de que los oyeran. Ira Hath se dio cuenta de que casi se divertía. Ir vestida a rayas le daba cierto poder.

Cuando pasó por Distrito Granate y llegó después al terreno de su antiguo hogar en Naranja, sus seguidores habían crecido en número, hasta alcanzar unas cincuenta personas, y además de diferentes rangos. Al entrar en Distrito Escarlata se detuvo de repente y se volvió para mirarlos. Todos se detuvieron también y le devolvieron la mirada en silencio, como una manada de vacas. Ella sabía por qué la seguían, desde luego. Querían ver cómo era castigada. En Aramanth, nada entusiasmaba más a la gente que ver a sus conciudadanos humillados en público.

Desde aquellas filas de tristes ojos vacíos, algo le habló, a un nivel ancestral, y aquellas palabras le afloraron a la boca espontáneamente.

—¡Oh, pueblo infeliz! —gritó—. El mañana traerá tristeza. ¡Pero después llegará la dicha! ¡Preparaos para mezclar vuestros colores!

Y a continuación siguió su camino y todos siguieron tras ella, susurrándose cosas.

Ira Hath caminaba erguida y sentía que la sangre le cantaba dentro del cuerpo. Le gustaba ser esposa y madre, pero acababa de descubrir que aún le gustaba más ser profetisa.

Todo el que no tenía otra ocupación en Aramanth parecía unirse al grupo cuando llegaron a la plaza contigua al Palacio Imperial. Claro que, hablando con propiedad, en Aramanth no había nadie sin ocupación, pues la ciudad se encargaba de que todo el mundo tuviese un trabajo útil. Así pues, el espectáculo de una procesión arrastrando los pies a la zaga de una madre con su hija vestidas de coloridas rayas, por delante del Colegio de Examinadores, no era muy grata para los gobernantes de la ciudad.

Ella siguió su camino y atravesó la doble hilera de columnas de mármol hacia el anfiteatro. Se detuvo a los pies de la plataforma de madera del silbador del viento. Alzó la cesta y la dejó sobre la base de la plataforma. Luego subió a Pinpin y se encaramó ella también. Una vez en posición, sacó una manta de la cesta, la extendió sobre las tablas, se sentó y puso a Pinpin a su lado. De la enorme cesta sacó una botella de limonada y una bolsa de bizcochos.

La muchedumbre las miraba, boquiabierta, a la espera del siguiente acto vandálico.

—¡Oh, pueblo infeliz! —gritó la profetisa—. ¡Ha llegado la hora de sentarse y comer bizcochos!

Y eso fue justamente lo que hizo.

La multitud aguardaba con paciencia, sabía que sucedería algo más. Al cabo de un rato apareció un alto examinador de toga blanca, seguido de cuatro guardias. El examinador, el profesor Greeth, era el responsable de mantener el orden en la ciudad. Al verlo bajar las nueve gradas, flanqueado por cuatro guardias enormes, la muchedumbre se estremeció, llena de impaciencia.

—Señora —dijo el profesor Greeth con su voz clara y cortante—. Esto no es un circo. Usted no es un payaso. Baje y vístase con las ropas que le han asignado.

—No pienso hacerlo —dijo Ira Hath.

El profesor Greeth les hizo un brusco gesto con la cabeza a los guardias.

—¡Bajadla!

La profetisa se puso en pie y gritó con la más profética de sus voces:

—¡Oh, pueblo infeliz! ¡Observad y veréis que no hay libertad en Aramanth!

—¿Que no hay libertad en Aramanth? —exclamó indignado el profesor Greeth.

—Soy Ira Hath, descendiente directa del profeta Ira Manth, y he venido a profetizar para el pueblo.

El profesor Greeth les hizo una señal a los guardias para que esperasen.

—Señora —dijo, hablando alto para que todos los espectadores le oyeran bien—, está diciendo tonterías. Tiene usted la fortuna de vivir en la única sociedad libre que ha existido jamás. En Aramanth, todo hombre y toda mujer nacen iguales, y tienen iguales oportunidades de ascender hasta la posición más alta. Aquí no hay pobreza, ni delincuencia, ni guerra. No necesitamos profetas.

—¡Y sin embargo me temen! —gritó la profetisa.

Ése fue un paso inteligente, como bien apreció el profesor Greeth. No estaría bien visto que se sobrepasara en su reacción.

—Se equivoca, señora. No la tememos. Pero sí nos parece un tanto escandalosa.

La muchedumbre rió. El profesor Greeth quedó satisfecho. No había necesidad de usar la fuerza, que sólo lograría despertar lástima por aquella mujer. Era mejor dejarla allí arriba hasta que sintiera frío y hambre y bajara entonces por su propia voluntad.

Mientras tanto, para reafirmar su autoridad, ordenó a los guardias que dispersaran a la multitud.

—¡Vuelvan al trabajo! —gritó—. Dejemos que profetice qué va a cenar.

Hanno Hath, encerrado en el Centro Interno de Estudio, no se enteró de la rebelión de su mujer hasta la hora del almuerzo. Las chicas que servían pasaron el rumor entre exaltados susurros, mientras servían estofado de verduras en los cuencos de los aspirantes. Contaban que había una loca, vestida como un payaso, sentada en el silbador del viento y diciendo a todo el mundo que eran infelices. Hanno reconoció al instante el estilo de su mujer, y sintió un arrebato de orgullo y preocupación. Pidió a las chicas que servían que le dieran más detalles. ¿Habían intentado las autoridades hacer bajar a la fuerza a la mujer del silbador del viento?

—Oh, no —dijo la chica del arroz con leche—. Han ido y se han reído un buen rato, como todos los demás.

Esto tranquilizó a Hanno y reforzó su determinación. Tan sólo faltaban dos días para el Examen Superior y su pequeño acto de rebelión personal estaba muy avanzado. Poco a poco los otros aspirantes se habían ido uniendo al plan, hasta que sólo quedaba uno por convencer, un limpiador de fábricas llamado Scooch. Como consecuencia fortuita, el ambiente del Curso de Estudio se había transformado. Los aspirantes que con tanto desánimo habían mirado los libros de repaso, y que escuchaban las clases del director con la derrota en la mirada, se aplicaban con entusiasmo en los ejercicios.

El director Pillish también lo había notado, y con satisfacción. Le parecía que los aspirantes se ayudaban unos a otros para superar el ánimo negativo de cara a los exámenes, lo cual presagiaba muy buenos resultados. Observó que el amable Hanno Hath, de suaves palabras, era el centro de aquel nuevo entusiasmo. Llamó a Hanno a su despacho para mantener una charla privada y saber qué les había dicho a sus compañeros aspirantes.

—Estoy impresionado —dijo—. ¿Cuál es su secreto?

—Oh, es muy sencillo —respondió Hanno—. Aquí tenemos tiempo para considerar el valor real de los exámenes. Nos hemos dado cuenta de que lo que hace un examen es valorar lo mejor de cada uno. Así que si ponemos lo mejor de nosotros, bueno... sea cual sea el resultado, debemos contentarnos con ser juzgados por ello.

—¡Bravo! —exclamó el director Pillish—. Esto es un cambio radical. No me importa decirle, Hath, que en su informe aparece como incurable en cuanto a su actitud negativa. ¡Pero esto es espléndido! Dar lo mejor de cada uno... eso es. Yo no lo habría expresado mejor.

Lo que Hanno Hath no se sintió obligado a explicarle al director fue cómo habían pensado dar lo mejor de sí mismos. Se le había ocurrido la idea mientras escuchaba las explicaciones que daba Miko Mimilith sobre las diferentes telas con que trabajaba. «Si Miko pudiera presentarse a un examen sólo sobre telas —pensó— no tendría ningún miedo.» A esto le había seguido otro pensamiento: «El conocimiento de Miko en cuanto a telas es su especialidad y su pasión. ¿Por qué le examinan de otras materias en las que sólo conseguirá suspender? Cada uno debería examinarse de lo que mejor conoce.»

Les había explicado esto a sus nuevos amigos del Curso de Estudio.

—Todo eso está muy bien —dijeron—. Pero no sucederá nunca.

El Examen Superior contenía más de cien preguntas, de las que, con suerte, sólo una sería acerca de telas o formación de nubes.

—Olviden las preguntas del papel —dijo Hanno—. Escriban acerca de lo que más sepan. Den lo mejor de ustedes.

—Nos suspenderán a todos.

—Nos suspenderán de todos modos, aunque intentemos contestar las preguntas.

Todos asintieron. Eso era muy cierto. Estaban en el Curso de Estudio precisamente porque hasta entonces siempre habían suspendido. ¿Por qué esta vez iba a ser diferente?

—¿De qué se trata? —dijo Hanno, persistiendo con tacto—. Es como examinar de vuelo a los peces. Que cada uno haga lo que mejor sabe hacer.

—No les va a gustar nada.

—Pues que no les guste. ¿Quiere estar sentado en el anfiteatro con un ataque de pánico durante otras cuatro horas?

Aquello fue lo que los convenció definitivamente. Todos ellos sentían pavor, casi más que a los resultados, a la larga humillación del examen en sí.

Todos los odiosos detalles les pasaron por la cabeza. El lento camino hacia el pupitre numerado. El chirriar de un millar de sillas antes de sentarse. El susurro de mil hojas de examen al darles la vuelta. El olor a tinta fresca. Las letras negras que bailaban en el papel, formando palabras que no tenían sentido. El ñic, ñic, ñic de un montón de plumas cuando los aspirantes inteligentes empezaban a responder. Los pasos sordos a medida que los examinadores supervisores paseaban entre las filas. La necesidad imperiosa de empezar a escribir algo, lo que fuera. La triste certeza de que nada de lo que escribieran sería correcto, ni bueno, ni bello. El lento paso de las agujas del reloj. La creciente parálisis de la desesperación.

Cualquier cosa, cualquier cosa menos eso.

De modo que uno a uno se unieron a la rebelión secreta de Hanno. En sus ejercicios ensayaban preguntas acerca de materias que ellos mismos elegían. Preparaban monografías sobre redes de alcantarillado, el cultivo de la col y juegos de saltar a la comba. Miko Mimilith trabajaba en una clasificación definitiva de los tejidos de lana. Hanno Hath abordaba algunos problemas del antiguo alfabeto manth. El pequeño Scooch era el único que no escribía nada. Se sentaba encorvado sobre el pupitre, mirando a la pared.

—Tiene que saber algo sobre alguna cosa —le dijo Hanno Hath.

—Bueno, pues no —respondió Scooch—. No sé nada sobre ninguna cosa. Sólo hago lo que me dicen.

—¿No hay nada que le guste hacer cuando termina de trabajar?

—Me gusta sentarme —dijo Scooch.

Hanno Hath suspiró.

—Tiene que escribir algo —dijo—. ¿Por qué no describe un día típico de su vida?

—¿Qué quiere decir con describir?

—Empiece por el principio, cuando se levanta de la cama, y escriba todo lo que hace.

—Desayuno. Voy a trabajar. Vuelvo a casa. Ceno. Me acuesto.

—Bien. Ahora sólo tiene que añadir algunos detalles más. Podría apuntar lo que come para desayunar. Lo que ve de camino al trabajo.

—A mí no me parece muy interesante.

—Es más interesante que mirar a la pared.

Así que Scooch se sentó a describir un día típico. Al

cabo de una hora de trabajo sin descanso llegó en su descripción a mitad de mañana, e hizo un descubrimiento asombroso. Cuando llegó la hora del descanso de media mañana de los aspirantes, fue enseguida a ver a Hanno Hath para explicárselo.

—He encontrado algo sobre lo que sé —dijo—. Voy a escribir sobre eso en el Examen Superior.

—Estupendo —dijo Hanno—. ¿De qué se trata?

—De los descansos.

Scooch lo miraba con el rostro resplandeciente de orgullo.

—No me había dado cuenta hasta que empecé a describir mi día, pero lo que más me gusta en el mundo entero son los descansos.

Pasó la siguiente media hora explicando a un paciente Hanno Hath cómo esperaba con ansia el descanso desde el momento en que empezaba a trabajar. Cómo crecían sus expectativas a medida que avanzaba el tiempo. Cómo dejar la escoba e ir a por el termo del té era un momento de felicidad casi perfecta. Cómo respiraba el vapor que salía del termo al destaparlo y verter té caliente en la taza. Cómo quitaba el fino papel encerado de sus tres galletas de avena y cómo las iba mojando una a una en el té caliente. ¡Ah, mojar las galletas! Ése era el centro del descanso, el momento de tensión y gratificación, el ejercicio de la habilidad y el encuentro con lo desconocido. A veces, cuando lo creía apropiado, se llevaba la dulce galleta empapada a la boca y la consumía intacta, dejando que se fuera deshaciendo sobre la lengua. A veces la dejaba demasiado tiempo dentro del té, o la sacaba con demasiada brusquedad, o en un ángulo muy agudo, y caía un pedazo que se hundía hasta el fondo de la taza. Lo que hacía del descanso una experiencia tan intensa era no saber cuándo se repetiría eso, o si llegaría a repetirse.

—¿Sabe una cosa? —dijo Hanno Hath, pensativo—. Alguien debería encontrar la forma de hacer una galleta que se empape cuando se moja en el té pero que no se rompa.

—¿Hacer una galleta? —preguntó Scooch, perplejo—. ¿Quiere decir inventar un nuevo tipo de galleta?

—Exactamente —dijo Hanno.

—¡Que me aspen! —exclamó Scooch; y empezó a pensar. ¡Ser inventor de galletas! Eso sí que era algo.

De esta forma, como de muchas otras, con creciente entusiasmo e inspirados por el cálido liderazgo de Hanno Hath, los aspirantes del Curso Interno de Estudio se prepararon para el día del Examen Superior. Por primera vez en su vida, se lo pidieran o no, darían lo mejor de sí mismos.

Ira Hath y Pinpin se quedaron toda la noche en el silbador del viento. Resultó que Ira lo había planeado todo y había llevado comida y mantas de sobra en la cesta. Incluso había metido el pijama de Pinpin y su almohada especial.

Cuando la gente descubrió que seguían allí por la mañana, volvieron a reunirse para reírse y burlarse de ellas.

—¡Venga, háganos oír su profecía! —gritaban—. ¡Venga, diga: «Oh, pueblo infeliz»!

—Oh, pueblo infeliz —dijo Ira Hath.

Lo dijo más serenamente de lo que ellos deseaban, por lo que ya no sonaba tan gracioso. Y luego, en un tono suave y triste, añadió:

—Oh, pueblo infeliz. Sin pobreza. Sin delincuencia. Sin guerra. Sin bondad.

Aquello ya no era nada gracioso. La gente que se había reunido restregaba los pies contra el suelo y evitaba mirarse a los ojos. Entonces, por tercera vez, y con más serenidad que nunca, Ira Hath dijo:

—Oh, pueblo infeliz. Oigo llorar a vuestros corazones, porque les falta bondad.

Nadie había dicho nunca nada igual en Aramanth. La gente la escuchaba estupefacta, en silencio. Después empezaron a marcharse, solos o de dos en dos, e Ira Hath supo que había demostrado ser una auténtica profetisa, porque nadie soportaba oír lo que tenía que decir.

El Consejo de Examinadores trató el tema en su reunión matutina. El profesor Greeth continuaba defendiendo la no intervención.

—Esa mujer no podrá aguantar ahí mucho más tiempo. Es mejor dejar que todos vean lo fútil que es este tipo de comportamiento. Ella misma pronto se dará cuenta, y, ¿qué hará entonces? Bajará.

El profesor Greeth quedó bastante satisfecho con su parlamento. Le parecía que se había expresado con economía y precisión. Pero el jefe de examinadores no sonreía.

—Conozco a esa familia —dijo—. El padre es un fracasado lleno de rencor. La madre está loca. Los hijos mayores... en fin, sea como sea, ellos ya no nos molestarán. Eso nos deja sólo al bebé.

—No acabo de entender —intervino el profesor Greeth— si está de acuerdo conmigo o no.

—En principio estoy de acuerdo con su enfoque —respondió Maslo Inch—. Pero, desde un punto de vista práctico, debemos sacarla de ahí antes del Examen Superior.

—Oh, se habrá ido mucho antes.

—Y luego está el tema del desagravio.

—¿Qué propone exactamente, jefe de examinadores?

—La conducta de esa familia ha sido un insulto a la ciudad de Aramanth. Deben ofrecer una disculpa pública.

—Ella es una mujer de carácter —le dijo el profesor Greeth, vacilante—. Una mujer obstinada.

—El carácter se puede domar —dijo el jefe de examinadores con su fría sonrisa—. La obstinación se puede quebrantar.

18

La Grieta en la Tierra

Ahora que los mellizos estaban en tierra, el Gran Camino, que con tanta claridad había visto Kestrel desde la alta atalaya de Ombaraka, parecía haberse ocultado de nuevo. Las bajas colinas estaban salpicadas de montículos y arroyos, y había grupos de árboles achaparrados aquí y allá, pero no los atravesaba ningún amplio camino. Sólo las irregulares montañas seguían viéndose a lo lejos, en el horizonte, y era allí hacia donde dirigían sus pasos.

Mumpo se quejaba al andar. Había mascado demasiadas hojas de tixa en el momento de la batalla, le dolía la cabeza y tenía la boca seca, y esa sensación de querer estar enfermo sin llegar a conseguirlo. Al principio, Bowman y Kestrel se mostraron preocupados y comprensivos. Sin embargo, sus quejas se hicieron tan persistentes que al cabo de un rato empezaron a enfadarse, y la niña volvió a las viejas costumbres.

—Oh, cállate, Mumpo.

Además de quejarse, después se echó a llorar. Al llorar le moqueaba la nariz y se hacía aún más difícil ser comprensivo con él, porque el labio superior le brillaba por la moquita. De todos modos, tanto Bowman como Kestrel tenían la mente ocupada en otras cosas. A medida que los árboles aumentaban y pasaban cada vez por más claros con sombras, la niña buscaba señales del Gran Camino y su hermano miraba alrededor, por si había algún peligro. Sabía que tenía una imaginación muy vívida y no quería alarmar a los demás si no pasaba nada, pero le parecía que los estaban siguiendo.

Entonces vio algo, o a alguien, por delante. Se quedó paralizado, señalando en silencio para que los demás lo vieran. Por entre un grupo de árboles se distinguía una enorme figura, de pie sobre un lugar elevado y mirando hacia ellos. Tanto Bowman como Kestrel tuvieron el mismo pensamiento a la vez: gigantes. La Vieja Reina había dicho que en el Gran Camino había gigantes. Estuvieron un buen rato sin moverse, y el gigante tampoco se movió. Entonces Mumpo estornudó de súbito y con fuerza, y dijo:

—Lo siento, Kes.

El gigante no dio muestras de haberlo oído. Así que se aproximaron, con cuidado al principio, hasta que atravesaron el grupo de árboles y sus miedos se esfumaron.

Estaban mirando una estatua. La figura tenía casi el doble del tamaño natural, era muy antigua y estaba muy deteriorada por las inclemencias del tiempo. Representaba a un hombre con toga que alzaba una mano señalando al sur; en realidad más bien un brazo, porque ya no tenía mano. También le faltaba el otro brazo y gran parte del rostro. Se alzaba sobre un alto pedestal de piedra, con los bordes muy redondeados por el viento y la lluvia.

No muy lejos había otro pedestal, con otra estatua. Al comprender lo que eran, pudieron ir distinguiendo cada vez más estatuas, que formaban una amplia línea doble entre los árboles.

—Gigantes —dijo Kestrel—. Para guiar a los viajeros por el Gran Camino. Antiguamente debió de estar flanqueado por estatuas.

Seguros por fin de ir por el buen camino, apretaron el paso hacia las montañas, pero Mumpo no tardó en volver a gimotear y quejarse.

—¿No podemos sentarnos? Quiero sentarme. Me duele la cabeza.

—Es mejor que sigamos —dijo Bowman.

—¡Quiero irme a casa! —gritó Mumpo con desaliento.

—Lo siento —dijo el muchacho, intentando no ser muy duro con él—. Tenemos que continuar.

—¿Por qué nunca te suenas la nariz? —preguntó Kestrel.

—Porque sigue moqueando —respondió Mumpo, abatido.

Cuando llegaron al bosque de verdad y se vieron rodeados de altos árboles por ambos lados, se dieron cuenta de que, efectivamente, seguían lo que antaño había sido una carretera. Algunos árboles jóvenes habían arraigado en el espacio vacío, pero los viejos árboles grandes se erguían a ambos lados de una ancha avenida, como debió de ser en la época del Gran Camino. Satisfecha con el progreso que había hecho, Kestrel dijo que podían hacer una parada para descansar un poco y comer algo. Mumpo se dejó caer al instante. Bowman partió el pan y el queso, y comieron con hambre, en silencio.

Kestrel miraba a Mumpo mientras comían, y comprobó que le subían los ánimos a medida que se llenaba el estómago. Le hizo pensar en Pinpin.

—Eres como un niño pequeño, Mumpo —dijo—. Lloras cuando tienes hambre, como un niño. Duermes como un niño.

—¿Eso es malo, Kes? —preguntó.

—¿Quieres ser como un niño pequeño?

—Quiero ser lo que tú quieras que sea —dijo simplemente.

—Oh, de verdad. Es imposible hablar contigo.

—Lo siento, Kes.

—Realmente no sé cómo te las has apañado para quedarte en Naranja todos estos años.

—Eso es porque nunca se lo hemos preguntado —intervino Bowman.

Kestrel miró a su hermano. Era cierto; apenas sabía nada de Mumpo. En el colegio siempre había sido el raro, al que había que evitar. Luego, cuando se convirtió en su amigo no deseado, su afecto le había parecido molesto y no había hecho nada para alentarlo. A lo largo del viaje, había llegado a pensar en él como en un animal salvaje que se le había pegado, y casi se había convertido en una mascota. Pero no era un animal. Era un muchacho, como ella.

—¿Qué les ocurrió a tus padres, Mumpo?

Aunque sorprendido por la pregunta, Mumpo se alegró mucho de poder responder.

—Mi madre murió cuando yo era pequeño. Y no tengo padre.

—¿También murió tu padre?

—No estoy seguro. Creo que no tengo ninguno.

—Todo el mundo tiene padre. Al menos durante un tiempo.

—Pues yo no.

—¿No quieres saber qué pasó con él?

—No.

—¿Por qué?

—Porque no.

—Si no tienes familia —dijo Bowman—, ¿cómo puedes tener una clasificación familiar?

—¿Cómo puedes ir al colegio en Distrito Naranja —preguntó Kestrel—, a pesar de...?

Al ver la mirada de Bowman, dejó la frase sin terminar.

—¿A pesar de que soy tan tonto?

No parecía haberse ofendido.

—Tengo un tío. Es por mi tío por lo que voy al colegio en Distrito Naranja, a pesar de ser tan tonto.

Bowman sintió que al niño le recorría una oleada de tristeza, y se estremeció como si fuera él quien la sintiera.

—¿Detestas el colegio, Mumpo? —preguntó.

—Oh, sí —contestó él—. No entiendo nada. Y siempre estoy solo. Así que siempre estoy triste.

Los mellizos lo miraron y recordaron cómo se habían reído de él, como hacían todos, y se sintieron avergonzados.

—Pero ahora está bien —dijo—. Ahora tengo una amiga. ¿Verdad, Kes?

—Sí —dijo Kestrel—. Yo soy tu amiga.

A Bowman le gustó mucho que Kestrel dijera eso, aunque no lo sintiera.

—*Te quiero, Kes.*

—¿Quién es tu tío, Mumpo?

—No lo sé. Nunca lo he visto. Es muy importante y tiene una clasificación muy alta. Pero yo soy tonto, claro, así que no me quiere en su familia.

—¡Eso es horrible!

—Oh, no, es muy bueno conmigo. La señora Chirish siempre me lo dice. Pero si estuviera en su familia haría bajar mucho su clasificación familiar, por eso es mejor que viva con la señora Chirish.

—Oh, Mumpo —dijo Kestrel—, en qué sitio más triste y horrible se ha convertido Aramanth.

—¿Tú crees, Kes? Yo pensaba que sólo me lo parecía a mí.

Bowman se preguntó por Mumpo. Curiosamente, cuanto más sabía de él, más lo admiraba. Parecía no tener malicia, ni vanidad. Aceptaba lo que le traía cada momento y nunca se preocupaba por lo que escapaba a su control. A pesar de la tristeza de su vida solitaria, parecía haber nacido con un buen ánimo indestructible; o tal vez una cosa había traído la otra, y las muchas crueldades que había sufrido le habían enseñado a agradecer la más mínima bondad.

Ya habían comido y descansado, y el día pasaba deprisa, así que se levantaron y continuaron el viaje. Mumpo estaba de mucho mejor humor, y marcharon siguiendo las ruinas del Gran Camino hacia las montañas con un renovado sentimiento de determinación y compañerismo.

El camino era bastante recto pero siempre en pendiente, y ascendía por las estribaciones de la cordillera montañosa de más adelante. Poco a poco, los árboles de los lados fueron cada vez más altos y el bosque más espeso, y las sombras fueron haciéndose más intensas a medida que el sol descendía. Empezaron a ver o a imaginar formas que se movían entre los árboles y el brillo de muchos ojos que los miraban. Caminaban muy juntos, cada vez más deprisa, y las formas parecían seguirles el paso, siempre escondidas en el bosque.

Cuando empezó a oscurecer, se dieron cuenta de que tendrían que pasar una noche como mínimo en el bosque. Continuaron avanzando, pero buscando mientras caminaban un lugar adecuado para acampar. Mumpo estaba cansado y le importaba muy poco dónde tumbarse, mientras fuera pronto.

—¿Y aquí? Aquí está bien.

—¿Qué tiene de bueno?

—Pues entre esos árboles grandes.

—No, Mumpo. Necesitamos un sitio donde no nos vean.

—¿Por qué? ¿Quién nos busca?

—No lo sé. A lo mejor nadie.

Pero después de eso, Mumpo se puso nervioso y no paraba de dar saltos y de mirar alrededor. En una de ésas vio algo, o creyó ver algo, en los árboles, y empezó a correr en círculos, despavorido. Bowman tuvo que atraparlo y abrazarlo hasta que se tranquilizó.

—No pasa nada, Mumpo.

—¡He visto unos ojos que nos miraban! ¡Los he visto!

—Sí, yo también los he visto. Bueno, sea lo que sea, no debemos permitir que hagan daño a Kes.

—Tienes razón, Bo. —Se tranquilizó al instante—. Kes es mi amiga.

Continuó mirando muy nervioso entre los árboles, pero después de eso, cada vez que veía moverse una sombra, agitaba el puño y gritaba:

—¡Como te acerques, te doy!

Siguieron caminando con dificultad, en la luz del ocaso, decididos a recorrer todo el camino que pudieran. Y justo cuando habían resuelto que era hora de parar, tanto si encontraban un buen sitio para acampar como si no, vieron aparecer frente a ellos, entre los árboles, dos altos pilares de piedra.

Los pilares se alzaban uno a cada lado del viejo Gran Camino, marcaban el comienzo de un largo puente de piedra sobre un barranco. Al otro extremo del puente había otros dos pilares, donde volvía a empezar el suelo: muy lejos, a unos doscientos metros o más. El puente estaba en ruinas. Los dos muros, cada uno coronado por un antepecho, cruzaban el barranco sobre dos hileras de inmensos arcos de piedra separados unos veinte metros entre sí. Pero todo el suelo del puente, lo que algún día había sido el camino, había desaparecido. ¿Cómo habían sobrevivido aquellas dos filas gemelas de altos arcos sin el apoyo que antaño se habían dado la una a la otra? Porque las habían construido para cruzar un precipicio tremendo.

Los tres niños se detuvieron junto a los pilares y miraron al cañón. El suelo caía en picado delante de ellos en una serie de escarpadas paredes de roca, hacia abajo, hacia las sombras del crepúsculo, hasta llegar a un río que había en las profundidades. Lo veían destellar al fluir entre los dos arcos centrales que sostenían el gran puente. El otro lado del cañón se alzaba ante ellos, más alto que cualquier acantilado de la costa, con hierbas y pequeños arbustos que brotaban de sus fisuras, agrietado y partido por líneas defectuosas. A ambos lados, el irregular borde del precipicio atajaba el bosque hasta donde alcanzaba la mirada, como si un gran cuchillo hubiese cortado el mundo por la mitad.

—Grieta en la Tierra —dijo Kestrel.

No había otra forma de cruzar la gran sima que no fuera el puente: y cuanto más miraban el puente, menos deseos tenían de cruzarlo.

—Se cae a pedazos —dijo Bowman—. No nos aguantará.

La mampostería, erosionada por un centenar de inviernos, se había agrietado y caído a trozos, de modo que sólo quedaban unos redondeados arcenes de piedra que parecían frágiles y traicioneros. Tan sólo los dos antepechos, construidos con una piedra más duradera, permanecían intactos y formaban una estrecha pero nivelada pasarela sobre lo que quedaba de los muros.

Kestrel se subió a uno de los antepechos y comprobó la superficie. Era firme al tacto. El muro tenía un medio metro aproximado de ancho y la parte de arriba era lisa. Recorrió su longitud con la mirada, hasta los pilares del otro lado. El camino era recto y llano.

—Podemos andar sobre el muro —dijo.

Bowman no dijo nada, pero la estrechez del antepecho le daba pavor, igual que la sensación de vértigo.

—No mires abajo —dijo Kestrel, que sabía lo que estaba pensando—. Así será como caminar por una senda.

—No puedo hacerlo, Kes.

—¿Y tú, Mumpo? ¿Puedes cruzar al otro lado por el muro?

—Si tú vas, Kes —dijo—, yo también voy.

—No puedo hacerlo, Kes.

Pero, mientras le enviaba a su hermana ese mensaje de temor, oyó detrás de él el sonido de pies que se arrastraban y sintió un gélido escalofrío. Se volvió despacio, temiendo saber ya lo que vería. Allí estaban, en fila, extendiendo las manos por todo el Gran Camino. Avanzaban poco a poco y con cuidado, riendo por lo bajo, como niños que jugasen a un juego secreto; sólo que su risa era grave y vieja.

—Habéis recorrido un largo camino —dijo su jefe—. Pero aquí estamos de nuevo.

Mumpo se puso a gimotear de miedo. Kestrel miró a la fila de niños viejos y luego al antepecho.

—¡Venga, vamos! —dijo.

Saltó al antepecho y empezó a caminar hacia el otro lado. Mumpo la siguió mientras gritaba:

—¡No dejes que me toquen, Kes!

Bowman vaciló un momento, pero sabía que no tenía elección. Así que respiró hondo, se encaramó al antepecho, y fue avanzando con paso tenso y cauteloso tras los otros dos.

Durante unos metros, el muro del puente recorría el borde quebrado del precipicio y no había mucha altura. Pero de pronto la tierra caía en un repentino acantilado, y desde allí era como si caminaran por el aire. La luz del día se apagaba con rapidez, pero no lo suficiente porque, al mirar hacia abajo, como había jurado que no haría, Bowman vio el resplandor del riachuelo tan abajo que la cabeza le dio vueltas y le empezó a temblar todo el cuerpo.

Kestrel se detuvo para mirar atrás y vio que los niños viejos se habían subido al antepecho y los seguían.

—Sigue caminando —dijo—. Recuerda, son viejos, no pueden ir tan rápido como nosotros. Estaremos al otro lado mucho antes que ellos.

Apretó el paso, tirando de los otros dos con su obstinada determinación. Al mirar atrás, su hermano vio que tenía razón y que estaban cruzando el largo puente mucho más deprisa que los niños viejos. Muchos de ellos ya estaban sobre el antepecho, avanzando en fila, recorriendo el camino con pausada cautela.

Kestrel caminaba con paso seguro, un pie delante del otro, sin mirar abajo, sin imaginar el precipicio. Y en el preciso momento que pensaba: «Ya estamos a la mitad, no queda mucho», vio al otro lado algo que la dejó helada. Además de los pilares que señalaban el final del puente, había más niños viejos, decenas de ellos. Cuando se detuvo y se quedó mirándolos, se subieron al antepecho allá delante y empezaron a encaminar sus pasos hacia ella.

—*¡Bo! ¡También están al otro lado!*

Bowman miró hacia delante y enseguida comprendió. Esta vez no había escapatoria. Los niños viejos avanzaban lentamente desde ambos extremos. Cuando llegaran al medio no habría forma de luchar contra ellos, porque cada golpe los debilitaría. Miró a un lado, a la inmensa caída hacia la oscuridad creciente, y se preguntó qué se sentiría al caer y caer y luego, ¡plaf!, chocar contra las rocas. ¿Sería una muerte rápida?

—*¡Bo! ¡Tenemos que luchar!*

—*¿Cómo?*

—*No lo sé. Pero voy a luchar contra ellos.*

Bowman sintió la acostumbrada furia de los pensamientos de su hermana y eso, curiosamente, lo tranquilizó. Intentó pensar qué podían hacer, pero los niños viejos no dejaban de acercarse cada vez más. En ese momento Mumpo se dio cuenta de lo que sucedía y se dejó llevar por el pánico.

—¡Kes! ¡Bo! ¡Vienen por nosotros! ¡No dejéis que me toquen! ¿Qué vamos a hacer? ¡No quiero ser viejo!

—¡No saltes así, Mumpo! Quédate quieto.

—No pasa nada, Mumpo. No llegarán a nosotros.

—*Recuerda* —dijo Kestrel—, *son viejos y débiles y no pueden venir más que de uno en uno. Sólo tenemos que mantenerlos alejados de nosotros.*

—Sin tocarlos —dijo Bowman, contestando en voz alta.

—¡Apartadlos de mí! —gritó Mumpo, que iba de un lado para otro a causa del miedo. Intentó agarrarse a Kestrel, poniendo en peligro el equilibrio de todos.

—¡Basta ya, Mumpo!

—*¿Cómo podemos tranquilizarlo?*

—*Dale de comer* —respondió Bowman.

Kestrel se dio cuenta entonces de que aún llevaba las bolsas de nueces alrededor del cuello, y que en una todavía quedaba una nuez del barro. La sacó y se la dio al niño.

—Toma, Mumpo.

Al balancear la bolsa hacia él, sintió el peso de la nuez del barro y, dejando que oscilara hacia el otro lado, empezó a hacerla girar y girar, sosteniéndola por un extremo. Sus ojos seguían el movimiento del extremo cargado.

—¡Bo! —gritó—. ¿Te queda alguna nuez del barro?

Bowman buscó en las bolsas que llevaba al cuello. Le quedaba una nuez en cada una. Había repartido así las dos últimas para equilibrar el peso.

—Dos —respondió.

—Así es como los mantendremos apartados de nosotros —dijo su hermana, e hizo girar su bolsa en el aire con la nuez dentro.

—Las nueces del barro no les harán daño.

—No será necesario. Sólo tenemos que hacerles perder el equilibrio.

—O perderlo nosotros.

—Recuerda que somos jóvenes y ágiles. Ellos son viejos y torpes.

Sin demasiada convicción, Bowman intentó hacer girar su bolsa de nueces y a punto estuvo de caerse del muro. El corazón le latía con fuerza y el cuerpo le sudaba a mares, pero se enderezó de nuevo.

—No funcionará. No puedo hacerlo.

—Tienes que conseguirlo —dijo Kestrel.

—Tengo hambre —dijo Mumpo. Con tanto hablar de nueces del barro, se había olvidado del miedo.

—Cállate, Mumpo.

—Vale, Kes.

Todo ese tiempo, los dos niños viejos que iban en cabeza no habían dejado de avanzar arrastrando los pies hacia ellos sobre el antepecho, desde ambos extremos del puente. El resto los seguía con paso firme. Los del lado de Bowman estaban más cerca, y sería el primero en enfrentarse a ellos.

—Hazla girar, Bo —gritó Kestrel—. No pierdas el equilibrio.

Bowman miró abajo y, en las profundidades, ya no vio más que una negrura impenetrable. «No me importaría si no hubiese una caída tan grande», pensó. Y, al mirar abajo, se le ocurrió una idea muy simple. «Abajo todo está oscuro. Puede haber lo que yo quiera.» Así que dejó de imaginar la gran caída y construyó una nueva imagen con el pensamiento. «No hay ninguna Grieta en la Tierra», pensó para sí. «Un poco más abajo hay una suave pradera cubierta de hierba.» Añadió algunos detalles más al paisaje: tréboles, amapolas y, para darle más veracidad, un matojo de ortigas. Descubrió, para su sorpresa, que el miedo a caerse desaparecía. Eso dejaba sólo al niño viejo que se acercaba arrastrando los pies sobre el muro.

Empezó a hacer girar la bolsa de nueces, alzándola sobre su cabeza para que describiera círculos horizontales en el aire. Le hacía dar vueltas más deprisa, con un poco más de fuerza cada vez que pasaba por delante de él. Imaginó el lugar donde quedaría la cabeza del niño viejo e hizo pasar la nuez del barro en el aire por el lugar donde pronto estaría.

«Hierba mullida, una pradera suave —se decía—. Hierba mullida que amortigua la caída.»

—Ten cuidado, chico —dijo el niño viejo con su voz rota—. Ten, toma mi mano.

Extendió una mano marchita y rió entre dientes. Pero todavía no estaba lo bastante cerca.

Kestrel miraba hacia el otro extremo, con la bolsa de nueces en la mano, y observaba cómo se acercaba el primer niño viejo por su lado.

—Tú empezarás antes, Bo. ¿Podrás hacerlo?

—Lo intentaré.

—Te quiero, Bo.

No hubo tiempo de contestar, ni siquiera en el silencio de su pensamiento. El niño viejo ya estaba cerca, su mano tanteaba el aire entre los dos. Bowman hacía girar la nuez del barro, todavía con el brazo bastante hacia atrás, y la bolsa cortaba el aire a cierta distancia de su atacante.

—¿Por qué luchar? —dijo el niño viejo—. Son los deseos del Morah. Ya lo sabes.

Bowman no dijo nada. Flexionó las piernas y comprobó su equilibrio sobre el delgado antepecho. Hizo girar la bolsa de nueces cada vez a más velocidad, y calculó la distancia que los separaba.

—No debe asustarte envejecer —susurró el niño viejo—. Es sólo durante una temporada. Después, el Morah te hará otra vez joven y hermoso.

Seguía arrastrando los pies mientras hablaba, y Bowman calculó que ya estaba a tiro. Pero tenía que estar seguro.

—Ven —dijo el niño viejo—. Ven y deja que te acaricie.

Bowman extendió el brazo hacia delante por encima de su cabeza, hizo girar la nuez del barro con todas sus fuerzas y apuntó a la cabeza canosa.

—*¡Yaaa!*

La bolsa silbó en el aire sin causar ningún daño, sin encontrar resistencia. Bowman se tambaleó en el muro y a punto estuvo de caerse. El niño viejo se había agachado.

—Ay, mi querido niño —dijo la voz profunda con una risita—. Ten cuidado, chico. No querrás...

Bowman atacó de nuevo, animado por la rabia, y golpeó con la bolsa lastrada, ¡zas!, en la cara del niño viejo. Le dio en plena mejilla, justo debajo de la oreja.

—¡Bieeen!

El niño viejo se llevó las manos a la cara, se balanceó sobre el muro y casi perdió el equilibrio. Sus brazos buscaban dónde agarrarse, pero no encontraban nada. Tanteaba el aire, como para aferrarse a algún sitio, pero cayó abajo.

—Aaaaaah...

La vocecita llena de pánico gritaba al caer, y continuó

gritando, cada vez más abajo. No dejaba de oírse el espantoso grito, cayendo sin parar, hasta que por fin terminó.

—*¡Hubba, hubba, hubba, Bo!* —gritó Kestrel.

A golpe de bolsa de nueces, corrió hacia su atacante, lo derribó del antepecho y lo tiró al profundo precipicio.

Eso les dio más energías a los niños viejos que, profiriendo roncos gritos vengativos, se acercaban más a Bowman y a Kestrel por ambos lados. Pero sólo podían avanzar de uno en uno y, como había previsto Kestrel, sus reacciones eran más lentas y sus articulaciones más rígidas, así que los mellizos fueron derribando a uno tras otro, precipitándolos a la oscuridad impenetrable.

Kestrel se regocijaba mientras hacía girar el arma.

—¡Venga, viejo virueloso arrugado! ¿Tú también quieres practicar el salto al vacío?

—¡Dale, Kes! —gritaba Mumpo, mientras saltaba de emoción—. ¡Tíralo!

Kestrel embestía y golpeaba, y otro niño viejo caía chillando al vacío.

—¡Os vais a espachurrar! —exclamó Mumpo—. ¡Espa-chof! ¡Espachurrar! ¡Vais a quedaros planos, ja, ja, ji, ji, estúpidos no amigos apestosos!

Cuando habían hecho caer a siete niños viejos del muro, los atacantes se detuvieron y empezaron a susurrar entre sí. Entonces dieron media vuelta con nerviosismo, avanzaron hacia el otro lado y arrastraron los pies hacia sus compañeros, que esperaban a ambos lados del precipicio. Se retiraban.

Los mellizos levantaron los brazos en el aire y cantaron victoria. Bowman en especial estaba pletórico de un orgullo fiero y desacostumbrado.

—¡Lo hemos conseguido! ¡Los hemos vencido!

—¡Ya no volverán a acercarse a nosotros! —gritó Mumpo.

Pero los niños viejos no se habían ido muy lejos. Bajaron del antepecho y aguardaron a ambos lados. Quizá Mumpo había pensado que tras la victoria se encontrarían a salvo, pero Kestrel y Bowman sabían que no era así. Sabían que en tierra, donde los niños viejos podían rodearlos como ya habían hecho anteriormente, una bolsa de nueces giratoria no lograría salvarlos.

Volvían a estar atrapados.

—¡Ve tras ellos, Kes! —gritó Mumpo—. ¡Dales otra paliza!

—No puedo, Mumpo. Son demasiados.

—¿Demasiados?

Miró hacia un lado del largo puente, escudriñando la oscuridad, y luego al otro.

—Tenemos que quedarnos aquí —dijo la niña—. Al menos hasta que sea de día.

—¿Toda la noche?

—Sí, Mumpo. Toda la noche.

—Pero, Kes. No podemos. No hay sitio para dormir.

—No vamos a dormir, Mumpo.

—¿No vamos a dormir?

Para Mumpo, el sueño era tan necesario e inevitable como el comer. Estaba más perplejo que consternado. ¿Cómo iba a no dormir? Dormir no era algo que se decidiera. El sueño se apoderaba de ti y te cerraba los ojos.

Los mellizos lo sabían tan bien como él.

—Venga, Mumpo —dijo Bowman—. Nos sentaremos uno a cada lado de ti, y si quieres puedes dormir.

Se sentaron en fila sobre el muro, Bowman y Kestrel se dieron las manos rodeando a Mumpo, que estaba sentado entre ambos, y se inclinaron hacia dentro para estrecharlo en un abrazo doble, como un abrazo de los deseos. De ese modo, si se quedaba dormido, impedirían que cayera del muro. Mumpo sintió el abrazo cálido de los mellizos y fue inmensamente feliz.

—Somos los tres amigos —dijo. Y tan grande era su confianza que se quedó dormido, sentado sobre medio metro de muro de piedra, suspendido a más de medio kilómetro de altura sobre el precipicio de granito.

Los mellizos no durmieron.

—No podemos librarnos de ellos, ¿verdad? —dijo Bowman.

—No sé cómo.

—Uno de ellos me ha dicho: «No tengas miedo de envejecer. El Morah te hará otra vez joven.»

—¡Preferiría morirme!

—Nos iremos juntos, ¿verdad, Kes?

—Siempre juntos.

Se quedaron en silencio, hasta que Bowman dijo:

—¿Y mamá, papá y Pinpin? —Se estaba imaginando lo que pensarían si no regresaban nunca—. No sabrán que habremos muerto. Seguirán esperándonos.

De algún modo, la imagen de sus padres con las esperanzas vivas aun después de su muerte lo inquietó más que la posibilidad de morir. Ya que aquella postura se parecía mucho a un abrazo de los deseos, transformó su consternación en un deseo.

—Deseo que papá y mamá puedan saber lo que nos está pasando.

—Deseo que podamos escapar de los niños viejos —dijo Kestrel—, y que encontremos la voz del silbador del viento y volvamos a casa sanos y salvos.

Después de eso se quedaron callados. Sólo se oía a Mumpo, que resoplaba mientras dormía, y el suspirar del viento que atravesaba el gran precipicio.

Y un trueno lejano.

—¿Has oído eso?

Un rayo rojo iluminó el cielo y desapareció.

—¿Es una tormenta?

De nuevo el rugir del trueno. Y la explosión de luz roja. Esta vez lo vieron. Era un chorro de fuego, a lo lejos, que se lanzaba hacia el cielo para curvarse luego hacia la tierra.

—¡Procede de las montañas!

—¡Mira, Kes! ¡Mira a los niños viejos!

El trueno hacía ¡buuum!, y ¡flash! la bola de fuego, y mientras en el cielo se dibujaba un arco de rojo candente, y otro, y otro más, los niños viejos gritaban a ambos lados del desfiladero, corrían de acá para allá y contemplaban la lluvia de fuego.

Los truenos no dejaban de oírse y las bolas de fuego salían disparadas hacia el cielo en todas direcciones. Algunos de los fragmentos ardientes caían muy cerca. Los mellizos vieron pasar uno a pocos metros de distancia y caer por el barranco abajo, como un ascua brillante. Otro chocó contra el suelo, delante de ellos, y ardió un instante antes de desaparecer en la noche.

Los niños viejos habían enloquecido. Al principio pensaron que tenían miedo, pero luego vieron cómo extendían los brazos hacia el cielo y corrían hacia las bolas de fuego que caían a tierra.

—¡Quieren que les caigan encima!

Mientras Kestrel decía estas palabras, una bola de fuego cayó justo sobre uno de los niños viejos y explotó al instante con una efusión de llamas naranja. La brillante luz se desvaneció tan deprisa como había llegado, dejando tras de sí... nada.

Los niños viejos estaban frenéticos, corrían por todas partes, levantaban los brazos y gritaban:

—¡A mí! ¡Llévame a mí!

Aquí y allá, más por azar que por cálculo, una bola de fuego caía sobre uno de ellos y lo consumía.

El cielo resplandecía y los truenos no cesaban. Volaban tantas bolas de fuego que pudieron distinguir su procedencia: la más alta de las montañas de la cordillera septentrional. Los mellizos se la quedaron mirando, demasiado sobrecogidos por el espectáculo para sentir miedo, y Mumpo siguió durmiendo imperturbablemente.

—Allí es a donde tenemos que ir —dijo Kestrel, mirando la montaña—. Dentro del fuego.

Las bolas de fuego caían a su alrededor, pero ellos no se movieron porque no tenían adónde ir. De algún modo sabían que aquella lluvia mortal no era para ellos, simples testigos accidentales. Era para los niños viejos.

—¡Llévame a mí! —gritaban los niños viejos mientras perseguían el fuego—. ¡Hazme otra vez joven!

Pero cuando la llama los alcanzaba, no dejaba nada.

Entonces los truenos empezaron a debilitarse y el cielo se fue oscureciendo, a medida que las bolas de fuego llegaban con menos frecuencia. Las últimas sólo realizaron un corto trayecto hacia el cielo nocturno y cayeron muy lejos. Los niños viejos que quedaban lloraban de pena y corrían hacia ellas, como si pudieran recorrer todos aquellos kilómetros antes de que los fragmentos llameantes cayeran al suelo. Al cabo de un rato la montaña quedó en silencio y los mellizos se dieron cuenta de que volvían a estar solos.

Avisaron a Mumpo con cuidado, porque no querían que se despertara de golpe y se cayera del antepecho. Lo cierto es que siguió medio dormido e hizo todo lo que le dijeron sin saber adónde iba. Tanteando el camino, cruzaron al otro lado del precipicio y bajaron del delgado antepecho a la seguridad de la tierra firme.

Mumpo enseguida se hizo un ovillo y volvió a dormirse. Los mellizos se miraron y se dieron cuenta de lo agotados que estaban. Kestrel se tumbó.

—¿Y si regresan? —preguntó Bowman.

—No me importa —dijo su hermana, y se durmió.

Bowman se sentó sobre el áspero y agreste suelo y decidió hacer guardia. Sin embargo, un momento después también él se había quedado dormido.

19

Mumpo se pone malo

Cuando los mellizos se despertaron, ya era completamente de día. No había ni rastro de los niños viejos de la noche anterior. Estaban tumbados cerca del borde del gran precipicio que hasta entonces sólo habían visto en la media luz del anochecer. Al levantarse y estirar las extremidades doloridas vieron la tremenda profundidad del abismo y la frágil tira de muro por la que habían cruzado, y quedaron sobrecogidos.

—¿De veras he caminado por ahí encima? —preguntó Bowman.

Kestrel miraba hacia abajo, a los grandes arcos de piedra que sostenían el puente por encima del precipicio. Esta vez vio lo que no era visible la noche anterior, que la mampostería del puente se caía a trozos en muchos puntos. Una de las columnas que sostenían los arcos estaba tan gastada en la base como consecuencia de las crecidas del río que parecía sostenerse sobre un alfiler. Pero no le dijo nada a Bowman porque sabía que tendrían que volver por el mismo camino.

Mumpo anunció que tenía hambre, tan pronto como despertó.

—Mira, Mumpo —dijo Kestrel mientras le mostraba la espectacular vista de la Grieta en la Tierra—. ¡Hemos cruzado el gran puente!

—¿Hemos traído algo para comer? —insistió él.

Bowman encontró la bolsa de nueces que había usado como arma contra los niños viejos y sacó una nuez del barro. Estaba muy magullada, pero era mejor que nada.

—Toma —dijo tirándosela.

Pero Mumpo no la alcanzó y la nuez fue rodando por la pendiente del suelo hacia el borde del precipicio. El niño fue tras ella y vio cómo desaparecía por el abismo. Miró hacia abajo, arrodillado al borde del precipicio.

—¡La veo! —gritó—. Puedo alcanzarla.

—Tengo otra —dijo Bowman.

—Deja que la agarre si llega —intervino Kestrel—. Necesitamos toda la comida que tenemos.

Se reunieron con Mumpo al borde del precipicio y vieron que la nuez del barro había quedado atrapada en una mata de hierba mullida que crecía en la pared de piedra. Justo debajo de la mata había un grupo de arbustos. Bowman se retiró, mareado al ver el inmenso abismo. Mumpo estaba tumbado boca abajo y alargaba el brazo hacia la nuez del barro. Estaba a punto de tocarla, pero no conseguía llegar. Así que empezó a arrastrarse un poco hacia delante.

—Ten cuidado, Mumpo.

Pero el chico tenía mucha hambre y sólo pensaba en la nuez del barro que tenía delante de los ojos. Se arrastró un poco más y la tocó con los dedos. Pero todavía no la alcanzaba.

—Sólo un poco más —dijo, y se arrastró otro tanto. Alcanzó la nuez del barro con la mano, justo cuando su cuerpo empezaba a resbalar por el borde.

—¡Socooorro! —gritó al darse cuenta de que no podía detenerse.

Kestrel se abalanzó sobre sus piernas y las agarró con fuerza.

—Así está mejor —dijo Mumpo y, colgado del borde de la Grieta en la Tierra, su cabeza volvió a pensar en el desayuno.

—¡Sube! —gritó Kestrel—. ¡Sube!

—Voy a alcanzar la...

Ya cerraba los dedos sobre la nuez cuando una mano huesuda salió disparada de uno de los arbustos de abajo y lo agarró de la muñeca.

—¡Aah! ¡Aah! ¡Socorro!

Mumpo se debatía aterrorizado, y a Kestrel casi se le escaparon las piernas de las manos.

—¿Qué pasa, Bo?

Bowman se obligó a mirar por el borde del precipicio y vio a uno de los niños viejos, medio sostenido en el arbusto, agarrando con fuerza el brazo de Mumpo.

—¡Pégale, Mumpo! —gritó Bowman—. ¡Muérdele!

—¿Qué es? —gritó Kestrel, luchando por sostener a Mumpo mientras sentía el peso extra que tiraba hacia abajo.

—Socorro... —La voz de Mumpo llegaba lastimera, cambiaba, se hacía más grave—. Socorro...

—Es uno de los niños viejos —dijo Bowman. Tomó la otra bolsa de nueces, intentó no mirar el vertiginoso precipicio y la hizo girar junto al borde. El extremo lastrado rozó el hombro del niño viejo sin hacerle ningún daño. Enseguida se volvió para mirar a Bowman, y su cara arrugada se retorció de odio y rabia.

—¡Bebés! —siseó—. ¡Aún no sois más que bebés!

Bowman lo miró mejor. Vio el escaso pelo cano, las mejillas arrugadas, el cuello descarnado; y sintió el fuerte anhelo de la criatura, el anhelo de herir y destruir. Levantó más la bolsa de nueces, la volteó con fuerza y la hizo caer sobre la cara vuelta hacia arriba del niño viejo.

—¡Aaah! —gritó el niño viejo, y soltó el brazo de Mumpo. Al soltarse, resbaló de nuevo hacia el arbusto. El arbusto cedió bajo su peso y la criatura cayó al vacío.

—Aaaaaaaah...

Oyeron su grito hasta que llegó al fondo, y el lejano golpe cuando chocó contra las rocas.

Kestrel tiró de Mumpo para alejarlo del borde y luego lo soltó. Al tocarlo se sentía débil. Allí estaba, tumbado, inmóvil, gimiendo débilmente.

—¿Estás bien, Mumpo?

Su respuesta llegó en una profunda voz ronca.

—Me duele todo.

Intentó ponerse de pie, pero el esfuerzo era demasiado para él. Se volvió a sentar, respirando con dificultad.

—Estoy malo, Kes.

Kestrel y Bowman lo miraban, intentando ocultar el horror de lo que veían. La melena trenzada de Mumpo se había vuelto gris, con las hebras de oro todavía entre las trenzas. La piel se le había llenado de arrugas y bolsas. Tenía el cuerpo encorvado. Se había convertido en un pequeño viejecito.

—Te pondrás bien, Mumpo —dijo Kestrel, conteniendo las ganas de llorar—. Haremos que te pongas bien.

—¿Estoy enfermo, Kes?

—Sí, un poco. Pero conseguiremos que te cures.

—Me duele todo el cuerpo.

Se echó a llorar, no con los alaridos escandalosos del Mumpo que conocían, sino con un llanto silencioso y cansado; unas lágrimas finas le caían por las arrugas que se le habían formado en el rostro.

—¿Qué podemos hacer?

—Tenemos que continuar —respondió Bowman.

—¿Puedes caminar? —le preguntó a Mumpo.

—Creo que sí.

Se levantó, esta vez con más cuidado, y dio unos cuantos pasos.

—No puedo ir deprisa.

—No importa.

—¿Puedes ayudarme, Bo? Si me apoyo un poco en ti, podría ir más deprisa.

—Hasta que estés mejor no debes tocarnos, Mumpo.

—¿No debo tocaros? ¿Por qué?

Se dieron cuenta de que no comprendía lo que le había ocurrido.

—Para que no nos contagies la enfermedad.

—Ah, claro. Eso no estaría bien. ¿Me pondré bien pronto?

—Sí, Mumpo. Pronto.

Así que dieron la espalda a la Grieta en la Tierra y partieron hacia las montañas por el Gran Camino.

Iban lamentablemente despacio. Por mucho que lo intentara, Mumpo no podía caminar a un paso normal. Andaba con dificultad y tenía que pararse a descansar cada pocos minutos. Luego seguía avanzando penosamente, sin quejarse, esforzándose todo lo que podía. Pero los mellizos comprendieron que así nunca conseguirían llegar a la cima de las montañas.

Mumpo no era el único problema que tenían. El bosque cambiaba a ambos lados. La ruta que seguían, la avenida cubierta de maleza que una vez había sido el Gran Camino, no tenía árboles pero estaba flanqueada por una barrera cada vez más espesa de bosque. Y entre los árboles, justo fuera del alcance de la luz, a veces parecía que había sombras que los acompañaban, corriendo a grandes zancadas junto a ellos, sin adelantarlos, sin quedarse atrás. Bowman percibía su presencia por el rabillo del ojo pero, cuando se volvía a mirar, no había nada.

También había sombras por encima de ellos. Descubrieron que eran unos pájaros que volaban en círculos muy por encima de los árboles. Al principio no les prestaron atención, pero cada vez descendían más, planeando con sus enormes alas extendidas sin hacer ruido. Durante un rato no hubo más de cinco o seis, pero cuando Bowman volvió a levantar la vista, contó trece. Cuando media hora después alzó de nuevo la mirada, había tantos que era imposible contarlos: una fluyente bandada de agoreras sombras negras que se perdían en la lejanía. Le vinieron a la cabeza cuentos de animales salvajes que seguían a los viajeros, esperando a algún rezagado, aguardando a que le fallaran las fuerzas. Apretó el paso para ir más deprisa.

—Es demasiado duro para Mumpo —dijo Kestrel—. Tenemos que ir más despacio. Deberíamos descansar.

—¡No! ¡No podemos parar!

Kestrel miró a su alrededor al sentir el miedo en su voz.

—Está... bien —dijo Mumpo—. Seguiré... el... paso. —Pero apenas si tenía aliento para pronunciar aquellas pocas palabras.

—Bo, no podemos hacer esto.

—No nos queda otra alternativa.

Así que continuaron. Cuanto más despacio iban, más osados se volvían los pájaros. Ya volaban más bajo, a la altura de las copas de los árboles, y sus enormes alas negras proyectaban sombras sobre el suelo. Parecían águilas, sólo que eran negras y mucho más grandes. Era difícil calcular su tamaño.

Entonces Mumpo tropezó con unas piedras sueltas y se cayó. Se quedó tumbado en el suelo, sin hacer ningún intento de levantarse. Kestrel se arrodilló junto a él para ver si estaba herido, pero sólo estaba agotado.

—Tiene que descansar, Bo. Lo queramos o no.

Bowman comprendió que tenía razón.

—Se encontrará mejor cuando haya comido algo.

Se descolgó las bolsas de nueces y sacó la última que le quedaba. Se la estaba alcanzando a Kestrel para que se la diera a Mumpo, cuando sintió una repentina ráfaga de aire, un rumor de oscuridad y un golpe doloroso en la mano.

Bowman gritó, más por la sorpresa que por el dolor, y se agarró la mano. Le caía sangre entre los dedos. El águila negra ya se alejaba a toda velocidad, batiendo las alas inmensas, con la nuez del barro en las afiladísimas garras que le habían hecho cuatro cortes limpios y profundos en la piel. El niño levantó la vista, presa del horror al ver el tamaño del ave. Había tres más que se cernían a muy poca altura, esperando que saliera más comida de la bolsa. Tenían tal envergadura que las tres, una junto a la otra, ensombrecían toda la ancha avenida.

Mumpo estaba tumbado, mirando a las águilas gigantes, con los ojos abiertos de par en par por el pánico, y el corazón latiéndole con fuerza. De forma instintiva, Kestrel había extendido los brazos sobre él, como para protegerlo. Las aves bajaban cada vez más, en busca de comida.

—¡Tírala, Bo! —gritó Kestrel.

Bowman lanzó la bolsa de nueces todo lo lejos que pudo. Un águila gigante bajó en picado, atrapó la bolsa al vuelo y se elevó hasta la copa de los árboles. Las demás, muchísimas más, continuaron sobrevolando en círculo, al acecho.

Con la vista hacia arriba, los niños no vieron venir con paso silencioso a la primera bestia que salió de los árboles; ni a la segunda. Las bestias habían olfateado la sangre de Bowman, el olor a herida y a debilidad. Poco a poco fueron saliendo del bosque, de una en una, y se quedaron allí, con sus ojos amarillos mirando fijamente. Mumpo fue el primero en verlas.

Lanzó un chillido.

Bowman se volvió al instante y se quedó de piedra. Una manada de enormes lobos grises los había rodeado por todas partes, a unos veinte metros de distancia. Escuálidos y con un espeso pelaje, grandes como ciervos, tenían las inmensas mandíbulas abiertas, las lenguas colgando, y respiraban despacio mientras los observaban.

—No pasa nada, Mumpo —dijo Kestrel, sin pensar apenas lo que decía, sólo para hacerlo callar.

Las águilas negras bajaron de nuevo en círculos, esperando una presa. Las grandes alas se solapaban unas con otras y cubrían de sombra toda la ancha avenida, como si hubiera caído la noche. Los lobos se acercaron un poco más y volvieron a detenerse. Aguardaban para ver si su presa presentaría batalla.

El grito de Mumpo se convirtió en el acostumbrado gimoteo asustado, sólo que ahora sollozaba con la voz de un anciano.

—No dejes que me atrapen —gruñó.

Sentían el aire que levantaban las águilas sobre sus cabezas, y el olor caliente y húmedo de las pieles de los lobos. Inmóviles, acurrucados por el miedo, los niños vieron cómo los lobos les enseñaban los dientes, lisos y afilados y de un blanco cremoso, y se acercaban más aún.

Entonces llegó un sonido de entre los árboles, un largo aullido. Los lobos se detuvieron al instante. Las enormes águilas, que iban descendiendo más y más cada vez que pasaban, empezaron a ascender de nuevo. Se oyó otra vez el aullido, lastimero y poderoso, y los lobos se volvieron y miraron expectantes al bosque.

De entre los árboles, a pasos lentos, salió un enorme lobo viejo y gris, el más grande de todos. Sus movimientos traslucían su poder y autoridad, pero ya era viejo y cada vez que respiraba salía un sordo resuello de su ancho pecho. Grande como un venado, pero escuálido y nervudo a causa de su edad avanzada, salió de los árboles con los ojos amarillos fijos en Bowman.

Bowman no se inmutó. Los demás lobos se apartaron para dejar paso a su jefe, y el padre de la manada se adelantó hasta erguirse sobre el muchacho. Entonces tensó su largo cuerpo peludo y se sentó sobre las patas traseras; luego se tumbó boca abajo. Descansó la cabeza entre las zarpas extendidas, con los ojos mirando fijamente a Bowman. Los otros lobos siguieron el ejemplo de su jefe, hasta que toda la manada estuvo tumbada alrededor de los tres chicos, jadeando en calma.

Bowman se dio cuenta entonces de que sabía lo que debía hacer. Extendió la mano herida, y el padre de los lobos alzó el morro gris y la olfateó. Luego sacó la larga lengua rosada y le limpió la sangre a lametazos.

Bowman se sentó lentamente en el suelo, con las piernas cruzadas, y el lobo descansó la cabeza en su regazo. Sus ojos miraban al niño y, tanto como es posible entre hombres y bestias, se entendieron.

—Nos estaban esperando —dijo Bowman, preguntándose cómo podía leer los pensamientos del lobo.

—¿Para qué?

—Para luchar contra el Morah.

Al pronunciar ese nombre, un escalofrío recorrió a la manada, como una ráfaga de aire helado, haciendo temblar su tupido pelaje. El padre de la manada se irguió sobre los cuartos traseros, y todos los demás lo imitaron. El viejo lobo echó entonces la cabeza hacia atrás y lanzó un aullido lastimero.

Las grandes águilas que sobrevolaban en círculos oyeron el aullido y fueron descendiendo hasta que volaron tan cerca que los extremos de las alas parecían rozar la cabeza de los chicos. Luego, tomaron tierra, una tras otra, y se dispusieron alrededor de los lobos, en un segundo círculo protector.

Bowman escrutó los ojos negros de las águilas y los ojos amarillos de los lobos y vio su orgullo y su valor.

—*Hemos esperado durante mucho tiempo. Ahora por fin nos enfrentaremos al ancestral enemigo.*

—Nos ayudarán —dijo. Se puso en pie y los lobos se levantaron—. Es hora de marchar.

Kestrel y Mumpo lo obedecieron sin vacilar; aceptaban que él sabía cosas que ellos nunca conocerían. Las águilas desplegaron las alas y emprendieron el vuelo; los niños y las bestias continuaron hacia las montañas por el Gran Camino.

Mumpo caminaba lentamente a causa de los viejos huesos desgastados. Los mellizos avanzaban a su paso, sabían lo mucho que a Mumpo le asustaba que lo dejasen solo atrás. Sin embargo, llegó un momento en que se dio cuenta de que no podía seguir adelante. Se sentó en el suelo y empezó a llorar.

—No me dejéis —dijo entre sollozos.

El padre de los lobos se hizo cargo de la situación. Enseguida llegó trotando un lobo joven y fuerte y se tumbó junto a Mumpo.

—Súbete a su lomo, Mumpo. Él te llevará.

No se atrevían a ayudarlo, pero después de ponerse de pie con torpeza, Mumpo se encaramó a lomos del lobo y se agarró con fuerza del espeso pelaje. Reemprendieron la marcha a un buen paso y empezaron a avanzar hacia la lejana montaña.

También los mellizos se cansaron al cabo de un rato, y dos lobos los llevaron a lomos. Por primera vez pudieron dejar atrás el Gran Camino y seguir las sendas de los lobos entre los árboles. Montados sobre los lobos recorrieron la distancia con mucha más ligereza, mientras las grandes águilas los sobrevolaban y su escolta de lobos trotaba a ambos lados. Todo cuanto podían ver alrededor eran las sombrías profundidades del bosque.

Ya habían llegado a las laderas más altas de las montañas, donde el aire era frío y había una neblina persistente en lo alto de las copas de los enormes pinos. Los árboles se hicieron más escasos y, al volverse para mirar atrás, vieron la gran cantidad de lobos que se había unido a ellos, siguiéndolos en caravana hasta donde se perdía la vista, mientras que en el cielo volaban cientos y cientos de águilas.

Por delante apareció al fin la montaña hacia la que se dirigían. Parecía tan inmensa, su cumbre achatada tan increíblemente elevada, que no lograban imaginar cómo llegarían hasta allí, ni siquiera a la velocidad de la carrera de los lobos. Peor aún, vieron que estaba todavía más lejos de lo que habían pensado, porque al llegar a una cresta comprobaron que se extendía ante ellos otro valle cubierto de árboles y se dieron cuenta de que no habían empezado la ascensión de la cumbre principal.

Allí la senda se curvaba, empezaba a descender y se perdía de vista por la cresta de la colina. Los lobos que llevaban a los niños redujeron la marcha hasta ir al paso, mientras las águilas empezaban a descender en círculos hacia el suelo. Al llegar a la curva del camino, los lobos se detuvieron por completo y se tumbaron para que los niños desmontaran. Mientras lo hacían, los cientos de águilas aterrizaron sobre el suelo y los árboles.

Kestrel miró a Bowman para saber qué debían hacer a continuación, pero su hermano no lo sabía. Esta vez fue Mumpo quien tomó la iniciativa.

Para sorpresa de sus amigos, en cuanto estuvo de pie empezó a moverse, a arrastrar los pies por la senda todo lo rápido que podía, impulsado por una urgencia inexplicable.

—¡Mumpo! ¡Espera!

No los escuchaba. Al caminar extendía los brazos hacia delante, como para llegar antes a aquello que lo atraía de aquel modo. Bowman se volvió para mirar al gran ejército de los lobos. Estaban tumbados o sentados, con la lengua fuera, jadeantes, mirando al padre de la manada, que permanecía sentado y con la cabeza alta, olfateando el viento, esperando. Bowman olisqueó el aire.

—Humo.

—No podemos perderlo.

Salieron inmediatamente tras de Mumpo, a quien ya no alcanzaban a ver, y cuando doblaron la curva de la senda vieron ante sí un espectáculo extraordinario. Allá, por debajo de ellos, volvía a estar el Gran Camino, amplio y despejado, y por él se movían muchas figuras, Mumpo entre ellas. Al igual que el niño, todos tenían los brazos extendidos, iban encorvados y renqueaban al caminar. Mumpo iba un trecho por delante, corriendo casi, resollando y gritando con su voz de viejo.

—¡Llévame a mí! —gritaba—. ¡Llévame a mí!

Corría hacia el lugar de donde venía el humo, donde el Gran Camino se internaba en la ladera de la montaña por una fisura tan ancha como la avenida, que estaba llena de fuego. Las llamas se elevaban convirtiéndose en humo, y el humo salía a bocanadas al aire libre. En el Gran Camino, hacia aquella boca de fuego, por delante y por detrás de Mumpo, se movían otras figuras encorvadas con los brazos extendidos, y no eran niños sino ancianos; y de todas sus gargantas salía el mismo grito mientras se acercaban a las llamas.

—¡Llévame a mí! ¡Hazme otra vez joven!

Mumpo corría dando bandazos y tropezando, como si le fuera la vida en ello.

—¡Mumpo! ¡No!

Kestrel salió tras él, pero estaba demasiado lejos y no parecía oírla. Corría directamente hacia el fuego, como los demás ancianos; cuanto más se acercaban a las llamas, más rápido iban, como si ansiaran la muerte. Al llegar al fuego, dejaban caer los brazos extendidos y caminaban hacia las llamas, sin miedo ni dolor aparentes. Kestrel no lograba ver lo que les ocurría después, porque se perdían en el fulgor del fuego.

Bowman se quedó junto a ella cuando la alcanzó y contemplaron en silencio la gigantesca grieta de la montaña y el humo que escupía. Observaron cómo Mumpo corría a trompicones, gritando, hacia las llamas.

—¡Llévame a mí! ¡Hazme otra vez joven!

Luego se acalló su voz lastimera, su trote torpe se convirtió en un caminar cojeando y también él fue engullido por el fuego.

Los mellizos permanecieron callados, estupefactos. Luego Kestrel buscó la mano de su hermano.

—*Tenemos que entrar en el fuego.*

—*Vamos juntos* —dijo él, consciente de que así era como debía ser.

—*Siempre juntos.*

Y así fue como descendieron de la mano hasta el último tramo del Gran Camino, hacia las llamas.

20

Dentro del Fuego

A medida que se acercaban a la gran fisura de la montaña, los mellizos sintieron el feroz calor del fuego y olieron el humo acre que despedía. ¿Por qué no tenían miedo los ancianos? ¿Cómo podían entrar con tantas ganas en él sin gritar siquiera? Pero continuaron avanzando hacia el fuego, revelando su miedo sólo en la rigidez con que iban agarrados de la mano.

Cuando el resplandor se hizo demasiado fuerte, cerraron los ojos. El calor era intenso pero no quemaba. Los sonidos del mundo exterior, de las montañas y del bosque, se fueron desvaneciendo en la distancia. Incluso sus zapatos, que avanzaban con paso resuelto hacia aquel horno, parecían no emitir un solo sonido.

Ya no había vuelta atrás. Sólo unos pasos más...

De pronto, el calor dio paso a un suave frescor que parecía lamerlo todo a su alrededor. El resplandor aún era deslumbrante, les cegaba los ojos cerrados con una luz al rojo vivo. Sin embargo, incluso sin verlo, sabían que habían entrado dentro del fuego y que unas llamas frías los bañaban.

Siguieron andando sin sufrir quemaduras, la luz resplandeciente se hizo menos intensa y la caricia fría se disipó. Entonces, poco a poco, sintieron que el brillo se apagaba. Al abrir los ojos, vieron que las llamas ya eran más débiles, y pocos pasos después ya habían salido totalmente del fuego y se encontraban en un reino de sombras, aunque era difícil decir dónde se hallaban.

A medida que sus ojos se acostumbraron a la oscuridad, distinguieron las paredes de un amplio pasadizo con unas puertas al final. Las paredes estaban recubiertas de paneles de madera, y el suelo embaldosado. Parecía la entrada de una gran mansión.

Al mirar atrás tuvieron otra sorpresa. El fuego estaba detrás de ellos, pero no era más que unas cuantas ascuas que ardían en una chimenea bien dispuesta, en un hogar tallado en la piedra. ¿Acababan de pasar por allí?

El largo pasadizo iba de la chimenea, en un extremo, hasta las puertas, en el otro. No tenía ventanas. Sólo había un camino a seguir.

Todavía de la mano y sin haberse sobrepuesto a la sorpresa, avanzaron por el pasadizo hacia la doble puerta cerrada del final. Bowman tanteó los picaportes y descubrió que las puertas no estaban cerradas con llave. Empujó una y abrió un resquicio para mirar adentro. Otro pasadizo.

El nuevo pasadizo, una extensión del primero, tenía muchas salas que se abrían a ambos lados. Estaba iluminado por velas y más decorado. Los paneles de madera oscura tenían grabados motivos de hojas y flores. Entre las muchas puertas colgaban tapices, escenas descoloridas de caza y de tiro al arco. A lo largo del centro del pasadizo se extendía una alfombra de delicado tejido.

Los mellizos avanzaron por la alfombra y fueron mirando por las puertas abiertas, a derecha y a izquierda, cuando pasaban por delante. Entrevieron salones oscuros, con muebles cubiertos por telas polvorientas.

Se movían con la máxima precaución, temerosos de lo que pudieran encontrar. Aunque no había nada que se lo indicara, dirigían sus pasos hacia el otro extremo del pasadizo que, al igual que antes, estaba cerrado por una puerta de doble hoja. Al acercarse vieron que, al contrario que las otras salas que pasaban de largo, que se hallaban a oscuras, había un resplandor luminoso bajo las puertas del final.

Mientras caminaban sólo oían el latido de su corazón. La mansión, si es que se trataba de una mansión, parecía estar desierta. Sin embargo, en los candelabros que había a lo largo de las paredes ardían velas, y la alfombra sobre la que caminaban estaba bien cuidada.

Cuando llegaron a las puertas del final se pegaron a ellas para escuchar. No se oía nada. Con cuidado, Kestrel giró el picaporte y abrió. Las bisagras emitieron un leve chirrido. Permanecieron inmóviles. Pero no sucedió nada, ningún paso, ninguna voz. Así que la niña abrió del todo la puerta y entraron a la siguiente sala.

Era un comedor y estaba preparado para la cena. En el centro había una hermosa mesa que resplandecía de plata y cristal. Estaba puesta para doce personas. Las velas de los dos candelabros de brazos se hallaban encendidas, al igual que las de la gran araña que colgaba del techo. Había agua en las jarras de cristal y pan en las pequeñas paneras de plata. En dos elegantes chimeneas, una a cada lado de la sala, ardían sendos fuegos de carbón. De las paredes sin ventanas colgaban cuadros, altivas imágenes de caballeros y damas de un pasado remoto. Sólo había otra puerta, al otro lado, enfrente de ellos. Estaba cerrada.

Nada de eso habían imaginado los mellizos. Sólo anticipaban que les daría miedo. Aquella extraña grandiosidad desierta era terrorífica, pero no porque pareciera peligrosa. El miedo residía en la falta de comprensión. Como nada de lo que veían tenía sentido, podía ocurrir cualquier cosa. Y no podían hacer nada para prepararse.

Cruzaron la sala a paso lento, pasando junto a las sillas con tapicería de brocados que estaban alineadas a la larga mesa reluciente, hacia la otra puerta. Kestrel se detuvo de nuevo, escuchó pero no oyó nada. Abrió la puerta.

El vestidor de una dama, iluminado por dos lámparas de aceite. Altos armarios con las puertas abiertas, repletos de bellos vestidos. Gran cantidad de cajones, también abiertos, en los que había enaguas, medias y visos, todos planchados y doblados con delicadeza. Y zapatos, y zapatillas, y una enorme cantidad de botas. En un maniquí de modista colgaba un vestido de baile a medio confeccionar, con las costuras prendidas por alfileres. Rollos de seda fina se extendían desenrollados en parte sobre un diván, y en una mesa de marquetería estaban dispuestas todas las herramientas del oficio de corte y confección, tijeras y agujas, hilos, botones y galones. Había un espejo alto y alargado en el que vieron su propio reflejo, caras pálidas y nerviosas, ojos muy abiertos, manos entrelazadas.

En el vestidor había dos puertas, ambas abiertas. Una conducía a un baño, oscuro y vacío. La otra daba a un dormitorio.

Se quedaron muy quietos en el umbral del vestidor y miraron dentro del dormitorio. Allí también ardía una lámpara, sobre una mesilla de noche junto a una cama. La habitación era grande y cuadrada. De las paredes cubiertas de paneles colgaban trofeos: espadas y cascos, banderas y banderines, como si fuese la sala de descanso de un regimiento, orgulloso de su historia militar. Sin embargo, en lugar de sillones de cuero y mesas llenas de periódicos, sólo había una alta y decorada cama con dosel, dispuesta en el centro mismo del suelo encerado. El dosel era de gasa, estaba suspendido de un aro que colgaba del techo y se extendía como una falda transparente que cubría toda la cama. En la mesita, junto a la lámpara que relucía suavemente, había un vaso de agua y una naranja en un plato. Al lado de la naranja, un pequeño cuchillo de plata. Y dentro de la cama, apenas visible a través de las gasas, bajo las sábanas de puntillas y las colchas bordadas, incorporada gracias a una pila de almohadones, había una anciana muy vieja, profundamente dormida.

Muy despacio, sin atreverse casi a perturbar el aire inmóvil en que dormía la anciana, los mellizos entraron en el dormitorio. Los anchos tablones no hacían ningún ruido bajo sus pies, y se obligaron a respirar con suavidad y regularmente. Así, poco a poco, llegaron junto a la cama y se quedaron mirando a la anciana a través de las gasas. Seguía durmiendo.

Su rostro dormido era tranquilo y delicado, el perfil de los huesos se veía con claridad a través de la piel apergaminada. Tenía aspecto de haber sido hermosa alguna vez, muchos años atrás. Bowman la miraba fijamente y sintió una añoranza casi insoportable, aunque no sabía de qué.

La mirada de Kestrel se paseaba por la habitación para ver si había algún armario o alguna caja que pudiera contener la voz del silbador del viento. No era grande, podía estar en cualquier parte, en aquella habitación, en alguna otra, o en algún sitio al que aún no hubieran entrado. Por primera vez, Kestrel se permitió creer, en un profundo y oscuro arrebato de terror, que tal vez no lo lograrían. Quizá no lo encontrarían nunca. Su hermano sintió el miedo en su pensamiento. Sin apartar la vista de la anciana que dormía, le habló a su hermana en silencio.

—*Está ahí. En su pelo.*

Kestrel miró el pelo de la anciana y vio un pasador de plata con la forma de la S rizada que sostenía su delicada melena cana; la misma forma del perfil de la ranura que había en el silbador del viento y dibujada en el reverso del mapa. Un gran alivio, tan repentino como el miedo, se apoderó de ella, le dio nuevas fuerzas y una nueva determinación.

—*¿Podrás tomarlo sin despertarla?*

—*Lo intentaré.*

Bowman parecía haber perdido su acostumbrada timidez, o tal vez se había olvidado de ella debido a la fascinación que sentía por aquel rostro tan anciano. Extendió una mano con suavidad y agarró el pasador de plata con dedos seguros y firmes. Contuvo el aliento para que todo su cuerpo estuviera inmóvil y tiró poco a poco del pasador, despacio, para sacarlo del pelo blanco y fino. La anciana continuaba durmiendo. Al fin, con un levísimo tirón, el pasador se soltó. Al resplandor de la luz de la lámpara, Bowman vio que a través de la curva de la S corrían muchas hebras finas y tirantes de hilo de plata. Tomó aliento y se llevó el pasador. En ese momento sintió un pequeño tirón. Un solo pelo blanco se había enganchado en el pasador, y al levantarlo se había tensado y se había roto.

Bowman se quedó quieto. Kestrel estiró la mano y le arrebató el pasador de plata, que era la voz del silbador del viento.

—*¡Vámonos!*

Pero los ojos de Bowman seguían fijos en la anciana. Los párpados de la dama temblaban y se abrían. Unos ojos de un azul muy pálido lo miraron.

—¿Por qué me despiertas, niño?

Su voz era débil y suave. Bowman intentaba apartar la vista de aquellos ojos, pero no lo conseguía.

—*¡Bo! ¡Vámonos!*

—*No puedo.*

Bowman vio cómo cambiaban aquellos húmedos ojos azules mientras los miraba. En aquellos ojos había otros ojos, muchos ojos, cientos de ojos que lo miraban. Los ojos lo atraían, y en cada uno veía más ojos, y más, de forma que nunca terminaban. Mientras los contemplaba, sintió que un nuevo espíritu recorría su cuerpo, un espíritu brillante, puro y poderoso.

—*Somos el Morah* —le dijeron los millones de ojos—. *Somos una legión. Lo somos todo.*

—Así es —dijo la voz de la anciana—. Ya no tengas miedo.

Mientras pronunciaba esas palabras, Bowman supo que eran ciertas. No había nada que temer. Mientras mirara el millón de ojos, formaba parte del mayor poder que existía. Ya no había más miedo. Que sintieran miedo los demás.

Le llegó el sonido de una música remota: tambores, gaitas, trompetas. El inconfundible sonido de una banda militar, acompañada del ruido de gente marcando el paso.

—¡Bo! —dijo Kestrel a voz en grito, presa del pánico—. ¡Aléjate!

Pero Bowman no podía apartar la mirada de aquellos pálidos ojos azules en los que se unía a la legión que era el Morah; y tampoco quería. El ruido de los pies que marchaban se acercaba, dirigido por la alegre banda.

—Ya llegan —dijo la anciana—. Ya no puedo detenerlos.

Kestrel lo agarró del brazo y tiró de él, pero de pronto tenía una fuerza sorprendente y no logró moverlo.

—¡Bo! ¡Aléjate!

—Mis hermosos zars —susurró la anciana—. Les gusta tantísimo matar.

—*¡Matar!* —dijo Bowman en silencio, y sintió que lo recorría un escalofrío de poder—. *¡Mata!*

Alzó la mirada y allí, frente a él, una delicada espada curva colgaba de la pared.

¡Tramp! ¡Tramp! ¡Tramp!, llegaba el sonido de la marcha que se acercaba.

—Toma la espada —dijo la anciana.

—¡No! —gritó Kestrel.

Bowman alzó la mano y alcanzó la espada de la pared. Le gustó la sensación de la empuñadura en su mano derecha, y la hoja, que era ligera pero letal. Kestrel retrocedió unos pasos, asustada, e hizo bien, porque de pronto Bowman se volvió con una sonrisa que nunca había visto y dio un mandoble con la espada, cortando el aire donde había estado su hermana.

—¡Mata! —gritó.

—*¡Oh, hermano! ¿Qué te ha hecho?*

¡Tramp! ¡Tramp! ¡Tramp!

El redoble de los tambores, el clarín de las trompetas. Kestrel vio aterrorizada cómo las paredes de la habitación se convertían en oscuridad. Desaparecieron las paredes llenas de trofeos, la puerta del vestidor, hasta que sólo quedaron la cama con dosel y la mesita, con la lámpara que desprendía un círculo de claridad, una luz tenue. Más allá, un negro vacío.

¡Tramp! ¡Tramp! ¡Tramp!

—Ya no hay miedo —dijo la anciana—. Que tengan miedo los demás.

Kestrel se iba alejando de Bowman, aterrada incluso mientras le gritaba.

—*¡Mi Bo! ¡Hermano mío! ¡Vuelve conmigo!*

—¡Mata! —exclamó él, cortando el aire con la espada—. ¡Que tengan miedo los demás!

—Mis hermosos zars marchan de nuevo —dijo la anciana—. Oh, cómo les gusta matar.

—¡Mata, mata, mata, mata! —exclamaba Bowman, cantando las palabras con una alegre melodía, la melodía que tocaba la banda militar—. ¡Mata, mata, mata!

—*Cariño mío* —decía Kestrel mientras se le partía el corazón—. *No me dejes ahora, no puedo vivir sin ti...*

Y por fin salieron de la oscuridad. A la cabeza, haciendo girar un bastón de mando, llegó a grandes pasos una chica alta y hermosa vestida con un impecable uniforme blanco. La larga melena dorada le caía sobre los hombros, enmarcando su encantador rostro juvenil. No parecía tener más de quince años, y sonreía mientras marchaba y hacía girar el bastón. ¡Y cómo sonreía! La casaca blanca tenía los hombros cuadrados y se le ceñía a la cintura, con grandes botones dorados. Llevaba unos pantalones de montar blancos, sin una mancha, y unas brillantes botas negras. Sobre la cabeza, torcido con desenfado, un gorro blanco con visera, y sobre los hombros una larga capa blanca, con los bordes de oro. Dirigía la vista al frente, a la distancia, y sonreía mientras marchaba.

Detrás de ella, de la oscuridad, surgió una fila de músicos, todos de uniforme blanco. También ellos eran jóvenes, chicos y chicas de trece, catorce, quince años, y todos muy guapos y sonrientes. Marchaban con brío, manteniendo increíblemente el ritmo, sin dejar de tocar los instrumentos mientras avanzaban. Detrás había más músicos, seguidos por una fila de tambores. Y detrás de ellos, cantando mientras sonreían y se balanceaban, llegaron filas y filas de jóvenes soldados.

Kestrel oyó sus cánticos, y poco a poco la forma de las palabras fue penetrando en sus desconcertados sentidos. Aquellos jóvenes hermosos, aquel ejército de juventud blanca y dorada, cantaban la misma canción que Bowman, la canción que sólo tenía una palabra.

—¡Mata, mata, mata, mata! ¡Mata, mata, mata!

La melodía era marcial pero melódica, y en cuanto se había oído, ya no se podía olvidar jamás. Subía, bajaba y volvía a subir hasta el punto culminante; y luego empezaba otra vez, implacable.

—¡Mata, mata, mata, mata! ¡Mata, mata, mata!

Las filas de soldados llegaban de la oscuridad, una tras otra. ¿Cuántos eran? Su número parecía no tener fin.

—Mis hermosos zars —dijo la anciana—. Ahora nada puede detenerlos.

La chica que hacía girar el bastón se detuvo, pero continuó marcando el paso. Detrás de ella, la banda, sin dejar de tocar, formó en anchas filas, marcando también el paso sin desplazarse. Y detrás de ellos, los soldados. Cesaron los cánticos, pero la música y el incesante ruido de sus pasos continuaban aunque el gran ejército había dejado de avanzar. En la retaguardia, perdiéndose en la oscuridad donde no alcanzaba la luz de la lámpara, más líneas de soldados llegaban sin cesar para unirse a los que aguardaban. Todos eran jóvenes, todos eran hermosos y todos sonreían.

Kestrel retrocedía cada vez más, en dirección a los pasadizos y el fuego. Aún tenía aferrada la voz de plata en una mano, pero se había olvidado de ella por completo. Lloraba, también sin darse cuenta. Y es que no podía apartar la mirada de su querido hermano, a quien quería más que a sí misma, y se le partía el joven corazón.

—*¡Hermano mío! ¡Amor mío! ¡Vuelve conmigo!*

Bowman no la oía, ni la miraba; había cambiado. Se dirigía a ocupar su puesto frente al gran ejército, cortaba el aire con la espada y su rostro lucía la misma sonrisa horrible de todos los demás rostros. Entonces, mientras seguía llorando, Kestrel vio en las últimas filas otra cara familiar que se había transformado. Era Mumpo, vestido con el uniforme blanco y dorado de los zars, y ya no era viejo ni estaba sucio. Era joven y guapo, y sonreía con orgullo. Al mirarlo, él la vio y la saludó con la mano.

—¡Tengo amigos, Kes! —le gritó con alegría—. ¡Mira todos mis amigos!

—¡No! —gritó Kestrel—. ¡No! ¡No! ¡NO!

Pero sus gritos se ahogaron cuando Bowman alzó la espada y, con un largo y estremecedor susurro, todos los zars desenvainaron sus espadas y el ejército empezó a marchar. La hermosa joven del bastón avanzaba detrás de Bowman, y los músicos y los tambores tocaban sonrientes, y los soldados cantaban al marchar.

—¡Mata, mata, mata, mata! ¡Mata, mata, mata!

Kestrel se volvió llorando y corrió para salvar la vida.

Cuando la columna de zars llegó junto a la cama con dosel, se partió para rodearla. Las espadas refulgían mientras marchaban, cortaron la naranja en su plato de plata, hicieron jirones el dosel, lanzaron pedazos de gasa volando por los aires. Un trozo se prendió fuego al caer sobre la lámpara. En un instante, toda la cama estaba en llamas. Y los zars seguían marchando, implacables, con sus bellos rostros juveniles brevemente iluminados en el rojo ardor. La anciana, incorporada sobre los almohadones que ardían en la cama, contemplaba con orgullo al ejército.

Kestrel recorrió llorando los Salones del Morah con

la voz de plata en la mano. Detrás de ella iban los zars, destruyendo todo cuanto encontraban a su paso. Las ropas elegantes del vestidor, la mesa preparada para la cena de unos comensales que nunca llegarían, todo caía bajo las rápidas espadas y se convertía en polvo.

—*¡Oh, hermano mío, mi amor, mi niño!*

Kestrel gritaba descorazonada mientras corría presa del terror, hasta que vio delante de ella la chimenea de piedra donde ardía el fuego. Detrás llevaba el estruendo de un millón de pasos al marchar, los cánticos de un millón de voces. No había tiempo para hacer preguntas ni para comprender nada. Sin detener su precipitada huida, se lanzó hacia la chimenea y...

Silencio. Columnas de llamas frías. Un resplandor cegador. Sin aliento, temblando, se obligó a parar. El inquietante frío del fuego le despejó la cabeza y supo que eso no era lo que quería. ¿Por qué escapaba de su hermano? Para ella, la vida no era nada sin él. Si había cambiado, entonces ella también cambiaría.

«Así no —pensó—. Nos iremos juntos.»

Se volvió y allí, en la luz blanca, vio a su querido hermano avanzar hacia ella, al frente del ejército de los zars. Se movía despacio y el sonido de la música parecía distante, pero él todavía cantaba suavemente, como todos, con un susurro sonriente y sin dejar de marchar.

—¡Mata, mata, mata, mata! ¡Mata, mata, mata!

Kestrel levantó la mirada para buscar la suya y abrió los brazos para que la espada, que se alzaba y caía a medida que marchaba, le acertara en mitad del pecho.

—*Nos iremos juntos, hermano* —le dijo—. *Aunque tengas que matarme*.

Sus miradas se encontraron. Bowman seguía sonriendo, pero las palabras de la canción se habían esfumado de sus labios.

—*No te abandonaré* —le dijo ella—. *Nunca volveré a abandonarte*.

Ya estaba más cerca. La espada aún subía y bajaba frente a él.

—*Te quiero* —le dijo Kestrel—. *Mi querido hermano.*

La sonrisa también se estaba desvaneciendo, y la espada subía y bajaba más lentamente. Estaba ya muy cerca y veía las lágrimas en las mejillas de su hermana.

—*Mátame, hermano. Nos iremos juntos.*

Los ojos de Bowman se llenaron de confusión. Tenía la espada alzada y había llegado hasta su hermana. Un golpe más hacia abajo y la partiría en dos. Pero el golpe no cayó. Se detuvo y se quedó de pie, inmóvil.

La hermosa chica de la banda llegó marchando y pasó de largo sin mirarlos siquiera. Lo mismo hicieron los músicos y tambores, siempre tocando, sonriendo al frescor de las llamas. Los ojos de Bowman estaban fijos en los de Kestrel, y ella vio que su hermano regresaba, el hermano que había perdido, como un buceador desde las profundidades.

—*¡Kes!* —dijo al reconocerla. Y la espada se le cayó de las manos. La rodeó con sus brazos y la estrechó mientras el ejército de los zars marchaba cantando junto a ellos.

—*Oh, Kes...*

Estaba temblando y lloraba. Ella le dio un beso en la mejilla.

—*Has vuelto* —dijo—. *Has vuelto.*

21

La marcha de los zars

Bowman le dio la mano a su hermana y atravesaron corriendo las frías llamas blancas. No había tiempo para hablar de lo sucedido. Rebasaron a la joven que iba en cabeza de la banda, que siguió sin prestarles atención, como si el fuego por el que pasaban lo mantuviera todo en suspenso. Entonces, de pronto, salieron del fuego y vieron las montañas cubiertas de bosques que se erguían a ambos lados. El viento les azotó la cara y la amplia pista del Gran Camino se extendió ante ellos. En el cielo había nubes negras, no, nubes no. Kestrel miró hacia arriba y las vio. Cientos de águilas volaban en círculos y oscurecían el cielo. Tiró de Bowman hacia los árboles para apartarlo del camino.

—¡Van a atacar!

Las grandes águilas bajaron cada vez más, estremeciendo las ramas de los árboles con el batir de sus alas poderosas. Y allí, esperando en silencio dentro del bosque, con los ojos amarillos fijos en la entrada de fuego, filas y más filas de lobos grises.

La hermosa joven que dirigía la banda salió ufana del fuego, con el bastón girando muy arriba y, detrás de ella, los músicos, tocando su alegre melodía. Mientras los zars los seguían en columnas de ocho en fondo por el Gran Camino, las águilas doblaban las alas y se lanzaban en picado, gritando desde el aire. Volvían a desplegar las alas en el último momento, cuando sus gigantescas garras caían sobre ellos. Las garras apresaban y levantaban por los aires cuerpos blancos y dorados que se sacudían bajo ellas, y luego dejaban caer a sus víctimas desde las más altas copas de los árboles. Los extáticos zars no lanzaron un grito ni una sola vez; ni una sola vez miraron hacia arriba para ver a sus compañeros, ni mostraron miedo. Águila tras águila, oleada tras oleada, irrumpían en la columna de la marcha, pero cada hueco que abrían en las filas se rellenaba inmediatamente desde atrás, y los zars continuaban marchando. Llevaban las largas espadas desenvainadas, relucientes y mortíferas, y muchas de las águilas que bajaron en picado no volvieron a levantar el vuelo. Pero más terrorífico que los mandobles que lanzaban los zars era la indiferencia a los golpes que recibían. Ni por un instante dejaron de sonreír mientras sus compañeros caían en el olvido. Ni una sola vez perdieron el paso. Y seguían marchando desde el túnel en una larga línea ininterrumpida de blanco y dorado.

Las águilas ya se estaban dispersando, les había llegado el turno a los lobos. El viejo lobo echó la cabeza hacia atrás y lanzó un grito salvaje. De entre los árboles surgieron las primeras filas de lobos, que cayeron sobre el enemigo, aullando, sedientas de sangre. Se lanzaron sobre los zars provocando sangrientos desgarrones en la columna, pero las largas espadas eran rápidas y mortales, y ni uno solo de los animales se levantó para atacar de nuevo.

Y así discurrió la cruenta batalla. Las águilas volvieron a atacar, y luego los lobos otra vez; pero las líneas siempre seguían su marcha, rehaciéndose desde atrás, y los brillantes soldados blancos y dorados avanzaban sin pausa al ritmo de la música de la banda, pisoteando los cadáveres de águilas y lobos, así como los cuerpos heridos o muertos de sus compañeros.

¡Tramp! ¡Tramp! ¡Tramp!

—¡Mata, mata, mata, mata! ¡Mata, mata, mata!

No dejaban de cantar.

Bowman los miraba con horror y fascinación.

—Marchan hacia Aramanth —dijo. Y volviéndose hacia Kestrel, preguntó con fiero apremio—: ¿Tienes la voz?

—Sí. La tengo aquí.

—¡Tenemos que irnos! ¡Tenemos que llegar a Aramanth antes que ellos!

Estaba dispuesto a partir en ese preciso instante, a intentar adelantar a los incansables zars de camino a su hogar, pero Kestrel lo retuvo del brazo.

—¡Mira! ¡Ahí está Mumpo!

En mitad de la batalla, radiante con su juventud recuperada, con su uniforme blanco y dorado salpicado de sangre, Mumpo marchaba con los zars, sonriendo ante la carnicería que lo rodeaba.

—¡Vamos! —gritó Bowman—. ¡Tenemos que irnos!

—No podemos abandonarlo —dijo Kestrel.

Al verlo pasar por delante, se lanzó hacia la refriega, lo agarró del brazo y lo arrastró a un lado. Mumpo, medio hipnotizado por la música y la marcha, al principio no se dio cuenta de lo que sucedía.

—¡Kes! ¡Mira todos mis amigos, Kes!

Kestrel y Bowman lo tomaron entre ambos y corrieron con él para internarse en el bosque. Mientras corrían, un destacamento de zars se separó de la columna para ir tras ellos.

Corrieron hasta que estuvieron agotados. Entonces Kestrel se puso frente a Mumpo.

—Escúchame, Mumpo: los zars no son tus amigos, son tus enemigos. Nosotros somos tus amigos. O vas con ellos, o vienes con nosotros.

Mumpo la miraba, confundido.

—¿No podemos ir todos juntos?

—¿No ves que...? —Lo sacudió de los brazos, llena de frustración.

—No pasa nada, Kes —dijo Bowman. Tomó a Mumpo de la mano y le habló con suavidad.

—Sé lo que sientes, Mumpo. Yo también lo siento. Sientes que no estás solo y que ya no tienes miedo, que nadie podrá volver a hacerte daño.

—Sí, eso es, Bo.

—Nosotros no podemos ofrecerte esa sensación. Pero hemos estado a tu lado, y tú has estado al nuestro. No nos abandones ahora.

Mumpo miró a los ojos a Bowman, y poco a poco fue desvaneciéndose su delirio de grandeza.

—¿Tendré que volver a estar solo y sentir miedo, Bo?

—Sí, Mumpo. Ojalá pudiera decirte que te mantendremos a salvo, pero no puedo. No somos tan fuertes como ellos.

Kestrel observaba maravillada a su hermano. Parecía mayor, más triste, más seguro. Entonces se dio cuenta de que Mumpo también había cambiado por todo cuanto le había sucedido. Estaba confundido, pero ya no era un bobo.

—Vosotros fuisteis mis primeros amigos —dijo simplemente—. Nunca os abandonaré.

Los mellizos lo rodearon con sus brazos, pero sólo hubo tiempo para un breve abrazo de compañerismo antes de que vieran el destello de los uniformes blancos que se acercaban entre los árboles. Los zars no sólo los habían seguido, como no tardaron en descubrir, sino que los habían rodeado, y cada vez cerraban más el cerco alrededor del lugar donde se encontraban.

—¡Trepad! —gritó Kestrel.

Se encaramó de un salto a las ramas bajas de un árbol y empezó a subir. Bowman y Mumpo la siguieron. Fueron trepando hasta llegar a las ramas más altas, desde donde pudieron ver el Gran Camino y la batalla que no cesaba. Las águilas eran menos numerosas y casi todos los lobos habían muerto. Sobre un alto peñasco se erguía el padre lobo gris, lanzando las últimas filas de lobos al ataque con un largo aullido.

Desde la copa del árbol, los niños contemplaron con impotencia la carga de los lobos. Los pocos que quedaban permanecían erguidos y orgullosos entre los árboles, esperando su turno, y cuando llegaba la orden sabían que también ellos encontrarían la muerte en el filo de aquellas espadas implacables. Pero se lanzaban decididos, con sus roncos gritos de guerra, para acabar con todos los zars que pudieran antes de caer.

La fuerza y ferocidad de los lobos habría sido devastadora contra cualquier otro enemigo, pero los zars eran innumerables, y por muchos que mataran siempre había más.

—¡Deteneos! —gritó Kestrel desde lo alto del árbol, llena de pena y horror—. ¡Deteneos! ¡No sirve de nada!

Pero el viejo lobo no le prestó atención. Agitó su espeso pelaje y volvió a aullar, y la última línea de lobos se lanzó a la batalla. Al verlos caer, uno tras otro, al ver tan mermada la manada de las montañas, sintió un dolor inmenso en el corazón.

—Al fin nos enfrentamos al enemigo ancestral. ¿Qué podemos hacer sino morir?

Entonces alzó la vieja cabeza y aulló su propio grito de guerra, su grito de muerte, hizo acopio de las últimas fuerzas y se lanzó a la batalla. Un enemigo menos, sus mortales colmillos rasgaban, sacudían; dos menos, vuelta hacia el tercero y, por un segundo, vio el intenso brillo de la hoja antes de que la espada le traspasase el hombro y le llegase al corazón.

Y seguían los zars su marcha mientras cantaban. A su paso dejaban un espeluznante rastro de cadáveres; las águilas continuaban lanzando ataques en picado, pero la columna seguía avanzando con alegría, ininterrumpidamente. La única señal de sus bajas era la sangre que salpicaba sus casacas blancas.

Mientras tanto, por debajo de los chicos, sus perseguidores rodeaban la base del árbol. Reían como los jóvenes cuando juegan. Se quitaron las gorras y las casacas y empezaron a trepar.

Eran sorprendentemente ágiles y parecía que se pegaban a la superficie del ancho tronco. El primero, un joven de cara iluminada que no tendría más de trece años, llegó enseguida a las ramas más altas y alzó la vista hacia donde se habían encaramado.

—¡Hola! —gritó con voz amable—. ¡Vengo a mataros!

Y cuando empezó a trepar de nuevo, se puso a tararear entre dientes la melodía de la marcha.

—¡Mata, mata, mata, mata! ¡Mata, mata, mata!

Detrás de él subía rápidamente una preciosa chica de cabello rubio ceniza.

—¡Deja uno para mí! —le gritó a su compañero—. ¡Ya sabes cómo me gusta matar!

Los niños se alejaron más hacia el extremo de la rama. Así los zars tendrían que avanzar de uno en uno. Kestrel miró abajo. Demasiada altura para saltar. Bowman miró hacia arriba, consciente de que sólo había una forma de escapar. Lanzó un largo grito sin palabras. Al oírlo, las grandes águilas bajaron raudas desde el cielo.

El primer soldado estaba a tan sólo una rama por debajo, y enseguida trepó hasta donde se encontraban ellos.

—No se tarda mucho, ¿verdad? —dijo con una sonrisa. Y desenvainó la larga espada.

—¡Deja uno para mí! —gritaba la chica de abajo—. Quiero a la chica.

—A la chica la quiero yo —dijo el joven soldado, caminando sobre la rama—. Nunca he matado a una.

Un revuelo de oscuridad, un golpe trémulo, y las garras de un águila lanzada en picado lo aferraron y lo lanzaron al aire. Antes de que los niños pudieran comprender lo que había ocurrido, tres águilas se cernían sobre ellos. Entonces supieron lo que debían hacer. Bowman alzó las manos.

—¡Levantad los brazos!

Mumpo imitó el gesto de su amigo. Un águila bajó en picado, lo aferró por las muñecas con las garras y se lo llevó volando. Bowman fue el siguiente. Kestrel se quedó mirando a la chica que avanzaba por la rama hacia ella con la espada cercenando el aire, pero al ver que se acercaba el águila, también levantó los brazos. La espada obligó al águila a virar con brusquedad, justo cuando Kestrel saltaba de la rama al vacío. Cayó con los brazos extendidos, y el águila tras ella, con las alas silbando. Entonces sintió la repentina cercanía, las veloces garras que se cerraban sobre sus muñecas, y dejó de caer.

Las grandes alas batían con fuerza, los llevaban por encima de la marcha de los zars a lo largo del Gran Camino. Con el viento en la cara y las amplias alas protegiéndola del sol, Kestrel se permitió sentir un rayo de esperanza. Miró atrás y abajo. Los zars parecían pequeños y distantes, aunque aún no se veía el final de la columna que marchaba. Luego se dio cuenta de que su águila se esforzaba por mantener la altura. Por delante vio el águila de Bowman, que ya volaba más despacio y perdía altitud. A pesar de que eran muy grandes, los niños pesaban demasiado para que las águilas los cargaran durante mucho rato. ¿Y entonces qué? Si los dejaban en tierra, los zars no tardarían en darles alcance.

Miró atrás para ver cuánta ventaja les llevaban, y entonces vio detrás de ella otras tres águilas que les seguían. Mientras miraba, las vio separarse y planear para tomar posiciones.

Sucedió tan deprisa que no tuvo tiempo de sentir miedo. De pronto se dio cuenta de que tenía un águila debajo. Un instante después sintió que las garras le soltaban las muñecas y caía como una piedra. Y apenas un segundo más tarde, el águila de abajo se había ladeado y, volando cabeza abajo, la había agarrado de las muñecas con las garras. Las enormes alas batieron y sintió que volaba otra vez, surcando el aire sobre los árboles.

Se giró y pudo ver la maniobra de las águilas de Mumpo. El muchacho perdió el control cuando lo dejaron caer, agitó los brazos en el aire, pero el águila que lo esperaba consiguió agarrarlo de las muñecas y alzarlo en la posición correcta.

Bowman ya estaba en la segunda águila, volando velozmente a su izquierda. Kestrel se volvió para mirar atrás y vio la columna de zars a lo lejos, que marchaba incansable por el Gran Camino, acosada por las pocas águilas que quedaban para librar una batalla perdida. Se volvió de nuevo y vio por delante la irregular fisura de la Grieta en la Tierra y los altos arcos del puente en ruinas, la única forma de cruzarla. Ya no había más águilas para llevarlos cuando aquellas tres se cansaran, y Aramanth aún quedaba muy lejos. Sabía que sólo les quedaba una opción.

—¡Bo! —gritó—. ¡Tenemos que derribar el puente!

Bowman también había estado mirando hacia delante y comprendió lo que estaba pensando su hermana. Dio un tirón a las patas de su águila y la enorme ave, contenta de poder descansar, descendió en círculos hacia el suelo.

Tomaron tierra al sur del barranco, cerca de los altos pilares que señalizaban el principio del puente. Una vez estuvieron a salvo en el suelo, las águilas emprendieron de nuevo el vuelo y regresaron al campo de batalla, como si dieran por hecho que todas debían morir antes de que terminara la lucha.

Bowman se puso a recoger piedras a una velocidad frenética.

—Tenemos que provocar una avalancha —dijo—. Tenemos que echar el puente abajo.

Hizo rodar las piedras por la ladera y las siguió hasta el mismo borde del precipicio para ver dónde caían. Cuando al fin una de las piedras chocó contra la base de la más frágil de las columnas que soportaban el puente, señaló el lugar.

—¡Mumpo, dame tu espada! —gritó.

Mumpo desenvainó la espada y Bowman la hincó con fuerza en el suelo.

—¡Hay que poner aquí todas las piedras que podamos encontrar! —exclamó, y se puso a reunir una pila de piedras junto al arma.

Entretanto, Mumpo se desató el cinto de la espada, se desabrochó los botones dorados y se quitó la casaca blanca. Adiós a las negras botas altas y a los blancos pantalones de montar con una trenza dorada en la costura exterior. Debajo llevaba las viejas y desteñidas ropas color naranja. Cuando se hubo deshecho de todo el uniforme de los zars, volvió a calzarse las botas, porque había dejado atrás sus zapatos. Luego tomó el pequeño montón de prendas blancas manchadas de sangre y lo tiró al barranco.

—Eso ya se ha acabado —dijo.

Entonces, los tres se pusieron a trabajar lo más deprisa que pudieron para formar un montón de piedras. Siguieron trabajando mientras la luz del cielo disminuía, hasta que el montón fue más alto que sus cabezas. Y durante todo ese tiempo, la marcha de los zars no dejaba de aproximarse. De vez en cuando algunas piedras se desprendían del montón y se precipitaban por el barranco. Cada vez que esto ocurría, Bowman echaba a correr para seguir la caída de las piedras. Y cada vez volvía diciendo:

—¡Más! ¡Necesitamos más!

El sol se fue enrojeciendo y empezó a ponerse. Al otro lado del gran barranco, la vanguardia de los zars ya estaba lo bastante cerca para poder distinguir a la directora de la banda con su bastón, avanzando con paso firme al frente. No había forma de saber si habían reunido bastantes piedras para lograr su propósito, pero Bowman sabía que se les había agotado el tiempo.

—¡Ha llegado el momento!

Los tres se colocaron contra el alto montón de piedras y se agarraron unos a otros. El sonido de la banda llegaba hasta ellos flotando en el aire del atardecer, acompañado del estruendo incesante de los pies que marchaban.

¡Tramp! ¡Tramp! ¡Tramp!

—¡Ahora! —gritó Bowman. Tiró de la espada y los tres empujaron. Parte del montón resbaló y cayó rodando al barranco.

—¡Empujad! ¡Más fuerte! ¡Tenemos que hacer que caiga todo a la vez!

Volvieron a empujar, juntando todas sus fuerzas, y el montón se desplazó por fin. Empezó a resbalar con un lento estrépito. Los miles de piedras que habían reunido caían por la pendiente, tomando velocidad, levantando una nube de polvo y de fragmentos, hasta que se precipitaron hacia el vacío de la Grieta en la Tierra. Abajo caía un chorro de residuos polvorientos mientras los niños miraban y escuchaban, conteniendo la respiración. Las sombras del barranco eran muy oscuras y no se veía dónde caía la avalancha, pero después de mucho rato oyeron por fin el estruendo de las piedras al chocar contra... ¿qué? ¿Las columnas del puente? ¿Las paredes del barranco? A eso le siguió el ruido de más fragmentos que caían, pero no tenían forma de saber si era la avalancha que habían provocado desde arriba o la mampostería de los altos y esbeltos arcos al resquebrajarse. Miraron la parte más alta del puente, el mismo delgado antepecho en el que se habían enfrentado a los niños viejos, pero nada se movía. Y al otro lado del barranco ya podía verse a los zars, con sus uniformes blancos y dorados relucientes de rojo a causa de los rayos del sol poniente.

—No ha funcionado —dijo Kestrel mirando al puente—. Tenemos que irnos, tenemos que mantenernos por delante de ellos.

—No —dijo Bowman, con una voz tranquila y grave—. Nos adelantarán mucho antes de que lleguemos a Aramanth.

—¿Qué otra cosa podemos hacer?

—Vete tú, con Mumpo. Yo me quedo aquí. Sólo pueden cruzar el puente de uno en uno. Puedo retenerlos.

Los zars habían llegado al borde de la Grieta en la Tierra. La directora de la banda marchaba sin moverse de sitio, el bastón dorado seguía subiendo y bajando; y detrás de ella formaba la banda, tocando aún. Entonces, mientras Kestrel buscaba las palabras para decirle a su hermano que tenía que haber otra solución, la directora de la banda tomó el bastón, apuntó hacia delante y subió con elegancia al antepecho del puente. Detrás de ella, mientras la banda seguía tocando a lo largo del borde del precipicio, avanzaron los zars en fila india.

Bowman se agachó y recogió la espada.

—¡No! —gritó Kestrel.

Su hermano se volvió, le dirigió una curiosa sonrisa y dijo con una voz tranquila pero muy firme, que nunca hasta entonces le había oído utilizar:

—Id a Aramanth. No hay otra salida.

—No puedo abandonarte.

—He sentido el poder del Morah. ¿No lo entiendes?

Se volvió y echó a correr hacia el puente. La directora de la banda ya estaba a medio camino, marchando con la misma tranquilidad que si aún estuviera sobre el Gran Camino, y detrás de ella avanzaba la larga hilera de zars sonrientes. Bowman empuñó la espada mientras corría, y gritaba, un aullido de furia sin palabras, sin darse cuenta de que mientras gritaba, las lágrimas le caían por las mejillas.

Kestrel echó a correr tras de él, gritando con todas sus fuerzas.

—¡No vayas! ¡No vayas sin mí!

Mumpo se quedó mirando en la pendiente, y fue el primero en ver las señales de lo que estaba a punto de suceder.

—¡El puente! —exclamó—. ¡Se mueve!

Bowman acababa de llegar al principio del antepecho

de piedra cuando el arco central se estremeció despacio y se oyó el ruido de la mampostería al romperse. Después, todavía lentamente, la delgada línea que unía un lado del barranco con el otro se partió como una cuerda demasiado tensada, y la pared del antepecho tembló y empezó a desmoronarse. Al principio cayó por el lado de los niños, desplomándose cada vez más deprisa hacia el centro, donde los zars estaban cruzando con su paso militar. Entonces el antepecho por el que marchaban se curvó hacia abajo y cayó. La directora de la banda cayó también, y la hilera de zars, de la zona iluminada por la luz del ocaso hacia el pozo de oscuridad. No gritaron ni lanzaron sonido alguno. Mientras caían, sus compañeros que iban detrás seguían marchando para caer cuando les llegara el turno.

Bowman se detuvo, mirando estupefacto el espectáculo. Kestrel llegó a su lado y lo rodeó con sus brazos. Abrazados, contemplaron la marcha de los zars, formados en una columna de ocho en fondo sobre el borde del precipicio para lanzarse a su destino. Fila tras fila, al ritmo de la banda, caían sin parar.

—Los hemos detenido, Bo. Estamos a salvo.

Bowman miró al puente caído.

—No —dijo—. No estamos a salvo. Pero ahora tenemos tiempo.

—¿Cómo van a cruzar la Grieta en la Tierra si ya no hay puente?

—Nada puede detener a los zars —dijo Bowman.

Mumpo se reunió con ellos, sobrecogido por el espectáculo de los zars marchando alegremente hacia su muerte.

—¿No les importa morir? —preguntó.

—¿No recuerdas lo que se siente, Mumpo? —dijo Bowman—. Mientras uno solo esté con vida, todos viven. Viven unos a través de los otros. No les importa cuántos mueran, porque siempre hay más.

—¿Cuántos más?

—No tienen fin.

Ése era el horror que había visto en la Vieja Reina. Se podía vencer a los zars, acabar con ellos, pero nunca se detenían. Siempre había más.

—Por eso tenemos que llegar a Aramanth antes que ellos —dijo Bowman.

Se volvió como para partir en ese preciso instante, pero su última carga, en la que había esperado morir, le había arrebatado las últimas fuerzas y, tras dar unos cuantos pasos, se desmoronó despacio sobre el suelo. Kestrel se agachó a su lado, alarmada.

—No puedo continuar —dijo—. Necesito dormir.

Así que Kestrel y Mumpo se acurrucaron uno a cada lado de Bowman, en el lugar en el que había caído, y durmieron los tres abrazados.

22

La familia Hath deshecha

Un día antes del Examen Superior, el director Pillish reunió a todos los aspirantes del Curso Interno de Estudio para darles el acostumbrado discurso de la víspera. Estaba orgulloso de su discurso, que ya había pronunciado muchas veces y que se sabía de memoria. Creía que aplacaba el nerviosismo de los aspirantes de una forma especialmente valiosa. Año tras año todos los miembros de su pequeño grupo, sin excepción, volvían a suspender el Examen Superior, ciertamente, pero, ¿quién decía que no habrían suspendido con peor nota de no haber sido por su discurso de la víspera?

La verdad era que el director Pillish tenía un sueño secreto. Era un hombre soltero, dedicado a un trabajo que no resultaba muy gratificante. Su sueño secreto era que, algún año, alguno de los aspirantes de sus grupos de fracasados lo sorprendería, y a todo Aramanth con él, alcanzando la nota más alta en el Examen Superior. En su sueño secreto, el alegre aspirante iría entonces a verle, al director Pillish, acompañado de su esposa y sus hijos y le agradecería, llorando de felicidad, el haberle transformado la vida. Entonces la esposa del aspirante se inclinaría con humildad ante él y le besaría la mano, y los hijos del aspirante se adelantarían y le ofrecerían, con timidez, un pequeño ramillete de flores que ellos mismos habrían recogido, y el aspirante pronunciaría unas torpes pero sentidas palabras diciendo que todo se lo debía al precioso discurso de la víspera. El director Pillish pensaría entonces que sus esfuerzos no habían sido vanos y que ya se podía retirar contento y feliz.

«Este año —se decía a sí mismo al repasar los rostros de los aspirantes—, este año seguro hay una posibilidad.» Nunca había visto la moral tan alta. Nunca había llegado a aquellas alturas del Curso de Estudio sin una sola crisis nerviosa. Después de tanto esperar, seguro que por fin tendría a su triunfador.

—Aspirantes —empezó, sonriéndoles para imbuirles de una indispensable seguridad—. Aspirantes, mañana os presentáis al Examen Superior. Estáis nerviosos, eso es natural. Todos los aspirantes están nerviosos. No estáis en desventaja por estar nerviosos. De hecho, el nerviosismo os ayudará. El nerviosismo es vuestro amigo.

Les sonrió de nuevo. Creía que ésa era una de las revelaciones que obraban el cambio de su discurso de la víspera. En su sueño secreto, el aspirante triunfador le diría: «Cuando nos dijo: "El nerviosismo es vuestro amigo", lo vi todo de una forma diferente. Fue como si me hubiesen quitado una venda de los ojos, y todo se volvió claro.»

—Un atleta está nervioso antes de comenzar la carrera —prosiguió, entusiasmándose con el tema—. Ese nerviosismo lo eleva al punto más alto de buena disposición. Se oye la señal de salida, ¡y sale disparado! ¡El nerviosismo se ha convertido en poder, en velocidad, en victoria!

Había esperado que en ese momento responderían con un brillo de emoción en sus miradas. Pero en lugar de eso parecía que sonreían. Aquello era poco frecuente. A aquellas alturas del Curso de Estudio, en todos los años precedentes, los aspirantes tenían una sombría expresión de derrota y evitaban mirarle a los ojos. Ese año estaban de lo más alegres y, de alguna forma, tenía la sensación de que no lo estaban escuchando de verdad.

Decidió hacer un alto en su discurso de la víspera, aunque fuera brevemente, para comprobar sus reacciones.

—Aspirante Hath —dijo, escogiendo al hombre en quien más esperanzas había depositado—, ¿se siente bien preparado para mañana?

—Oh, sí, creo que sí —dijo Hanno Hath—. Daré lo mejor de mí.

—Bien, bien —dijo el director Pillish. Pero había algo en la respuesta del aspirante Hath que no parecía muy correcto.

—Aspirante Mimilith, ¿cómo se siente?

—No demasiado mal, señor, gracias —dijo Miko Mimilith.

«Otra vez», pensó el director Pillish. Algo no andaba bien. Instintivamente se dirigió al aspirante más flojo del curso.

—Aspirante Scooch, sólo falta un día. Supongo que estará ansioso, ¿no?

—Sí, señor —dijo Scooch con alegría.

Todo era de lo más extraño. «¿Qué es lo que no marcha bien?», se preguntó el director Pillish. Y la respuesta fue que no estaban nerviosos.

De inmediato lo invadió un sentimiento de indignación. ¡No estaban nerviosos! ¿Qué derecho tenían a no estar nerviosos? ¿De qué servía su discurso de la víspera si no estaban nerviosos? Era una falta de respeto, una insolencia. Era... sí... pura ingratitud. Y lo peor de todo... sí, eso era cierto sin duda alguna... si no estaban nerviosos, sacarían muy mala nota en el Examen Superior y eso perjudicaría a su clasificación familiar. El nerviosismo era su amigo. Su deber, como profesor y como guía, era restablecer el nerviosismo en aquel grupo inoportunamente seguro. Debía hacerlo por su bien, y por el bien de sus familias.

—Aspirante Scooch —dijo sin sonreír—, me encanta ver que está ansioso por entrar en batalla. ¿Por qué no afila sus puñales mentales para la lucha intentando contestar unas preguntas aquí y ahora? —Tomó uno de los libros de estudio y lo abrió al azar—. ¿Cuál es la fórmula química de la sal común?

—No la sé —respondió Scooch.

El director Pillish pasó más páginas al azar.

—Describa el ciclo vital del tritón.

—No me lo sé —dijo Scooch.

—Si sesenta y cuatro cajas cúbicas se apilan formando un gran cubo, ¿cuántas cajas tiene ese cubo de alto?

—No lo sé —contestó Scooch.

El director Pillish cerró el libro de un golpe seco.

—Tres preguntas típicas del Examen Superior, aspirante Scooch, y no sabe contestar a ninguna de ellas. ¿No se siente un poco nervioso, teniendo en cuenta que mañana es el examen?

—No, señor —dijo Scooch.

—¿Y eso por qué?

—Bueno —dijo Scooch, sin darse cuenta de que Hanno Hath intentaba atraer su atención desesperadamente—, no contestaré ese tipo de preguntas, señor.

—Y entonces, aspirante Scooch, ¿sobre qué escribirá en los folios del examen?

—Descansos —dijo Scooch.

Al director Pillish se le formó una tenue neblina de color rosa frente a los ojos. Buscó el borde de la mesa que tenía al lado.

—¿Descansos? —repitió débilmente.

—Sí, señor —dijo Scooch, que no era consciente del efecto que sus palabras estaban produciendo—. Creo que soy un experto en descansos. Al parecer, no todo el mundo disfruta de ellos. Lo he estado hablando con otros compañeros del curso. ¿Cómo puede aguantar un ser humano del desayuno a la comida, señor, sin tomarse algo que sea relajante y estimulante a la vez? Durante la primera parte de la mañana se puede esperar con ganas, señor, y durante la segunda parte de la mañana se puede recordar...

—Cállese —dijo el director Pillish.

Fulminó con la mirada a los aspirantes. Su sueño secreto, ese sueño que tan cerca parecía estar, había quedado hecho añicos a sus pies. El corazón le rezumaba amargura.

—¿Alguien más tiene pensado escribir sobre descansos?

Nadie respondió.

—¿Quiere alguien hacer el favor de explicarme lo que sucede?

Hanno Hath levantó la mano.

El director Pillish escuchó la explicación de Hanno Hath en la intimidad de su despacho. Hanno hizo una apasionada defensa de su nuevo sistema, pero nada tenía el menor sentido. Cuando Hanno dijo: «Es como si examinaran de vuelo a los peces», el director Pillish se pasó la mano por la frente y replicó: «Los aspirantes de mi curso no son peces.»

Cuando Hanno hubo terminado, el director se quedó un rato sentado, en silencio. Se sentía traicionado. No había comprendido el fluir de las entusiastas palabras, pero sí había oído, alto y claro, el tono subyacente de rebelión.

No se trataba de un caso de indolencia ni de nerviosismo causado por el examen. Aquello era un motín. En semejantes circunstancias, su deber estaba claro. Debía informar al jefe de examinadores.

Maslo Inch escuchó el infausto relato en su totalidad. Luego movió despacio la cabeza de un lado al otro y dijo:

—Es culpa mía. Ese hombre es una manzana podrida y ahora ha infectado a toda la cesta.

—¿Qué debo hacer, jefe de examinadores?

—Nada. Yo me ocuparé personalmente de él.

—El problema es que no está arrepentido. Cree que tiene razón.

—Yo haré que se arrepienta.

El jefe de examinadores pronunció esas palabras con tal fuerza de convicción que el director Pillish sintió un ligero alivio en su orgullo herido. Quería ver cómo la sonrisa de Hanno Hath se transformaba en una expresión de miedo e inquietud. Quería verlo humillado. Por su propio bien, desde luego.

Esos nuevos acontecimientos acabaron de decidir a Maslo Inch. Mandó a buscar al capitán de la guardia y le dio órdenes. Esa noche, dos horas después de la puesta del sol, un pelotón de diez hombres especialmente escogidos se introdujo en silencio en el anfiteatro y rodeó el silbador del viento, donde Ira Hath dormía con Pinpin entre sus brazos.

Consiguieron pillarlas totalmente por sorpresa. Ira Hath no se enteró de nada hasta que sintió unos brazos que la agarraban con fuerza, y al abrir los ojos descubrió que le estaban arrebatando a la hija. Empezó a gritar, pero una fuerte mano le tapó la boca y le ataron una venda alrededor de los ojos. Oía a Pinpin llamarla lastimeramente, «¡Mamá! ¡Mamá!», y pataleó y luchó con todas sus fuerzas, pero los hombres la retenían con fuerza y no logró zafarse.

Cuando dejaron de oírse los gritos de Pinpin, se quedó inmóvil, agotada y sin aliento. Una voz le dijo junto al oído:

—¿Ya ha terminado?

Asintió con la cabeza.

—¿Viene con nosotros o tenemos que llevarla a rastras?

Volvió a asentir, dando a entender que iría por propia voluntad. La ruda mano se apartó de su boca. Inspiró una larga bocanada de aire.

—¿Dónde está mi hija?

—Está bien. Si quiere volver a verla, haga lo que le digamos.

Después de eso, Ira Hath supo que no tenía alternativa. Todavía con la venda en los ojos, dejó que la bajaran del silbador del viento y la sacaran del gran anfiteatro. Cruzaron la plaza y entraron en un edificio, pasaron por puertas y recorrieron pasillos, de una sala a otra, hasta que la escolta se detuvo al fin.

—Soltadla —dijo una voz que reconoció enseguida—. Quitadle la venda.

Maslo Inch estaba delante de ella, sentado a una larga mesa. Y a su derecha, de pie, no lo bastante cerca como para poder extender la mano y tocarlo, estaba su marido.

—¡Hanno!

—¡Silencio! —ladró el jefe de examinadores—. Ninguno de los dos hablará hasta que yo haya dicho lo que tengo que decir.

Ira Hath se quedó callada. Pero su mirada se cruzó con la de Hanno y se hablaron con los ojos. Se decían: *Superaremos esto juntos, como sea*.

Un guardia había entrado en la sala con un pequeño montón de prendas grises, bien dobladas.

—Ponlas en la mesa —dijo Maslo Inch.

El guardia hizo lo que le ordenaban y se fue.

—Bien —dijo Maslo Inch, observándolos con una mirada firme—. Esto es lo que van a hacer. Mañana es el día del Examen Superior. Tú, Hanno Hath, te presentarás al examen, como es tu deber para con tu familia, y lo harás lo mejor que sepas. Usted, Ira Hath, asistirá al Examen Superior, como esposa y madre consciente de sus deberes, para mostrar su apoyo al cabeza de familia. Por supuesto, llevará puesta la ropa que le ha sido asignada.

Hizo un gesto con la cabeza en dirección al montón que había sobre la mesa, delante de él.

—Cuando el examen haya concluido, y antes de que la gente salga del anfiteatro, los llamaré a los dos para que hagan unas breves declaraciones públicas. Sus declaraciones están aquí escritas. Se las aprenderán de memoria durante la noche.

Extendió dos hojas de papel, y el capitán de la guardia se las pasó a Hanno y a Ira.

—Pasarán la noche bajo arresto. Nadie los molestará.

—¿Dónde está mi hija? —interrumpió Ira Hath, incapaz de contenerse.

—Su hija está en buenas manos. La buena mujer que está a su cargo la llevará al anfiteatro mañana, donde presenciará el progreso del Examen Superior desde el recinto de los niños. Si mañana me demuestran con su comportamiento que son custodios apropiados para una niña influenciable, se la devolverán. En el caso contrario, quedará bajo tutela de la ciudad y nunca volverán a verla.

Ira Hath sintió unas lágrimas ardientes asomándole a los ojos.

—Oh, monstruo, monstruo —dijo en voz baja.

—Si ésa es su actitud, señora...

—No —dijo Hanno—. Lo comprendemos. Haremos lo que nos digas.

—Ya veremos —dijo Maslo Inch sin alterarse—. Mañana se verá.

A solas en la sala de arresto, Ira y Hanno Hath se echaron uno a los brazos del otro y rompieron a llorar con amargura. Luego, al cabo de un rato, Hanno enjugó las lágrimas de su mujer y también las suyas y dijo:

—Venga, vamos. Tenemos que hacer lo que podamos.

—¡Quiero a Pinpin! Oh, hija mía, ¿dónde estás?

—No, no. Ya basta. Sólo será una noche, eso es todo.

—Los odio, los odio, los odio.

—Claro que sí, claro que sí. Pero de momento tenemos que hacer lo que nos piden.

Desplegó su hoja de papel y leyó la declaración que tendría que aprender y recitar en público:

> Compañeros ciudadanos: hago esta confesión pública por mi propia voluntad. Hace ya unos años que no me esfuerzo por hacer lo mejor que puedo. Como resultado, le he fallado a mi familia y me he fallado a mí mismo. Para mi vergüenza, he pretendido culpar a los demás de mi propio fracaso. Ahora comprendo que era infantil y egocéntrico. Cada uno de nosotros es responsable de su propio destino. Estoy orgulloso de ser ciudadano de Aramanth. Prometo que de ahora en adelante haré todo cuanto esté en mi poder para hacerme merecedor de ese honor.

—Supongo que podría ser peor —dijo Hanno con un suspiro cuando hubo acabado de leerlo.

La declaración de Ira Hath decía lo siguiente:

> Compañeros ciudadanos: tal vez sepáis que hace poco he perdido a dos de mis hijos. El horror de esta pérdida me ha provocado una crisis nerviosa, durante la cual he actuado de un modo vergonzoso. Os pido vuestro perdón y vuestra comprensión. En el futuro prometo comportarme con la modestia y la decencia que le corresponde a una esposa y una madre.

Tiró el papel al suelo.

—¡No pienso decir esto!

Hanno lo recogió.

—No son más que palabras.

—¡Oh, hijos míos, hijos míos! —exclamó Ira Hath, echándose a llorar otra vez—. ¿Cuándo os volveré a estrechar entre mis brazos?

23

El Azote de las Llanuras

Cuando la luz del alba despertó a los tres niños, el primer sonido que oyeron fue la música de la banda, y al mirar hacia el otro lado del gran barranco vieron que los zars seguían marchando y cayendo. Corrieron horrorizados hasta el borde del precipicio y miraron abajo. Allí, en las profundidades, el lecho del río estaba blanco, como si lo hubiera cubierto la nieve, sólo que en el blanco relucían puntos dorados. Hacia aquella blancura caían los hermosos zars, y poco a poco la blancura llegaba más allá y se alzaba más alto. Llegaría un momento en que los zars cruzarían al otro lado sobre el montón de sus propios muertos.

Sin terciar más palabras, los tres amigos dieron media vuelta, retomaron el Gran Camino y partieron a grandes zancadas hacia Aramanth en el fresco de la mañana.

La voz de plata del silbador del viento colgaba del cuello de Kestrel, por debajo de la blusa, anudada a una hebra de oro que se había destrenzado del pelo. Colgaba contra su pecho flaco, calentada por su cuerpo, y al caminar notaba que le hacía cosquillas en la piel. Como iban de camino a casa, sus pensamientos ya se adelantaban hacia Aramanth, hacia su padre, su madre y su hermana pequeña. Eso infundió a sus piernas la fuerza que tanto necesitaban, porque Bowman llevaba un paso implacable.

—Tenemos que llegar a Aramanth antes que ellos —decía.

Los zars ya no los perseguían pero, mientras apretaban el paso por el Gran Camino, se enfrentaban a otro problema del que ninguno quería hablar. Una muestra del gran cambio que le había sobrevenido a Mumpo era que tampoco él dijera nada, pese a que el estómago le dolía cada vez más. Tenían hambre. No habían comido nada durante todo un día, toda una noche y medio día más. Las bolsas de comida estaban vacías y los árboles junto a los que pasaban no tenían frutos. Aquí y allá, alguna corriente que había junto al camino les proporcionaba agua, pero incluso el agua se terminaría, como bien sabían, en cuanto llegaran a las grandes llanuras desérticas. ¿Durante cuánto tiempo tendrían que caminar? No tenían forma de saberlo, porque habían recorrido las llanuras gracias a los millares de velas de Ombaraka. Calcularon que unos tres días, tal vez más. ¿Cómo podrían hacer la larga travesía sin nada para comer?

El Gran Camino era ancho, subía y bajaba suavemente, y ya alcanzaban a ver las grandes llanuras mientras caminaban. A mediodía, el hambre les había hecho reducir el paso y, como sentían una creciente debilidad, empezaron a tener miedo. Incluso Bowman estaba cansado. Así que terminó por rendirse y ordenó una breve parada. Agradecieron sentarse en el suelo, a la sombra de un árbol de hojas anchas.

—¿Cómo vamos a llegar a casa? —preguntó Kestrel. Mientras hablaba se dio cuenta de que se dirigía a su hermano como a un líder natural.

—No lo sé —fue todo cuanto contestó él—. Pero llegaremos a casa porque hemos de hacerlo.

No era una respuesta, pero la reconfortó.

—A lo mejor podríamos comernos las hojas —dijo Kestrel mientras tiraba de una rama.

—¡Ya sé! —exclamó Mumpo. Se metió la mano en el bolsillo y sacó la última hoja de tixa que se había llevado del Sublago. La partió en tres y le dio un trozo a cada uno.

—No es comida de verdad —dijo—, pero hace que la cabeza no piense en comer.

Tenía razón. Mascaron las hojas de tixa, tragaron el jugo de sabor fuerte y, aunque no les llenó el estómago vacío, les hizo sentir que no importaba.

—Tiene un sabor amargo —dijo Kestrel con cara de asco.

—Amargo, amargo, amargo —respondió Mumpo con voz cantarina.

Prosiguieron el camino, trotando y bamboleándose, y todos los problemas insuperables que les esperaban parecían perder importancia. ¿Cómo iban a cruzar las grandes llanuras? Volarían como pájaros, impulsados sin esfuerzo por el viento. Irían a la deriva como las nubes sobre la tierra.

Mientras iban danzando por el Gran Camino, llevados de la mano de la tixa, sin darse cuenta empezaron a hablar de sus miedos en voz alta, los cantaban, se reían de ellos.

—¡Ja, ja, ja, a los zars! —cantaba Mumpo.

—¡Ja, ja, ja, zars, zars, zars! —cantaban los mellizos.

—¡Mumpo era un viejecito! —entonó Kestrel.

—¡Viejecito, viejecito, viejecito! —cantaban todos.

—¿Cómo era ser viejo, Mumpo?

Mumpo bailó como un viejecito para ellos, moviéndose con una lentitud exagerada.

—Lento y pesado —cantaba mientras hacía cabriolas en el aire y agitaba los brazos como un loco—. ¡Zars, zars, hurra!

—¡Zars, zars, hurra! —corearon.

Con los brazos entrelazados, los tres imitaron la marcha militar de los zars, haciendo su propia música de banda con la boca.

—¡Tarum, tarum, tará! ¡Tarum, tarum, tará!

De esta manera, marchando y cantando, salieron del bosque y llegaron a las llanuras, donde se detuvieron por fin. Entonces, mientras contemplaban las áridas tierras hasta el lejano horizonte, se esfumaron los efectos de la tixa y sintieron un hambre atroz. Y aún estaban lejos, muy lejos de casa.

Habría sido muy fácil tumbarse, quedarse dormidos y no volver a levantarse, porque los cantos y los bailes les habían arrebatado las últimas fuerzas. Pero Bowman no iba a permitirlo. Con tozudez, sin tregua, insistió en que debían continuar el viaje.

—Está demasiado lejos. Nunca llegaremos.

—No importa. Tenemos que continuar.

Así que continuaron, con el sol descendiendo lentamente a su derecha. Se estaba levantando un fuerte viento y cada vez iban más despacio, pero no se detenían. Tropezaban a causa del cansancio, pero seguían avanzando, impulsados por la voluntad de Bowman.

Anochecía, y unas nubes negras cruzaban por el firmamento cuando Kestrel se detuvo al fin. Se sacó la cadena dorada por la cabeza y le dio la voz de plata a Bowman, al tiempo que le decía en voz baja:

—Sigue tú. Yo no puedo.

Bowman tomó el delicado pasador de plata con una mano y su mirada se encontró con la de Kestrel. Veía en ella la pena que sentía por no poder hacer nada más pero sobre todo la fatiga, mucho más profunda y más fuerte que la pena.

—No puedo hacerlo sin ti, Kes.

—Entonces se ha terminado.

Bowman se volvió y vio que Mumpo lo miraba, a la espera de que dijese algo para hacerles creer que aún había esperanzas. Pero a él ya no le quedaban palabras. Cerró los ojos.

—Ayúdame —dijo en silencio, sin saber a quién o a qué apelaba.

La respuesta fue un sonido familiar, unos lejanos chirridos y crujidos que traía el viento.

Abrió los ojos y los tres se dieron media vuelta para mirar. Allí, alzándose poco a poco desde la ondulación del paisaje, había un gallardete que ondeaba al viento. Su perfil se recortaba contra el cielo del crepúsculo. Por la cresta de una loma emergieron los mástiles y las velas, las atalayas y las cubiertas superiores. Luego las cubiertas centrales, repletas por todas partes de velas hinchadas, y la enorme masa del barco nodriza rechinando poco a poco hacia ellos, rodando desde el crepúsculo.

—¡Ombaraka! —gritó Kestrel.

Reanimados por la esperanza, los niños echaron a correr hacia la inmensa ciudad móvil, agitando los brazos y gritando para llamar la atención de los vigías. Los avistaron. La gran embarcación se detuvo pesadamente. Bajaron una barca con un cabrestante. Los niños se encaramaron a ella, abrazados, llorando lágrimas de alegría. La barca crujía al subir, pasó las cubiertas inferiores y se detuvo con una sacudida en la cubierta de mando. Las puertas se abrieron de golpe y allí, delante de ellos, apareció una tropa de hombres armados hasta los dientes, con la cabeza rapada.

—¡Espías baraka! —gritó su comandante—. ¡Encerradlos! ¡Los colgaremos al alba!

Hasta aquel momento no se habían dado cuenta de que eran prisioneros de Omchaka.

Metieron a los niños en una jaula en la que sólo cabían los tres sentados, uno al lado del otro, con las rodillas apretadas contra el pecho. Después de encerrarlos, los guardias alzaron la jaula con una polea a varios metros del suelo y los dejaron allí colgando, bamboleándose con el viento, recibiendo las burlas y los escupitajos de los encargados de vigilarlos.

—¡Escoria baraka! ¡Colgados como títeres!

—¡Por favor! —rogaban los niños—. ¡Tenemos hambre!

—¿Por qué íbamos a malgastar comida en vosotros? Os colgaremos por la mañana.

Los chakas parecían ser más feroces que los barakas, tal vez por la forma en que se rapaban la cabeza; pero en todos los demás aspectos eran sorprendentemente parecidos. Las mismas túnicas de colores ocre, la misma arrogancia de pueblo guerrero, los mismos blasones. Cuando oyeron que los niños lloraban, se rieron y empezaron a atizarles con un palo por entre los barrotes.

—¡Lloricas! —se burlaron—. Mañana tendréis algo por lo que llorar.

—No viviremos hasta mañana —dijo Kestrel en una voz muy débil—. Hace días que no comemos nada.

—Será mejor que viváis —gritó el más corpulento de los guardias—. Si os encuentro muertos por la mañana, os mato.

Los otros guardias se rieron muchísimo al oír eso. El guardia corpulento se puso colorado.

—Bueno, ¿qué brillante idea se os ocurre? ¿Queréis decirle a Haka Chaka que no habrá ahorcamiento público?

—¡Vuelve a matarlos, Pok! ¡Eso los asustará!

Se rieron aún más. El guardia corpulento al que llamaban Pok frunció el ceño y se puso a murmurar entre dientes.

—Todos pensáis que soy estúpido, pues los estúpidos sois vosotros, no yo, ya veréis como tengo razón. Esperad y veréis...

Cuando cayó la noche y se levantó un fuerte viento, los guardias decidieron establecer turnos de guardia. El gran Pok se ofreció voluntario para ser el primero, y los demás se marcharon. Tan pronto estuvieron solos, Pok se acercó a la jaula y los llamó con un susurro ronco.

—¡Eh, vosotros! ¡Espías baraka! ¿Seguís vivos?

De la jaula no llegó ninguna respuesta. Pok refunfuñó más alto.

—Por favor, decidme algo, escoria. No os podéis morir.

—Comida —dijo Kestrel con una vocecita afónica—. Comida...

La palabra murió en sus labios.

—Está bien —dijo Pok, nervioso—. Esperad ahí. Os traeré comida. No hagáis nada. Voy a buscaros comida. No os muráis, ¿vale? Prometedme que no os moriréis o no voy.

—No aguantaremos mucho más... —dijo Kestrel débilmente—. Nos estamos yendo...

—¡No, no! ¡Eso es lo que no tenéis que hacer! No hagáis eso o... o...

Al darse cuenta de que no tenía ninguna manera efectiva de amenazarlos, recurrió a los ruegos.

—Mira, vais a morir de todas formas, así que a vosotros no os importa, pero a mí sí. Si os morís durante mi guardia, me echarán a mí la culpa y eso no sería justo. Tenéis que admitir que no sería culpa mía, pero seguro que me culparían a mí. Oh, otra vez Pok, dirán. Siempre lo echa todo a perder. El pobre Pok, duro como un tarugo. Eso es lo que dirán, y no es justo.

Silencio de los niños. Pok se dejó llevar por el pánico.

—No os muráis todavía. Sólo eso. Ya voy. Enseguida vuelvo con la comida.

Salió disparado. Los niños se quedaron quietos y callados por si había alguien más vigilando, a pesar de que ya era noche cerrada y los rugidos del viento mantenían a todo el mundo a resguardo. Pok regresó al poco rato con los brazos llenos de pan y fruta.

—Aquí tenéis —dijo resollando mientras les pasaba rebanadas entre los barrotes—. ¡Coméoslo todo! ¡Coméoslo todo!

Los observaba lleno de angustia y, cuando vio que los niños empezaban a comer, dejó escapar un suspiro de alivio.

—¡Eso es! Mucho mejor. Ya no os morís, ¿eh?

Cuanto más comían los niños, más contento se ponía Pok.

—¡Eso es! Al final resulta que el viejo Pok no lo ha

echado todo a perder. Por la mañana estaréis como unas castañuelas, y Haka Chaka tendrá una bonita ejecución. Así que bien está lo que bien acaba, como suele decirse.

La comida le devolvió a Bowman las fuerzas, y con las fuerzas llegó la esperanza. Empezó a pensar en cómo escapar.

—En realidad no somos espías baraka —dijo.

—Oh, no —dijo Pok—. Oh, no, a mí no me engañarás tan fácilmente. Incluso el viejo Pok puede ver que no sois chakas, y si no sois chakas sois barakas.

—Somos de Aramanth.

—No, no es verdad. Tenéis melenas baraka.

—¿Y si nos destrenzásemos el pelo? —dijo Kestrel.

—¿Y si nos lo rapásemos como vosotros?

—Bueno, entonces —dijo Pok, dubitativo—. Bueno, entonces seríais... Pareceríais...

Todo aquello le resultaba tremendamente confuso.

—Nos pareceríamos a vosotros.

—Puede ser —dijo—. Pero esta noche no podéis raparos la cabeza, y por la mañana os colgarán, y ya está.

—Supongo que no querréis colgarnos y después descubrir que todo ha sido un error.

—Haka Chaka da las órdenes —dijo Pok complacido—. Haka Chaka es el Padre de Omchaka, el Gran Juez de la Rectitud y el Azote de las Llanuras. Él no comete errores.

Los chicos lograron dormir toda la noche, a pesar del hacinamiento de la jaula y de los rugidos del viento. Los estómagos llenos de comida y el cansancio de los huesos fueron más fuertes que el miedo que sentían. Durmieron profundamente hasta que los despertó la primera luz del día.

El viento se había calmado pero el cielo estaba tormentoso, de un gris plomizo. Un pelotón de guardias chaka llegó marchando y formó un círculo alrededor de la jaula. La bajaron hasta la cubierta y abrieron la puerta. Los niños salieron a trompicones. El escuadrón los rodeó y juntos marcharon por un paso elevado hacia la plaza central de Omchaka. Allí aguardaba una inmensa multitud, apretujada contra los muros de la plaza y en las barandillas de las cubiertas superiores. En cuanto divisaron a los niños, la multitud empezó a silbar y a abuchearlos.

—¡Que los cuelguen! ¡Basura baraka! ¡A la horca!

En el centro de la plaza había un patíbulo en el que colgaban tres sogas. Detrás del patíbulo se encontraban los comandantes del ejército de Omchaka, y una fila de tambores. Los niños fueron conducidos al patíbulo y los hicieron subir a un banco, cada uno delante de una soga. Entonces los tambores empezaron a redoblar, y el Gran Comandante gritó:

—¡Todos en pie para recibir a Haka Chaka, Padre de Omchaka, Gran Juez de la Rectitud y Azote de las Llanuras!

Nadie se movió, porque todo el mundo estaba ya de pie, y Haka Chaka entró en la plaza a grandes pasos, seguido de un pequeño séquito. Era un anciano de estatura imponente, con el pelo cano rasurado casi hasta el cuero cabelludo. Pero no era a él a quien miraron con sorpresa los niños. Detrás, con el pelo también rasurado, caminaba el consejero Kemba.

—¡Es un baraka! —gritó Kestrel, señalando con un dedo acusador—. ¡Se llama Kemba y es de Ombaraka!

Kemba sonrió, como si aquella acusación no le importara.

—Y luego dirán que también vos sois baraka, alteza.

—Que digan lo que quieran —dijo Haka Chaka con desdén—. Todo este parloteo va a acabar enseguida.

Les hizo una seña a los hombres que retenían a los tres niños y éstos les pusieron la soga alrededor del cuello. Mumpo no se puso a llorar, como habría hecho antes, pero sí que emitió un resuello, como si se asfixiara.

—Lo siento, Mumpo —dijo Kestrel—. Al final no hemos sido buenos para ti.

—Sí que lo habéis sido —contestó él con valentía—. Habéis sido mis amigos.

Haka Chaka se subió a un alto podio para dirigirse a la multitud.

—¡Pueblo de Omchaka! —gritó—. ¡El Morah nos ha servido a nuestros enemigos en bandeja!

En ese momento, Bowman encontró la salida.

—¡El Morah ha despertado! —gritó.

Un silencio de incredulidad se apoderó de la multitud. Por el cielo gris llegó el grave estruendo de la tormenta que se acercaba. Kemba dirigió a Bowman una mirada incendiaria.

—¡Los zars están marchando! —gritó Bowman.

Eso provocó consternación entre la multitud. Por todas partes surgieron murmullos de voces agitadas. Haka Chaka se volvió hacia sus consejeros.

—¿Puede ser eso cierto?

—Marchan tras nosotros —exclamó Bowman—. Allá donde estemos, darán con nosotros.

Por todos los rincones se alzaron voces llenas de miedo, reforzadas por las repentinas ráfagas de viento que azotaban las jarcias, en lo alto.

—¡Nada puede detener a los zars!

—¡Nos matarán a todos!

—¡Avisad a los marineros! ¡Debemos zarpar!

—¡Necios! —exclamó Kemba, haciéndose con el control de la situación en medio del pánico. Hablaba con fuerza, pero en un tono sereno, incluso tranquilizador—. ¿No sabéis reconocer un engaño baraka? ¿Por qué habría de haber despertado el Morah? ¿Por qué habrían de marchar los zars? Está mintiendo para salvar su miserable pescuezo.

—Yo mismo desperté al Morah —continuó Bowman—. El Morah me dijo: «Somos una legión.»

Todo el mundo se quedó helado al oír esas palabras. Kemba miró a Bowman con odio, aunque también había miedo en su mirada.

—¡Miente! —gritó—. ¡Ellos son nuestros enemigos! ¿Por qué los escuchamos? ¡Que los cuelguen! ¡Que los cuelguen ahora mismo!

La muchedumbre se entusiasmó con la propuesta, coreándola con furia, exteriorizando el miedo recién nacido con una ira cargada de odio.

—¡Que los cuelguen! ¡Que los cuelguen!

Apretaron la soga al cuello de los niños. Había dos guardias a cada lado del banco alto, listos para apartarlo de los pies de los niños con un golpe. Haka Chaka levantó los brazos para acallar los aullidos de la multitud.

—¿A qué hemos de temerle? —gritó—. ¡Somos Omchaka!

Su grito fue recibido con una enorme aclamación.

—¡Que tiemble Ombaraka! ¡Así es como tratamos a todos los enemigos de Omchaka!

Con todo, en el momento de silencio antes de que dejara caer los brazos, lo que sería la señal para la ejecución, un nuevo sonido llegó con el viento tempestuoso: el estruendo de miles de pies al marchar, la música de una banda militar, los cánticos de una multitud de jóvenes voces.

—¡Mata, mata, mata, mata! ¡Mata, mata, mata!

Los habitantes de Omchaka se miraron unos a otros, presa de un mudo horror. Luego, las palabras que todos temían se formaron en sus labios.

—¡Los zars! ¡Los zars!

El consejero Kemba se apresuró a decir:

—¡Liberad a los espías, alteza! ¡Metedlos en un barco terrestre y enviadlos hacia el sur! Los zars los seguirán. Omchaka debe poner rumbo al este de inmediato.

Haka Chaka dio las órdenes pertinentes. Mientras la muchedumbre se dispersaba y el pueblo de Omchaka se apresuraba a ocupar sus puestos para la acción, Kemba se acercó a los niños y les habló en un susurro despiadado.

—¡Cuarenta años de paz y lo echáis todo por la borda! ¡El trabajo de toda mi vida, destruido! ¡Mi único consuelo es que no escapéis de los zars, ni vosotros ni vuestro querido Aramanth!

Liberaron a los niños y los metieron en un barco terrestre; no en una de las corbetas ágiles y de fácil maniobra, sino una pesada y baja embarcación de avituallamiento con una sola vela fija. La bajaron apresuradamente por un flanco mientras la gran ciudad de Omchaka retumbaba de frenética actividad. En todas las cubiertas, los marineros desplegaban las velas y gritaban instrucciones. El viento, cada vez más fuerte, hinchaba el sinfín de lonas, tiraba del inmenso barco nodriza y lo movía a bandazos.

Cuando el pequeño barco terrestre chocó contra el suelo, los zars ya se veían a lo lejos, marchando por las llanuras en columna de a ocho, encabezados por la banda y con paso firme. El viento tempestuoso que azotaba desde el norte hinchó la vela y alejó a sacudidas el barco terrestre del sotavento de Omchaka. Entonces, golpeada por toda la fuerza del vendaval, la embarcación tomó velocidad. Y de pronto, con el clamor del trueno sobre el cielo férreo, los alcanzó la tormenta y trajo consigo una lluvia torrencial.

El barco terrestre iba cada vez más deprisa, chocando contra las muchas rocas que había en el suelo, y los niños no podían hacer otra cosa que sujetarse con fuerza al mástil y atravesar la tormenta a toda velocidad. El viento se convirtió en un temporal, la lluvia en un diluvio en el que no se veía nada. Los rayos atravesaban una y otra vez el cielo lívido y las largas y ensordecedoras explosiones de los truenos sonaban sobre sus cabezas. El agua estaba llenando el casco de la nave, se derramaba a sus pies, pero todo cuanto podían hacer era agarrarse con fuerza mientras avanzaban a toda velocidad, dando sacudidas y rebotando sin control.

Entonces una rueda chocó contra una roca y dos de sus radios se partieron. La rueda siguió girando durante un par de segundos más, después se combó el aro, y la rueda se vino inmediatamente abajo. La nave se tambaleó hacia un lado. El viento implacable aporreaba la vela, haciéndoles dar vueltas, y una segunda rueda se hizo pedazos. El barco terrestre se ladeó, patinó un tramo debido a la velocidad que llevaba, derrapó y se detuvo.

La tormenta seguía encima de ellos. No podían hacer nada, así que se acurrucaron al resguardo del casco roto de la nave y esperaron a que pasara el aguacero. Bowman notaba la voz plateada del silbador del viento, que aún le colgaba del cuello. Pensó en lo cerca que habían estado de la muerte y tuvo la sensación de que algo o alguien debía de estarlos protegiendo. Algo o alguien quería que llegaran a casa, aunque no tenía la menor idea de qué o quién podía ser.

—Vamos a lograrlo —dijo.

Kestrel y Mumpo también pensaban lo mismo. Ya no podían estar muy lejos de Aramanth.

Al cabo de un rato la lluvia amainó hasta casi desaparecer, y el viento se calmó. Los niños salieron a rastras de su refugio y miraron alrededor, a la luz del cielo azul. La tormenta se desplazaba hacia el sur y allí, en el horizonte cercano, inconfundible incluso a través del velo de la lluvia, se alzaban las altas murallas de Aramanth.

—Vamos a lograrlo —dijo Bowman de nuevo, exultante.

¡Tramp! ¡Tramp! ¡Tramp!

Bajo la lluvia, empapados pero sonrientes, cantando mientras marchaban, llegaban los imparables zars.

—¡Mata, mata, mata, mata! ¡Mata, mata, mata!

Sin decir palabra, los niños echaron a correr hacia las murallas de la ciudad.

24

El último Examen Superior

Era el día del Examen Superior. El temporal de lluvias, impropio de aquella época del año, había retrasado el comienzo de la sesión, lo cual era de lo más insólito, pero ya habían secado las filas de pupitres que llenaban las gradas del anfiteatro y hacía rato que había comenzado el examen. Todos los cabezas de familia de la ciudad estaban sentados a los pupitres, afanándose en las respuestas que determinarían su clasificación familiar durante el año siguiente. Cada grada circular contenía trescientos veinte pupitres, y había nueve gradas: casi tres mil examinandos, sentados en absoluto silencio salvo por el chirrido de los lápices sobre el papel y los sordos pasos de los examinadores que patrullaban por el anfiteatro.

Alrededor de las gradas principales, apiñados en unas empinadas graderías que había en lo alto, se sentaban las familias de los examinados. Todo el mundo, excepto los que estaban ocupados en tareas esenciales, debía estar presente el día del Examen Superior, en parte para dar apoyo al cabeza de familia y en parte para demostrar que el examen no sólo clasificaba al individuo sino a la familia. Éstas se sentaban en secciones separadas según su color. Los escasos blancos y los más numerosos escarlata estaban en el extremo del palacio; el amplio segmento central estaba ocupado por los naranja a un lado y los granates al otro; el otro extremo, junto a la estatua de Creoth, era un mar de gris. Maslo Inch, el jefe de examinadores, estaba sentado en un podio elevado sobre un pedestal de piedra que tenía gravado el Juramento de Dedicación:

PROMETO ESFORZARME MÁS, LLEGAR MÁS ALTO
Y PROCURAR POR TODOS LOS MEDIOS QUE
MAÑANA SEA MEJOR QUE HOY.
POR AMOR A MI EMPERADOR
Y POR LA GLORIA DE ARAMANTH

Miró el reloj y vio que había pasado una hora. Se puso en pie, bajó del podio y dio lentamente una vuelta al anfiteatro, dejando vagar la mirada al azar por las cabezas inclinadas de los examinandos. Para Maslo Inch, el Examen Superior era siempre un momento de gratificante reflexión; y ese día, después de los recientes disturbios, mucho más que nunca. Allí estaba el pueblo de Aramanth, clasificado y ordenado, volcado en la tarea de ser examinado de una forma justa e imparcial. Nadie podía quejarse de favoritismos, ni de rencillas secretas contra nadie. Todos tenían el mismo examen, y todos los exámenes se corregían de la misma forma. Los talentosos y los diligentes resultaban los primeros, como era correcto y adecuado, y los estúpidos y los ociosos bajaban de categoría, como era también correcto y adecuado. Desde luego resultaba desagradable para los que sacaban mala nota y tenían que mudarse de casa a un distrito inferior, pero era justo porque, en contrapartida, otra familia que se había esforzado y comportado bien recibía su recompensa. Y no había que olvidar —repasó mentalmente su discurso del final del examen—, no había que olvidar que el año siguiente, en el siguiente Examen Superior, se tenía otra oportunidad y se podía recuperar todo cuanto se había perdido. Sí, era sin lugar a dudas el mejor sistema que podía existir, y nadie podía negarlo.

Su azarosa mirada recayó sobre el grupo del Centro Interno de Estudio, cuyos componentes se sentaban juntos porque estaban bajo especial supervisión. En sus rostros vio la misma expresión de pánico y desesperación que veía todos los años mientras luchaban con las preguntas para las que no habían conseguido prepararse, y supo que todo estaba como debía. «¿Por qué será —pensó— que hay gente que no aprende nunca? Lo único que hace falta es un pequeño esfuerzo, un pequeño empujón más.» Y allí, en medio de todos ellos, vio a Hanno Hath con la cabeza entre las manos. Realmente aquel hombre era una vergüenza para Aramanth. Pero ya estaba controlado.

Barrió el anfiteatro con la mirada hacia el lugar donde se encontraban las familias de Distrito Gris. Allí estaba la señora Hath, sentada y vestida de gris, con las manos entrelazadas sobre el regazo, tan dócil como pudiera soñarse. Su mirada se dirigió al recinto de los niños, donde la señora Chirish, aquella mujer tan digna de confianza, estaba sentada con la niña de los Hath sobre las rodillas. Había imaginado que la niña daría problemas, pero parecía tranquila, sobrecogida sin duda por el enorme y aplicado silencio que se cernía sobre el anfiteatro.

«Bueno, es un trabajo bien hecho», se dijo Maslo Inch. El orgullo de la familia Hath había sido pisoteado para siempre.

En la alta torre del Palacio Imperial, el emperador comía bolitas de chocolate con aire taciturno, mirando las desiertas calles de la ciudad. Había visto a los examinandos y a sus familias llegar temprano, había percibido sus sentimientos de angustia y miedo. Odiaba el día del Examen Superior anual. Había oído recitar miles de veces el Juramento de Dedicación y, cuando llegaban a la parte que decía «por amor a mi emperador», se tapaba los oídos. Pero durante la última hora, todo había estado en silencio. Era como si la ciudad estuviese muerta.

Sin embargo, en ese momento empezó a imaginar que oía un nuevo ruido: a lo lejos, débil, ahogado, pero... ¿podía ser la música de una banda? Puso toda su atención para escuchar con más claridad. ¿Quién se atrevería a tocar música el día del Examen Superior?

Al mirar hacia las calles, abajo, vio algo extrañísimo. Se levantó una tapa de alcantarilla y salió un niño cubierto de barro, seguido de otros dos. Miraron a su alrededor, por un momento parecieron confundidos y luego se dirigieron hacia el anfiteatro. El emperador vio cómo corrían y le pareció reconocer a uno de ellos. ¿No era aquella niña...?

De repente, de la boca de la alcantarilla salió un hermoso joven vestido con un uniforme blanco y dorado. Detrás de ése salió otro, y otro más. Desde el otro lado, por la larga calle, se acercaba toda una columna encabezada por una banda militar. Al emperador se le salieron los ojos de las órbitas y se quedó petrificado en el sitio. No necesitaba que nadie se lo dijera. Era el ejército de los zars.

Cada vez llegaban más, marchaban desde calles secundarias y trepaban por las alcantarillas para unirse a la columna principal. Y entonces empezaron a cantar, mientras marchaban, una canción compuesta por una única palabra:

—¡Mata, mata, mata, mata! ¡Mata, mata, mata!

El emperador sabía que su deber era detenerlos. Pero, ¿cómo? Ni siquiera podía moverse. Tomó un puñado de bolitas de chocolate del cuenco, sin darse cuenta de lo que hacía, se las comió sin saborearlas y lloró mientras tragaba.

Los niños pasaron corriendo junto a la estatua de Creoth, llegaron disparados al anfiteatro por la entrada de pilares y se detuvieron, sin aliento, en la grada superior. A pesar de que el peligro era inminente, el espectáculo de los miles de examinandos encorvados en silencio sobre los pupitres los sobrecogió, y se quedaron vacilantes unos instantes cruciales mientras recobraban el aliento.

Maslo Inch los vio en ese preciso instante y se indignó muchísimo. Estaba prohibido que nada perturbara el silencio sagrado del Examen Superior. No había reconocido a los tres pilluelos desaliñados, con aquellas ridículas melenas greñudas y los pies enlodados. Le bastaba con que fueran intrusos. Les hizo un gesto brusco a sus ayudantes para que se ocuparan del asunto.

Los niños vieron a los examinadores de toga escarlata que se acercaban con gravedad en los rostros. Abajo, en el centro del anfiteatro, se alzaba el silbador del viento, al que la brisa hacía girar a uno y otro lado. Bowman se sacó la voz de plata de la camisa y se desató la cuerda del cuello.

—*Quédate cerca. Si me atrapan, te la tiro* —le dijo a su hermana en silencio.

Los niños se separaron un poco y empezaron a bajar las gradas hacia el silbador del viento. Para entonces, los examinandos empezaron a darse cuenta de que pasaba algo raro y se oyó un susurro de voces en la gradería. «Esto es intolerable», pensó Maslo Inch para sus adentros mientras regresaba instintivamente al podio.

Los examinadores rodearon a los niños por arriba y por abajo, pensando al principio que bastaría con susurrarles una orden severa para sacarlos de allí. Pero de pronto los niños salieron disparados en tres direcciones diferentes, corriendo por las gradas y burlando a los examinadores.

—¡Detenedlos! —rugió el jefe de examinadores a los guardias, sin importarle ya la interrupción del examen—. ¡Detenedlos!

Mientras gritaba, oyó un sonido procedente de las calles de afuera: una banda militar, pies que marchaban.

¡Tramp! ¡Tramp! ¡Tramp!

Bowman corría esquivando los pupitres, tirando al suelo montones de papeles aquí y allá, saltando de grada en grada. A su izquierda vio a Kestrel, que no se había quedado rezagada. Pasó junto a Hanno Hath sin darse cuenta siquiera, pero su padre lo reconoció enseguida y se levantó del asiento con el corazón a punto de estallarle de alegría.

Un guardia atrapó a Kestrel, pero la niña le mordió con tanta fuerza en el brazo que la dejó ir. Ya nadie prestaba atención al examen: todos contemplaban maravillados a los niños y la persecución de los guardias.

En la gradería gris, Ira Hath se puso en pie, mirando fijamente. Estaba casi segura... Sólo que el pelo era tan diferente... Pero tenían que ser...

—¡Hubba, hubba, Kestrel! —gritó, llena de emoción.

—¡Hubba, hubba, Bowman! —gritó Hanno Hath, también de pie al otro extremo del anfiteatro, con el corazón latiéndole con fuerza.

Al volverse para saludarlo con la mano, Bowman se encontró de cara con dos guardias, y entre los dos lo prendieron del cuello y las piernas.

—¡Kes! —gritó, y tiró al aire la voz de plata.

Ella recogió la voz de donde había caído y bajó corriendo la siguiente grada hacia el silbador del viento, seguida de Mumpo.

Con todo aquel ajetreo, la señora Chirish había soltado a Pinpin, que enseguida aprovechó la oportunidad para saltar de sus rodillas y escapar.

—¡Eh! —exclamó la señora Chirish—. ¡Detengan a esa niña!

Pero Pinpin ya se había ido y gateaba por debajo de los bancos y entre las piernas hacia las divertidas figuras marrones que había reconocido al instante como su hermano y su hermana.

Kestrel saltó de la última grada y corrió hacia el silbador del viento con dos enormes guardias pisándole los talones. Había llegado a la base de la estructura de madera cuando las manos de los dos hombres la agarraron y la hicieron bajar.

—¡Mumpo! —gritó, y lanzó la voz de plata hacia donde estaba el niño. Maslo Inch la vio caer y comprendió de pronto todo lo que sucedía. Dio grandes zancadas para recogerla. Mumpo llegó justo antes que él.

—¡Dame eso, mocoso inmundo! —ordenó el jefe de examinadores con la más autoritaria de sus voces, mientras agarraba a Mumpo con sus poderosas manos. Sin embargo, mientras hablaba, su mirada se encontró con la de Mumpo, y en su interior sucedió algo que no pudo controlar. Dio un grito ahogado y sintió que una oleada de calor le recorría la garganta y le cubría la cara.

—¡Tú!

Lo soltó. Mumpo salió corriendo hacia el silbador del viento con la voz de plata en la mano. Afuera, la marcha de los zars estaba cada vez más cerca y el público del anfiteatro oía la banda e intentaba ver quién era el que se atrevía a tocar música precisamente ese día. Bowman y Kestrel, cada uno en manos de sus perseguidores, vieron cómo Mumpo llegaba al silbador del viento y empezaba a escalar.

—*¡Vamos, Mumpo, vamos!*

Ágil como un mono, Mumpo trepó por la torre de madera con la voz de plata en la mano. Pero, ¿dónde tenía que meterla?

—¡En el cuello! —gritó Kestrel—. ¡En la ranura del cuello!

La música de los zars llegaba con claridad desde la calle, y el ¡tramp!, ¡tramp!, ¡tramp! de sus pies al marchar. Mumpo buscó desesperadamente el hueco, recorriendo con sus manos el metal oxidado del cuello del silbador del viento.

Hanno Hath lo observaba con el alma en vilo, empujándolo con todo su ser.

—*¡Vamos, Mumpo, vamos!*

Ira Hath también lo miraba, temblando sin poder controlarse.

—*¡Vamos, Mumpo, vamos!*

Sus dedos lo encontraron de pronto, más arriba de lo que había esperado. La voz de plata se metió en el hueco con un leve y sordo ¡clic!, justo cuando los primeros zars cruzaban los pilares con las relucientes espadas desenvainadas y su canción en los labios.

—¡Mata, mata, mata, mata...!

La brisa hizo girar al silbador del viento, el aire entró por sus grandes aspas de cuero y fue bajando hasta la voz de plata. Suavemente, los cuernos de plata empezaron a silbar.

La primera de todas las notas, una vibración profunda, detuvo a los zars en seco. Se quedaron petrificados, con las espadas en alto y los rostros radiantes y sonrientes. A toda la gente del anfiteatro le recorrió un extraño escalofrío.

La siguiente nota fue más aguda, suave pero penetrante. A medida que el silbador del viento giraba impulsado por la brisa, la nota se modulaba hacia arriba y hacia abajo, sobre el anterior zumbido grave. Entonces se oyó la nota más aguda de todas, como el canto de un pájaro celestial, una cascada de melodía ondulante. Los sonidos parecían crecer en intensidad y llegar más lejos, parecían tomar posesión del anfiteatro grada a grada, luego de las graderías, y después de toda la ciudad. Los guardias soltaron a Bowman y a Kestrel. Los examinandos contemplaban desconcertados los papeles del examen. En las graderías, las familias se miraban unas a otras.

Hanno Hath se fue de su pupitre. Ira Hath se fue de la tribuna gris. Pinpin salió a gatas de los bancos más bajos, dio unos cuantos pasos en el espacio abierto y se puso a reír de alegría. Y el silbido del silbador del viento iba calando más y más hondo en la gente, cambiándolo todo. Se oía a los examinandos preguntarse entre sí: «Pero, ¿qué estamos haciendo?» Uno rompió los papeles del pupitre y arrojó los pedazos al aire. Los demás no tardaron en hacer lo mismo, riendo como Pinpin, y el aire se llenó de papelitos que volaban. Las familias de las graderías empezaron a juntarse y se produjo una gran mezcla de colores, porque los granate entraban en la zona gris, y los naranja abrazaban a los escarlata.

El emperador, en lo alto de su torre, oyó la música del silbador del viento, abrió la ventana de par en par y lanzó el cuenco de bolitas de chocolate. Al caer se esparcieron y fueron a parar al suelo, rodeando la columna de zars petrificados. El emperador dio entonces media vuelta, salió por una de las numerosas puertas y bajó las escaleras.

En el estadio, Ira Hath había empezado a descender las gradas entre la multitud, sin salir de su asombro porque la gente ya estaba intercambiándose la ropa y probaba diferentes combinaciones de colores y reía al ver el nuevo resultado. Vio venir a Hanno en dirección contraria, con los brazos extendidos. Ira llegó al círculo central, abrazó a Pinpin, la estrechó, la besó, y al volverse se encontró frente a su querido Bowman, con los brazos extendidos hacia ella y los labios besándole las mejillas. Enseguida se les unió Hanno, con Kestrel entre sus brazos. A la niña le caían ríos de lágrimas por las suaves mejillas, y fue entonces cuando Ira Hath se echó también a llorar de pura alegría.

—Mis pajaritos valientes —decía Hanno mientras los abrazaba a todos y los besaba una y otra vez—. Mis pajaritos valientes han vuelto.

Pinpin no cabía en sí de alegría, saltaba y no dejaba de moverse en los brazos de su madre.

—¡Quiero Bo! —exclamaba—. ¡Quiero Kes!

—Oh, mis niños queridos —decía Ira Hath, rodeándolos con sus brazos—. Oh, mis niños de mi corazón.

No muy lejos, Maslo Inch, que pasaba desapercibido entre la confusión y las risas de la multitud, se acercó a Mumpo y se arrodilló despacio frente a él.

—Perdóname —dijo con voz trémula.

—¿Perdonarte? —dijo Mumpo—. ¿Por qué?

—Eres mi hijo.

Durante unos interminables segundos, Mumpo se lo quedó mirando lleno de perplejidad. Luego, extendió tímidamente una mano y el jefe de examinadores la tomó y se la llevó a los labios.

—Padre —dijo Mumpo—. Ahora tengo amigos.

Maslo Inch se echó a llorar.

—¿Tienes amigos? ¿De veras, hijo mío?

—¿Quieres conocerlos?

El jefe de examinadores asintió con la cabeza, incapaz de hablar. Mumpo lo llevó de la mano hasta donde estaba la familia Hath.

—Kes —dijo—. Al final también yo tengo padre.

Maslo Inch estaba frente a ellos, con la cabeza gacha, sin atreverse a mirarlos a los ojos.

—Cuida de él, Mumpo —dijo Hanno Hath con su voz serena, abrazando todavía a sus hijos—. Los padres necesitan toda la ayuda que sus hijos puedan prestarles.

El emperador entró por la doble fila de pilares de la grada superior y se quedó mirando la caótica escena del anfiteatro. La melodía del silbador del viento seguía fluyendo y sintió su cálido poder liberador como la luz del sol después de un largo invierno. Extendió los brazos, sonrió de felicidad y gritó:

—¡Así me gusta! ¡Una ciudad tiene que ser bulliciosa!

En cuanto a los zars, habían empezado a envejecer desde el momento en que el silbador del viento se puso a silbar. Inmóviles como estatuas, las hermosas facciones de su dorada juventud se arrugaban y se ponían fláccidas, y su mirada fanática se ensombrecía. La espalda empezaba a encorvárseles y la melena dorada se volvía gris y rala. En pocos minutos pasaron años y, uno a uno, los zars se iban encogiendo en el suelo y morían allí mismo. El tiempo y la decadencia, contenidos durante tanto tiempo, los aplastaban al fin. La carne del cuerpo se les pudría y se convertía en polvo. Por las calles de Aramanth, el viento que silbaba a través del silbador del viento arrastró el polvo de entre los huesos y lo esparció por jardines y alcantarillas hasta que lo único que quedó del ejército invencible del Morah fue una larga fila de esqueletos, con espadas junto a ellos, resplandecientes al sol.

Antiguo alfabeto manth

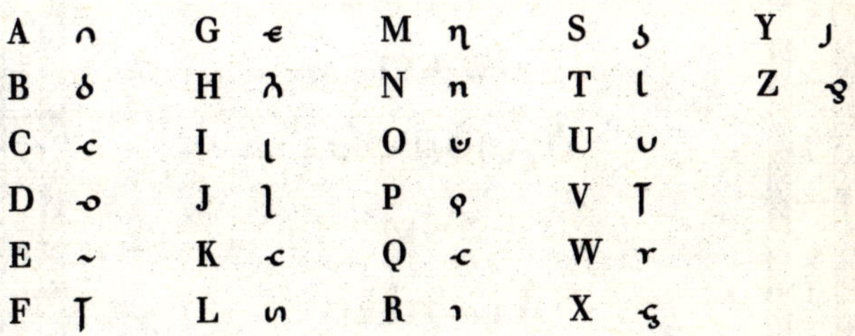

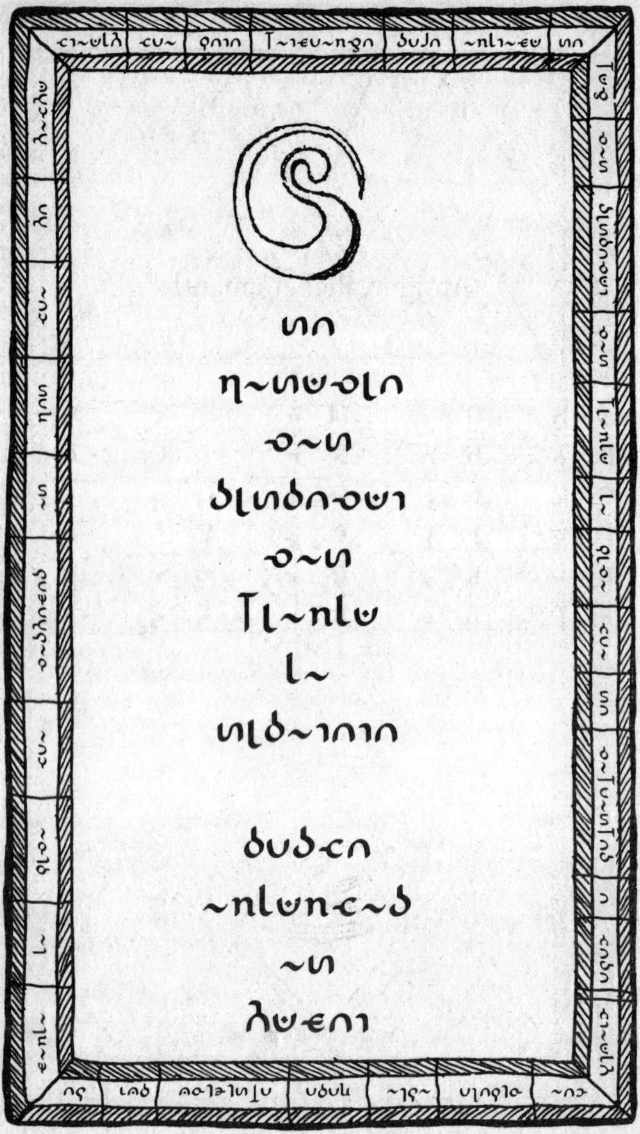

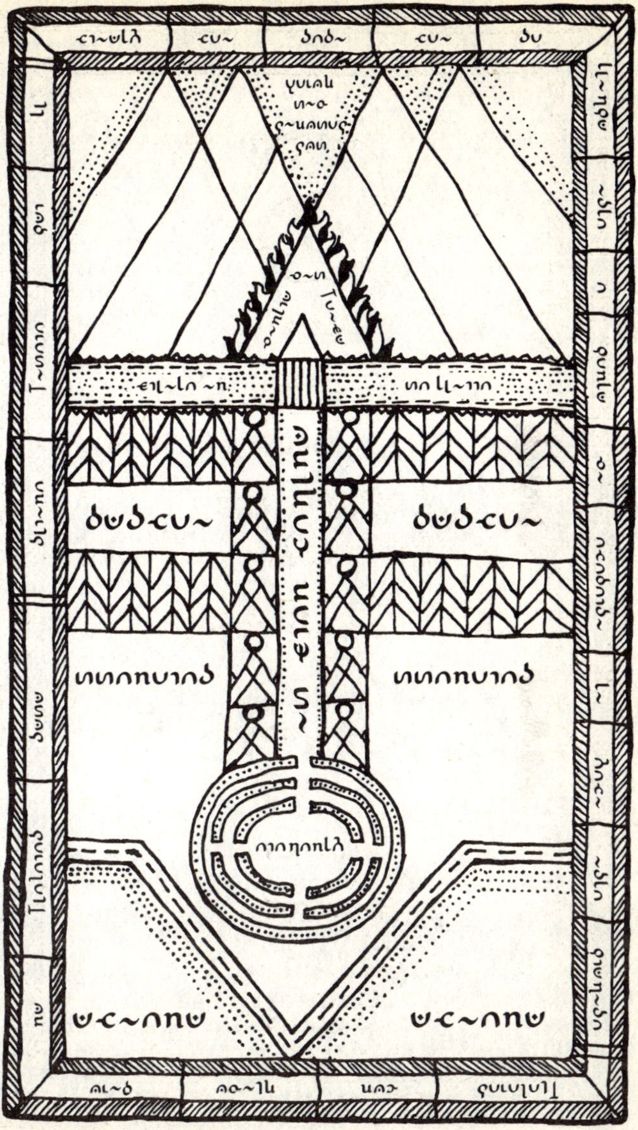

Índice